다시 쓰는

나는 조선의 국모다

북오션은 책에 관한 아이디어와 원고를 설레는 마음으로 기다리고 있습니다. 책으로 만들고 싶은 아이디어가 있는 분은 이메일(bookrose@naver.com)로 간단한 개요와 취지, 연락처 등을 보내주세요. 머뭇거리지 말고 문을 두드리세요. 길이 열릴 것입니다.

다시 쓰는
나는 조선의 국모다 ❹

초판 1쇄 인쇄 | 2015년 9월 1일
초판 1쇄 발행 | 2015년 9월 8일

지은이 | 이수광
펴낸이 | 박영욱
펴낸곳 | (주)북오션

경영총괄 | 정희숙
편 집 | 지태진
마케팅 | 최석진 · 임동건
표지 및 본문 디자인 | 서정희
일러스트 | 흩날린
법률자문 | 법무법인 광평 대표 변호사 안성용(02-525-3001)
세무자문 | 세무법인 한울 대표 세무사 정석길(02-6220-6100)

주 소 | 서울시 마포구 서교동 468-2
이메일 | bookrose@naver.com
페이스북 | bookocean
전 화 | 편집문의: 02-325-9172 영업문의: 02-322-6709
팩 스 | 02-3143-3964

출판신고번호 | 제313-2007-000197호

ISBN 978-89-6799-221-7 (04810)

이수광
장편소설

4

다시 쓰는
나는 조선의 국모다

북오션

차례

23

아, 무정한 세월

자영은 세차게 쏟아지는 빗줄기 때문에 눈을 감았다. 난군에게 목숨을 잃을 뻔한 위기를 간신히 피했지만, 여전히 여기저기서 횃불이 몰려다니고 궁녀들의 비명 소리와 난군들의 고함 소리가 들려왔다. 홍계훈은 그녀를 업고 난군을 피해 달렸고, 그녀는 홍계훈의 등에 바짝 매달렸다. 그러다가 문득 세자의 얼굴이 떠올라왔다.

"별감, 세자는 어찌 되었는가?"

자영은 세자 생각에 가슴이 철렁했다.

"세자 저하는 무예청 갑사들이 피신시켰습니다."

홍계훈이 잠시 걸음을 멈추고 대답했다. 그는 한 손으로 얼굴의 빗물을 훔치고 있었다.

"오, 참으로 다행한 일이다."

자영은 머리에 쓴 치마를 홍계훈에게도 씌워주었다.

"아직 대궐을 벗어나지 못했습니다. 서둘러야 합니다."

그런데 홍계훈의 말이 끝나기도 전에 한 무리의 난군이 달려와 그들을 에워쌌다. 자영은 당황하여 재빨리 치마를 뒤집어썼다.

"누구냐?"

난군이 창을 홍계훈에게 겨누었다. 홍계훈은 등줄기가 서늘해져오는 것을 느끼면서 난군을 노려보았다.

"나는 무예청 별감 홍계훈이다."

홍계훈이 잔뜩 위엄을 갖추고 호통을 쳤다.

"등에 업은 여자는 누군가? 중전이 아닌가?"

"아니다. 내 여동생이다."

"여동생이 어찌하여 대궐에 있는가?"

"어젯밤 내 저녁참을 가지고 왔다가 난을 만나 대궐에 갇힌 것이다. 자네들의 칼을 맞아 목숨이 위태롭다. 나도 장어영 출신인데 내 여동생을 죽게 할 것인가?"

홍계훈이 눈을 부라리면서 버럭 소리를 질렀다. 그러자 난군들이 미안한 기색으로 물러섰다. 그러나 몇몇은 수상하게 생각하면서 물러가지 않았다.

"중전은 소주방 수라간으로 갔다. 속히 가봐라."

홍계훈이 난군들에게 다시 소리를 질렀다.

"소주방으로 가자."

군사 하나가 소주방 쪽으로 달려가자 남은 난군들이 "소주방으로 가자"며 달음질을 치기 시작했다.

홍계훈은 다시 어둠 속으로 내달렸다. 자영이 고개를 들자 숲을 향해 가고 있었다.

"어디로 가는 것인가?"

"궐문은 난군들이 지키고 있을 것입니다. 담을 넘어야 합니다."

"대궐의 담을 넘을 수 있겠는가?"

홍계훈은 대답하지 않고 숲속으로 들어갔다. 종묘 쪽에 있는 담장이었다.

"마마, 송구합니다만 담장 위로 모시겠습니다."

홍계훈이 자영을 안아서 담장 위로 올려주었다. 자영은 담장에서 떨어질까 봐 바짝 매달렸다. 비가 쉬지 않고 쏟아졌다. 홍계훈이 담장 위로 솟아오르더니 어두운 담장 밖으로 날아 내렸다.

"마마, 소인을 향해 몸을 던지십시오."

자영은 눈을 감고 홍계훈을 향해 뛰어내렸다. 그러자 홍계훈이 그녀를 받아서 땅에 내려놓았다.

"민영익의 집을 아느냐? 그리로 가자?"

"민씨 일가는 난군이 모두 습격했습니다."

"그럼 어디로 가느냐?"

"근처에 윤태준 대감 댁이 있습니다."

"그리로 가자."

홍계훈이 허리를 숙였다.

"마마. 소인에게 업히십시오."

자영은 잠시 망설이다가 결국 홍계훈의 등에 업혔다. 홍계훈이 다시 칠흑처럼 어두운 빗속을 달리기 시작했다.

***

임오군란(壬午軍亂)은 무위영과 장어영 소속의 구식 군대가 녹미 지급에 불만을 품고 일으킨 폭동이다. 역사는 그 사건을 군란이라고 표현했다. 임오군란은 그들이 의도했든 의도하지 않았든 역사의 물꼬를 거꾸로 흐르게 하는 데 일조를 했다.

이하응은 서정 처결의 전권을 위임받자 영의정에 홍순목을 그대로 두고 우의정에 신응조, 예조판서에 이회정, 이재면을 호조판서 겸 훈련대장으로, 신정희를 어영대장에 임명했다. 중신들은 그때서야 하나둘씩 대궐로 입궐을 하기 시작했다.

자영을 찾기 위해 혈안이 된 난군들은 이미 중궁전의 상궁들을 마구 도륙하고 부용정, 애란청, 자경전 등 43만 평이나 되는 창덕궁과 창경궁을 마구 짓밟았다. 중신들은 난군들의 눈치를 살피며 입궐하여 재황을 배알했다.

"뜻밖에 이런 변고가 일어나고 보니 올릴 말씀이 없습니다."

영의정 홍순목이 머리를 조아리며 비감한 목소리로 아뢰었다. 재황은 신정왕후, 그리고 왕대비 홍씨와 함께 앉아 있었다.

"이것은 내가 부덕하여 일어난 일이오."

재황은 떨리는 목소리로 처연하게 말했다.

"영상, 영상은 중전이 어디 있는지 모르겠소?"

홍순목이 대비들에게 문안인사를 끝내자 재황이 울음 섞인 목소리로 말했다. 그러자 영의정 홍순목과 봉조하 강노, 판부사 김병국, 검교직각 이호익, 김흥균, 강찬이 비참한 표정을 지었다.

"세자는 어찌 되었소?"

"신등이 궐에 들어온 지는 오래되었습니다. 그러나 문이 막혀서 곧바로 전하를 뵈올 수가 없었습니다. 세자 저하가 경우궁에 계시다는 소식을 듣고 판부사 김병국 대감과 함께 문안을 드리고 왔습니다."

영의정 홍순목이 떨리는 목소리로 대답했다.

"소란을 일으킨 난군을 무마하면 일이 수습되겠소?"

"그것은 오로지 국태공 저하에게 달려 있습니다."

"군사들에게 요식을 내주지 못한 것이 얼마나 되었소?"

"전번 접견석상에서 아뢴 바와 같이 13개월이나 됩니다."

"돈령부 영사와 전 경기 감사, 전 선혜청 당상관의 일을 어찌 차마 말할 수 있겠소."

"참혹한 일입니다. 난군을 수습하는 방책으로 구례를 회복하는 일이 시급합니다."

홍순목이 개화 정책을 포기하라고 요구했다.

"그렇게 하면 난군이 물러가겠소?"

"국태공 저하께서도 그리 말씀하셨습니다."

이하응이 그렇게 말했다면 그대로 시행할 수밖에 없었다.

"무위영을 종전대로 훈련도감이라고 부르고 각 군영도 구례를 복구하오."

"황공하옵니다."

"기무아문을 폐지하고 삼군부를 복설하시오."

"예."

"섬에 귀양 보낸 죄수들을 모두 방면하고 옥에 갇힌 죄수들 또한 석방하도록 하오."

"황공하옵니다."

재황은 자신의 정적들에게 대사면령을 내렸다. 이에 부사과 이휘림, 조병만, 서석보, 조충식, 최화식, 유기대, 임도준, 이태현, 박규희, 장시표, 이태용, 서주보, 정현덕을 비롯하여 손영로, 이만손, 김평묵, 강진규 등이 모두 석방되었다. 이들은 모두 이하응 계열의 인물이거나 척왜주의자들이었다.

이하응은 김태희와 허욱을 불러 난군을 대궐에서 철수하게 하라고 지시했다. 그러나 난군들은 대궐에서 물러날 움직임을 보이지 않았다. 난군들은 왕비가 살아서 돌아오면 자신들이 죽음을 면치 못할 것이라고 생각했다. 그들에게는 어떻게 하든지 왕비를 죽여 없애야 하는 것이 절체절명의 과제였다. 그들은 이하응의 지시에도 아랑곳하지 않고 대궐을 누비고 다니며 왕비를 찾는 데 혈안이 되었다. 왕명은 통하지 않았다. 난군들의 기세는 시간이 갈수록 살벌해졌다.

"우리는 중전을 죽이지 않고서는 한 발자국도 물러설 수 없습니다!"

난군들의 외침은 중희당까지 들려올 정도로 거침이 없었다. 재황은 얼굴이 창백하게 질렸고, 중신들은 흙빛이 된 얼굴을 차마 들지 못했다. 대비들은 소리 죽여 흐느껴 울었다. 난군들이 금방이라도 중희당까지 짓쳐들어올 기세였다.

"듣거라! 중전은 오늘 오시에 난군의 칼에 의해서 승하했다. 경황이 없어서 체백(體魄, 시체)을 잃었으니 그리 알고 속히 퇴산하라!"

이하응은 난군들에게 호통을 쳤다. 그의 목소리가 서까래가 흔들릴 것처럼 쩌렁쩌렁 울리자 난군들은 물이라도 끼얹은 듯이 조용해졌다.

"명색이 국모가 아니더냐? 국모인 중전을 시해하여놓고 이게 무슨 소란이란 말이냐? 너희들의 고충을 내가 알고 있으니 속히 퇴산하라! 중전은 죽음을 당하여 국장도감을 설치하라는 어명이 계셨다!"

난군들은 소연해졌다. '국상이다', '중전이 죽었다'는 소리들이 물결처럼 난군들 사이에 퍼져나갔다. 난군들이 동요하고 있는 것이다.

"들거라. 너희들이 충정하는 마음으로 범궐을 했지만 지금 퇴산하지 않으면 만고의 역적이 될 것이다! 역적이 되기를 원하느냐, 충신이 되기를 원하느냐? 더 이상 대궐에서 소란을 피우는 놈은 가차 없이 목을 벨 것이다! 소란을 피우고자 하는 놈이 있으면 썩 앞으로 나서라! 내가 손수 목을 베겠다!"

이하응의 서슬 퍼런 호통에 난군들은 제 목이 떨어져 나가기라도 하듯이 움찔움찔 떨었다. 이하응의 5척 단신에서는 무시무시한 살기가 뿜어져 나오고 있었다.

"가세."

"요사한 중전이 죽었으면 되었어."

뒤에 서 있던 난군들부터 슬금슬금 꽁무니를 빼기 시작했다. 난군의 지휘자들인 김장손, 유복만, 강명주, 정의길, 김춘영 등은 당황하기 시작했다.

"대감마님, 소인들 물러가옵니다."

김장손이 먼저 허리를 굽히고 이하응에게 물러가겠다고 고했다. 그러자 다른 난군들도 총총히 그의 뒤를 따랐다. 그러나 왕비가 대궐을 빠져나가 도망쳤다는 흉흉한 소문이 들려왔다.

그들은 대궐을 물러나자 왕비 민씨의 일족을 찾아다니며 주살하기 시작했다. 먼저 민정중(閔鼎重)의 사손(祀孫, 종손) 민창식이 비참한 죽음을 당했다. 이어서 민영주, 민영준, 민영소, 민영달의 집이 차례로 습격을 당했다. 재황은 이하응의 강압에 의해 국상을 발표했다.

이하응은 정권을 잡자 민씨 일족을 대대적으로 숙청하기 시작했다. 동래 부사였던 정현덕을 도총부 부총관에 임명하여 병권을 장악했다. 도총부는 오영(五營)을 통솔할 수 있었다. 그것은 형식적인 병권 장악에 지나지 않았으나 도성을 휩쓸던 난군들을 가까스로 진정시킬 수는 있었다.

***

무예별감 홍계훈의 등에 업혀 대궐을 빠져나온 자영은 화개동 윤태준의 집을 향해 걸음을 재촉했다. 종묘 쪽 담장을 넘은 뒤에 홍계훈의 등에 업혔으나, 대궐이 멀어지자 자영은 홍계훈의 등에서 내렸다. 비록 난군을 피해 피신하는 처지였으나 일국의 왕비였다. 지체 높은 왕비가 외인의 얼굴을 보는 것도 민망한 일이었으니 등에 업힌다는 것은 꿈도 꿀 수 없는 일이었다.

홍계훈은 앞에 서고 자영은 뒤에 바짝 붙어 서서 걸었다. 도성은 난군과 피난민들이 뒤엉켜 대혼잡을 이루었다. 게다가 장맛비까지 퍼붓고 있으니 지옥도가 자연스레 연상되는 상황이었다. 자영은 비를 맞으면서 뛰듯이 빠르게 걷다가 추녀 밑에서 비를 피하고는 했다.

'전하는 어찌하고 계실까?'

난군이라도 임금은 해치지 못할 것이라고 생각했다.

"중전마마."

홍계훈이 자영을 재촉했다. 대궐에서 멀어질수록 난군들의 고함 소리도 희미해졌다. 그들은 한참을 걸어서 화개동에 있는 윤태준의 집에 이르렀다.

쾅쾅쾅!

홍계훈이 대문을 요란하게 두들겼다. 청지기가 나오고 곧이어 윤태준이 달려 나왔다.

"대감, 중전마마께서 난을 피해 오셨습니다. 속히 맞아들이십시오."

홍계훈이 주위를 살피면서 윤태준에게 말했다. 장맛비를 흠뻑 맞은 자영은 이미 여염집 아낙네마냥 초라해 보였다. 얇은 저고리는 비에 젖어 희고 뽀얀 살이 내비쳤고, 치마는 둔부와 종아리에 달라붙어 정상이 가련했다. 윤태준이 황급히 자영을 내당으로 모시고 부인의 옷으로 갈아입게 했다.

홍계훈은 자영이 내당으로 들어가자 대문을 굳게 닫아걸고 하인들에게 입을 다물라는 영을 내렸다.

"중전마마, 이런 변고를 당하시니 몸 둘 바를 모르겠습니다."

윤태준이 자영 앞에 납작 엎드려서 통곡했다.

"일어나시오."

자영은 눈물을 흘리면서 피가 나도록 입술을 깨물었다. 위기에 처해 있었으나 그녀는 여전히 의연했다. 무릎을 세우고 앉아서 도도한 눈빛으로 허공을 쏘아보고 있었다.

윤태준의 부인은 상을 차려서 들여보냈다. 그러나 자영은 수저를 뜨는 둥 마는 둥하고는 상을 물렸다.

"마마. 많이 드시고 기운을 내셔야 합니다."

"찬이 없어서가 아니다. 내 마음이 심란하여 음식을 목으로 넘길 수가 없구나."

"송구하옵니다."

윤태준의 부인이 물러갔다. 자영은 내외도 하지 않고 홍계훈과 윤태준을 불러 대책을 상의했다.

"홍 별감은 난군의 동태를 살피면서 대문을 지키고 경은 하인들 입단속을 철저하게 하라."

"명심하겠습니다."

윤태준이 머리를 조아리고 물러갔다.

"이 집은 안심할 수 없다. 홍 별감은 다른 피난처를 찾아보라."

"성내에 피난처를 찾도록 하겠습니다."

"성 밖으로 나가야 한다. 성안은 난군이 들이닥칠지 모른다."

"예."

홍계훈이 머리를 조아리고 물러갔다. 자영은 군사들이 난을 일으킨 이유를 곰곰이 생각하기 시작했다.

밤이 점점 깊어갔다. 밤이 깊었는데도 자영은 잠을 이룰 수 없었다. 홍계훈이 밖에서 번을 서고 있었으나 언제 난군이 들이닥칠지 알 수 없어서 불안했다.

'전하께서 무사하셔야 할 텐데…….'

자영이 새벽에 눈을 뜨자 날이 밝아 있었고 빗줄기가 약해져 있었다. 홍계훈은 툇마루에 앉아서 졸고 있었다.

'잠을 자지 못했구나.'

자영은 홍계훈을 보자 가슴이 저렸다.

***

자영은 대궐에서 들려오는 소식에만 촉각을 곤두세웠다. 홍계훈이 변장을 하고 수시로 대궐을 염탐했으나 불길한 소식뿐이었다. 민겸호, 김보현이 난군들에게 비참하게 살해되었다는 소식이 들려왔다. 이하응이 대소 정무를 모두 처결하고 있다는 소식과, 난군들이 자신을 죽이기 위해 핏발을 세우고 대궐 안을 누비고 다닌다는 소식도 들렸다.

'나는 조선의 국모야!'

자영은 허공을 노려보며 눈을 부릅떴다. 자영은 내당 문을 열어놓고 비가 내리는 것을 물끄러미 내다보았다. 본격적인 장마철에 접어든 탓인지 비는 그쳤다가 다시 내렸다.

"중전마마."

홍계훈이 밖에 나갔다가 돌아와 자영 앞에 무릎을 꿇었다.

"무슨 일이냐?"

자영은 얼굴을 붉히며 홍계훈을 맑은 눈으로 건너다보았다. 지난밤 홍계훈의 등에 업힌 일이 생각나서 계면쩍어진 것이다.

"아뢰옵기 송구하오나 국상을 반포했다고 합니다."

"국상이라니! 주상 전하께서 승하하셨다는 말이냐?"

자영은 가슴이 철렁했다. 국상이라는 것은 임금이 죽은 것을 말하는 것이다.

"그것이 아니옵고 중전마마께서 승하하셨다고 반포했습니다."

"내가?"

자영은 기가 찼다. 멀쩡하게 살아 있는 자신을 죽었다고 발표하는 것에 어이가 없었다.

"혹시 잘못 들은 것이 아니냐?"

"중전마마. 신도 잘못 들은 것이 아닌가 하여 여러 사람에게 염탐했으니 틀림없는 일입니다."

"이게 도대체 어떻게 된 영문이냐? 해괴하지 않느냐?"

"참으로 황당한 일입니다."

"도시 이해할 수 없는 일이다."

자영은 난감하기 짝이 없었다. 총명한 자영도 어떻게 해야 좋을지 도무지 생각이 떠오르지 않았다.

'이하응이 나를 생매장하여 죽은 사람으로 만들려는 것인가?'

자영은 무릎을 세우고 앉아서 골똘히 생각했다. 이해할 수 없는 일이었다. 어떻게 이런 일이 있을 수 있을까? 시체도 없는 국장을 치르려는 이하응의 저의는 도대체 무엇일까? 자영은 이하응의 심중을 헤아리기 위하여 골몰했다. 그러던 차에 문득 어떤 생각이 떠올랐다.

'이것은 국태공이 나를 대궐로 돌아오지 못하게 하려는 음모야.'

거기까지 생각이 미치자 자영은 웃음이 터져나왔다.

'자칫하면 내가 죽겠구나.'

이하응이 국상을 선포한 이상 난군을 풀어 도성을 이 잡듯이 뒤질 것은 분명한 일이었다. 난군들이 대궐에서 자영을 찾다가 못 찾으면 도성으로 눈을 돌려 자영이 숨을 만한 곳은 샅샅이 뒤질 것이라고 예측하는 것은 그다지 어려운 일이 아니었다.

"척족의 집에 없으면 대궐 인근의 집을 모두 수색하라."

자영의 예측은 정확했다. 이하응은 난군들을 대궐에서 퇴산하게 한 뒤 김태희와 허욱에게 자영이 숨을 만한 척족들의 집을 샅샅이 수색하도록 비밀리에 지시했다.

자영은 도성 밖으로 피신하는 것이 더 낫겠다는 생각에 홍계훈을 재촉하여 윤태준의 집을 나섰다.

"전(前) 승지 조충희의 집입니다."

홍계훈은 조충희의 집에서 자영을 쉬게 했다. 조충희의 집은 동대문 바로 안에 있었다. 자영이 나타나자 조충희의 집은 발칵 뒤집혔다. 그러나 하인들을 단속하고 안방을 치운 뒤에 자영을 맞이했다.

"별감, 고생이 많았소."

자영이 홍계훈을 응시하다가 방으로 들어갔다. 홍계훈은 자영의 처연한 모습에 가슴이 먹먹해져 오는 것 같았다. 한 나라의 왕비, 일국의 국모가 난군에게 목숨을 위협 당해 초라한 신세가 되어 있었다.

'이제는 동정을 살펴보자.'

홍계훈은 거리로 나왔다. 거리는 난군들이 살기가 충천하여 돌아다니고 있었다. 수많은 사람들이 피살되고 여기저기 시체가 나뒹굴었다. 그들은 허욱과 김태희의 지휘를 받고 있었다.

'국태공이 난을 크게 만들었어.'

홍계훈은 거리를 돌아다니면서 난이 일어난 자세한 사정을 파악할 수 있었다.

'왜인들이 13명이나 죽었다고?'

일본 공사관에 이르자 공사관이 불에 타고 왜인들이 13명이나 죽어 있었다. 조선인들이 지나가면서 왜인들의 시체에 침을 뱉고 돌팔매질을 했다.

'국태공이 정권을 잡았으니 왕비마마가 복귀하기 어려울 거야.'

민겸호, 김보현, 이최응의 집은 불에 타 잿더미가 되어 있었다. 홍계훈은 조충희의 집으로 돌아와 자영에게 보고했다. 자영은 우두커니 허공을 응시하고 있었다.

"마마, 후일을 도모하기 위해 잠시 몸을 피하셔야 하겠습니다."

"어디로 피해야 하느냐?"

"도성을 떠나셔야 합니다."

"난군이 우리를 찾고 있지 않느냐?"

"난군은 양반의 집을 수색할 것입니다. 천민으로 변장을 하시고 병자로 위장을 하시면 기찰을 피하실 수 있습니다."

자영이 조용히 고개를 끄덕거렸다. 새벽이 오자 홍계훈은 자영에게 조충희 여종의 옷을 입게 하고 길을 나섰다. 아직도 날이 밝지 않은 첫새벽이었다. 동대문은 새벽부터 난군들이 삼엄하게 기찰을 하고 있었다.

"마마, 병자처럼 수건으로 얼굴을 가리시고 소인의 등에 업히십시오."

홍계훈은 미리 준비한 피 묻은 수건으로 자영의 얼굴을 가리도록 했다. 여종의 옷을 입은 그녀는 가난한 시골 아낙네처럼 보였다. 홍계훈은 자영을 업고 기찰하는 난군들 앞으로 갔다.

"뭔가?"

난군들이 홍계훈의 등에 업힌 자영을 살폈다.

"병자요. 죽을 날이 멀지 않아 시골로 데리고 가는 것이오."

홍계훈의 등줄기로 식은땀이 흘러내렸다.

"빨리 나가게."

난군은 더러운 수건으로 감싼 자영의 얼굴을 살피려고 하지 않았다. 홍계훈은 동대문을 나오자 가슴을 쓸어내렸다. 비가 아직도 그치지 않아 고스란히 맞아야 했다.

그들이 광나루 나루터에 이르렀을 때였다. 사공들이 도성에서 강을 차단하라는 지시가 있었다며 어디서 오는 길손이냐고 꼬치꼬치 캐묻고는 행색이 수상하여 건네줄 수 없다고 하였다. 홍계훈이 사정을 했으나 사공들은 완강하게 거부했다.

"사공이 건네주지를 않습니다."

홍계훈이 자영에게 낮게 속삭였다.

"무엇 때문에 건네주지 않는다고 하느냐?"

"도성에서 강을 차단하라는 지시가 있었다고 하옵니다."

"달리 대책이 없겠느냐?"

"국태공이 난군을 풀어 추격할까 봐 걱정입니다."

"이것을 주어보아라."

자영은 손가락에 끼었던 금반지를 빼내어 홍계훈에게 주었다. 홍계훈이 반지를 가지고 뱃사공에게 주면서 다시 사정했다. 그제야 뱃사공이 건네주겠다고 했다. 결국 자영은 무사히 강을 건넜다. 자영은 임천군수인 이근영의 광주 집에서 하룻밤을 묵고 다음 날 여주 민영위의 집으로 향했다.

그날은 아침부터 날씨가 불볕처럼 더웠다. 가마꾼들은 땀을 뻘뻘 흘리며 걸음을 재촉했다. 한낮이 되자 날씨가 더욱 뜨거워졌다. 가마꾼들은 재를 넘을 때마다 가마를 내려놓고 쉬었다. 걸음이 더디었다. 자영도 가마에서 나와 땀을 식혔다.

한여름이었다. 들에는 극심한 가뭄에도 살아남은 벼들이 푸르게 자라고 나뭇잎들이 싱싱한 녹향을 뿜어댔다. 자영은 재에 오르면서 푸르디푸른 산천을 시린 눈빛으로 조망했다. 어느 하늘 어느 땅이 정겹지 않을까마는 자신이 태어난 여주로 향하는 길목의 산천 풍광은 가슴속에 젖어들게 아름다웠다.

"어느 댁 새댁인지 곱기도 하네."

여주에 못 미쳐 야산 언덕배기에서 쉬고 있는데 촌 아낙네들이 자영의 가마를 들여다보며 한마디씩 하였다. 자영은 오랜만에 만나는 시골 여인들에게 눈웃음을 보냈다. 백성들을 만나는 것은 즐거운 일이었다.

"도성에서 난리가 났다며?"

"맞아, 난리가 나서 피난 가는 새댁인 모양이야."

숲에서는 매미가 시원스럽게 울어대고 있었다.

"쯧쯧, 군인들의 난리에 새댁이 고생이구먼."

"군인들이 중전인가 뭔가 하는 계집을 내쫓았다며? 중전이 시아버지에게 대드는 포악한 계집이래."

"내쫓은 게 아니라 죽였대. 그러니 국상이 선포되었지."

아낙네들의 말에 자영의 얼굴이 핼쑥하게 표변했다.

"군인들이 왜 중전을 죽여?"

"그건 중전이 아니라 표독한 소부래. 시아버지를 잡아먹고 왜놈들을 끌어들였잖아?"

"에그, 죽여도 마땅한 계집이구먼."

촌 아낙네들은 자신들끼리 한바탕 수다를 떤 뒤에 저 아래 마을을 향해 종종걸음을 놓았다. 자영은 그들의 뒷모습을 망연히 응시했다. 시골 사람들이 함부로 떠들어대고 있었으나 그들을 탓할 마음의 여유가 없었다. 자영은 몇 시간 뒤 여주 민영위의 집에 도착했다. 그러나 그곳도 안심할 수 없어서 이튿날 충주목 장호원에 있는 민응식의 시골집으로 피신했다. 여주에는 민씨 집성촌이 있어서 자영이 살아 있는 것을 알면 민씨 집성촌부터 난군들이 수색할 것은 불을 보듯 뻔한 일이었다.

민응식의 집은 방이 세 칸뿐인 단출한 기와집이었다. 민응식과 민긍식이 항상 방 밖에서 복시(伏侍)했고 이용익이 빠른 발을 이용해 도성 소식을 날랐다.

이용익은 민영익이 고종과 자영에게 천거한 사람이었다. 이용익은 원래 함경도 명천(明天) 출신이었다. 어릴 때부터 한성에 올라와 물꾼을 했다. 물꾼은 한강에서 물을 길어다가 성안의 사람들에게 파는 생업을 가진 사람이다. 사람들은 이용익의 발이 빠르다고 하여 비각(飛脚)이라고 불렀다.

민영익은 군란이 일어나기 두 해 전 고종과 자영에게 별입시(別入侍, 신하가 임금을 사사로운 일로 뵙는 것)를 했다가 전주에서 한성까지 하루에 달려온 사람이 있다는 말을 아뢰었다. 자영은 그 말에 반신반의하였다. 전주서 한양까지는 5백 리 길이었다. 하루에 1백 리를 걷는 사람도 닷새가 걸리는 먼 길이었다. 자영은 그를 시험하고 싶어졌다. 그래서 고종에게 전라 감사에게 봉서를 보내게 하고, 봉서 안에 이용익이 전주에서 출발한 시간을 적은 장계를 밀봉하여 보내라고 지시했다. 전라 감사는 자영이 시키는 대로 장계에 이용익이 출발한 시간을 적어서 밀봉하여 한양으로 올려 보냈다. 이용익은 그날 술시정(戌時正, 오후 8시)에 한양에 도착했다. 전라 감사가 파발마를 띄워 올려 보낸 장계에는 그날 진시정(辰時正, 아침 8시)에 전주를 출발하였다고 적혀 있었다. 전주서 한양까지 올라오는 데 12시간밖에 걸리지 않은 것이다. 이러한 이용익이니 충주목 장호원에서 도성을 왕복하는 것은 하룻길에 지나지 않았다.

도성의 공기는 여전히 흉흉했다. 자영은 장호원 민응식의 집도 안전하지 못하다고 판단되어 충주 노은면 가신리의 초가로 도피했다.

***

이하응은 어전에 나란히 서 있는 대신들을 차가운 눈으로 쏘아보았다. 임금인 재황은 옥좌에 앉아 있었고, 그는 만조백관의 앞에서 대신들과 재황을 눈으로 위압하고 있었다.

'알겠느냐? 이것이 아비의 힘이다.'

이하응은 재황을 노려보면서 속으로 내뱉었다. 재황은 이하응과 눈도 마주치지 못하고 있었다. 옥좌에 앉아 있는 아들을 쫓아내고 손자 준용을 앉히는 것은 손바닥 뒤집는 것보다 쉬운 일이었다. 그러나 준용에게는 아버지 이재면이 있었다. 그가 대원군이 될 수도 있는 것이다.

토민토왜. 민씨를 몰아내고 일본을 토벌하는 것도 성공했다. 살아 있는 권력이 그의 손에 들어온 것이다. 10년 만의 일이었다.

철저하게 야인 생활을 하다가 10년 만에 권력을 다시 손에 쥐었지만, 언제나 그렇듯 권력을 손에 잡으면 해결해야 할 난제도 산적해 있게 마련이었다.

"호남에 독촉하여 세미를 올라오게 하는 것은 어찌 되었소?"

이하응이 대신들을 날카로운 눈으로 노려보았다.

"전라 감사에게 엄명을 내렸습니다."

영의정 홍순목이 대답했다.

"이달 안에 세미를 올려 보내지 않으면 전라 감사를 잡아다가 추국하시오."

권력은 힘이다. 힘을 사용하지 않으면 우유부단해진다.

"예."

"전라 감사에게 그와 같이 명을 전하시오."

"명을 전하겠습니다."

이하응은 전라도 아전들이 농간을 부리는 것을 막아야 한다고 생각했다. 전국 각지의 아전들이 농간을 부리고 있었으나 유독 전라도 아전들이 심했다.

"전라도 감영에 명을 내려 농간을 부린 아전들을 색출하여 참수한 뒤에 보고하라고 하시오."

이하응의 영은 추상같았다.

"아전들의 농간이 어디 전라도뿐인가? 충청, 경상, 경기, 황해 각 도에도 농간을 부린 아전들을 색출하여 참수하라고 전하시오."

이하응의 영이 떨어지자 대신들의 얼굴이 사색이 되었다. 이하응은 정권을 잡자마자 피바람을 일으키고 있었다.

"수령들에게도 엄중하게 신칙하시오. 부패하거나 환정에 폐단이 있는 자는 잡아다가 신문을 할 것이라고."

대신들은 벌벌 떨었다.

'공포정치를 실시하고 있다.'

김홍집은 품계가 낮았기 때문에 입을 열 수 없었다.

"저하, 별기군은 어찌합니까?"

"별기군 때문에 이러한 사단이 일어났는데 묻는 거요? 당장 해체하시오."

"예."

대신들이 두려움에 떨면서 대답했다.

"통리기무아문도 폐지하고 삼군부를 복설하시오."

김홍집은 눈을 질끈 감았다. 이하응이 개화 정책을 모두 뒤집어엎고 있었다.

'조선의 개화가 뒷걸음을 치는구나.'

김홍집은 이하응이 통리기무아문까지 폐지하자 실망했다.

'일본은 우리보다 훨씬 앞서가고 있는데 우리는 뒷걸음을 치면 어떻게 할 것인가?'

김홍집은 일본에 수신사로 다녀온 일이 있었다. 그때 그는 일본의 기차를 타보고 학교와 공장을 시찰했다. 그러면서 조선이 하루빨리 개화하지 않으면 일본에 침략을 당할지도 모른다고 생각했다.

"그대는 한 시대를 이끌어갈 만한 인재다. 지도력도 있고 학문도 높다. 왕과 왕비를 바르게 보필해야 한다."

언젠가 운현궁으로 이하응을 찾아갔을 때 이하응은 그와 몇 마디를 나누더니 그와 같이 말했었다.

"국태공 저하께서는 어찌 생각하십니까? 서양의 과학이 발전하여 군대가 강성한데 조선이 막아낼 수 있겠습니까?"

"개화를 말하는 것인가?"

"개화가 되었든 척화가 되었든 5백 년 왕업을 지켜야 하지 않습니까?"

"많은 사람들이 무턱대고 서양과 일본을 배워야 한다고 말한다. 그러나 서양이나 일본을 반드시 배워야 하는가? 우리 스스로 과학을 발전시키고 군대를 강성하게 할 수는 없는가?"

"서양이나 일본을 배우는 것은 빠르게 부강하기 위해서입니다."

"옳은 생각이 아니다. 서양과 일본을 잘못 끌어들이면 나라를 그들의 입에 갖다가 바치는 꼴이 될 것이다."

이하응의 신념은 확고했다.

'이하응의 쇄국정책은 이유가 있구나.'

김홍집은 그렇게 생각했었다. 그러나 정권을 잡기 위해 난군을 이용한 일에는 실망했다. 이하응은 전면에 나서서는 안 되었고 그가 왕 위의 왕이 되어서는 안 된다고 생각했다.

조정회의가 파하자 그는 느릿느릿 걸어서 수표교 쪽으로 걸었다. 왕비의 가려한 얼굴이 떠올랐다. 이하응은 난군들에게 죽임을 당했다고 국상을 발표했으나, 왕비는 대궐을 탈출한 것이 분명했다.

유대치의 한약방에는 많은 사람들이 논쟁을 벌이고 있었다. 김홍집은 홍영식, 박영효, 유대치 등과 눈으로 인사를 나누고 한쪽 구석에 앉았다. 그들은 이하응이 개화 정책을 폐지하자 잔뜩 흥분해 있었다.

"이것은 나라를 퇴보시키는 일입니다. 그러잖아도 개화가 지지부진한데 퇴보를 시키다니…… 나라를 망칠 일이 아니고 무엇입니까?"

유대치가 흥분하여 소리를 질렀다.

"이 일로 민영익도 타격을 받게 되었소."

박영효가 우울한 표정으로 말했다.

"타격 정도가 아니고 재기하기 어려울 것입니다. 왕비가 난군들에게 살해되었다고 하는데 민영익이 무슨 힘이 있겠소?"

홍영식이 한숨을 내쉬었다. 그는 아버지 홍순목이 영의정의 자리에 있었기 때문에 개화파 동지들과 어울리는 것이 불편했다.

"그래도 민씨들 중에 유일하게 개화 정책을 지지하고 있었소."

"그런데 왕비가 정말 살해된 것이오?"

유대치는 눈을 지그시 감고 있었다. 그는 왕비인 자영이 개화주의자라는 사실을 누구보다도 잘 알고 있었다.

"시체는 찾지 못했다고 하오."

"일단 상황을 더 두고 봅시다. 국태공이 언제까지나 권력을 잡지는 못할 것이오."

박영효가 우울한 표정으로 말했다.

***

길고 지루한 장마가 끝나자 다시 불볕더위가 계속되었다. 자영은 충주 장호원 노신리의 허름한 시골집에서 지내게 되었다. 계집종 하나밖에 없는 한적한 생활이었으나 재기를 위해 이를 악문 자영에게는 맞춤한 장소였다. 노신리의 시골집은 언제나 대문이 굳게 잠겨 있었고, 그 집을 드나들 수 있는 사람은 민응식과 홍계훈 그리고 보발꾼인 이용익뿐이었다.

이용익은 이삼 일에 한 번씩 도성을 왕래하며 한성 소식을 자영에게 전해주었다. 자영은 이용익을 통해 민영익과 민태호가 혹독한 군란 속에서도 살아 있다는 것을 알았다.

'그들이 살아 있다면 재기할 희망이 있다!'

자영은 안방 서안(書案)에 앉아서 몇 번이나 입술을 깨물었다. '다시 도성으로 돌아가야 한다, 나는 조선의 국모가 아니냐!' 자영은 입술을 깨물며 투지를 불태웠다.

'싸움에는 패할 때도 있고 승리할 때도 있다. 국태공이 난군을 이용해 권력을 장악했지만, 재황이 조선의 국왕으로 있는 한 반드시 재기하게 될 것이다.'

그러나 자영의 나날은 유폐된 것처럼 고독하고 쓸쓸했다. 아니, 사실상 유폐된 것이나 마찬가지였다. 자영이 출입할 수 있는 곳은 기껏해야 집 뒤의 산이었다.

그럼에도 자영은 좌절하지 않았다. 그녀의 하루하루가 안방에서 마루로, 마루에서 마당으로, 그리고 집 뒤 산으로 제한되어 있었으나 그녀는 운명의 신이 자신을 버리지 않으리라고 확신하고 있었다.

'전하는 어떻게 지내고 계실까?'

자영은 이따금 초가집 마당에 나와서 먼 산을 바라보곤 했다. 초가집은 한강의 지류인 달천강 좌안에 있었고 푸른 들판 건너 소처럼 완만하게 누운 연봉(連峯)들이 보였다. 매화나무가 많아서 매산(梅山)으로 불리고 국망산으로도 불렸다. 자영은 문자 그대로 청산(靑山)인 매산의 연봉들을 쓸쓸하게 바라보며 시름에 젖었다.

산은 푸를 때 더욱 적막해 보이고, 여자는 남자와 헤어졌을 때 비로소 가슴 저미는 사랑을 절절하게 느낀다. 자영은 충주에서 피난 생활을 하면서 재황에 대한 사랑이 더욱 깊어갔다. 병치레를 자주 하는 세자 척에 대한 애틋한 사랑도 자영의 젊은 가슴을 저미곤 했다.

"박 소사. 내가 언제쯤이면 대궐로 환궁할 수 있겠느냐?"

자영은 초가집 이웃에 사는 무당 박 소사(召史, 양민의 아내나 과부를 이르는 말)를 불러 자신이 언제쯤이면 환궁할 수 있을지를 묻고 또 물었다. 그것만이 자영의 유일한 낙이었다. 그렇게 지푸라기라도 잡고 싶은 심정이었다.

박 소사는 민응식의 부인으로부터 자영이 난군을 피하여 장호원으로 피난 왔다는 소식을 들었다. 자영에게 잘만 보이면 출세를 하게 된다는 생각에 자영이 은신해 있는 집을 수시로 출입했다. 자영도 적적할 때면 박 소사를 불러 세상 돌아가는 이야기를 듣곤 했다.

"마마께서는 8월이면 환궁할 수 있을 것입니다."

자영의 물음에 박 소사는 어렵지 않게 대꾸했다.

"8월에?"

자영이 깜짝 놀라 박 소사를 쳐다보았다.

"그러하옵니다. 틀림없이 그렇게 될 것입니다."

박 소사는 김씨 성을 가진 농사꾼과 혼례를 올렸으나 그는 아들 하나를 낳고 죽었다. 무병을 앓고 있던 그녀는 관우 장군을 신으로 모셨다. 무당들은 억울하게 죽은 귀신을 신으로 모시는데 남이 장군이나 관우 장군처럼 뛰어난 장군을 모시려면 그만치 신통력이 있어야 했다. 박 소사도 관우 장군을 모시고 있었으니 충주 일대에서는 뛰어난 무당이었다.

"8월이래야 이제 얼마나 남았느냐? 네 점괘가 맞을지 두고 볼 일이다."

자영은 얼굴에 웃음을 가뜩 띠고 박 소사를 건너다보았다.

"소인의 점괘는 틀림이 없사옵니다."

"틀림이 있다면 어찌하겠느냐?"

"제 목을 치십시오."

"말을 그렇게 함부로 하는 것이 아니다. 점괘야 맞을 수도 있고 맞지 않을 수도 있는 것이 아니냐? 하나 네 점괘가 맞는다면 큰 상을 내리마."

"어떤 상을 주시렵니까?"

"아녀자에게 벼슬을 내릴 수는 없고…… 정녕 8월에 환궁할 수 있겠느냐?"

자영은 박 소사의 말에 위로가 되었다.

"마마의 운수는 8월에 대길조가 있습니다. 서변봉황(鼠變鳳凰)의 운수니, 쥐가 변하여 봉황이 된다는 뜻입니다. 쥐는 밤에 다니는 짐승이니 마마의 곤궁한 처지를 말하는 것인데 쥐가 변하여 봉황이 된다는 것은 피난살이가 끝나고 환궁하게 된다는 뜻입니다."

"네가 어찌 그것을 아느냐?"

"마마의 사주(四柱)에 그렇게 나와 있습니다."

"내 사주팔자가 부박하느냐?"

"마마의 사주팔자는 천간성(天奸星)에 해당됩니다."

"천간성?"

"마마의 운세를 말씀드릴 것 같으면, 앉아서 천 리를 내다보는 지혜를 갖추었고 하늘의 기운과 땅의 기운이 합하여 천하를 경영하는 운세입니다. 그러나 흉액도 빈번하고 변란도 많아 가지 많은 나무에 바람이 일 듯할 것입니다. 말년 운이 천수행(千手行)이니 손이 천이고 눈이 천 개나 됩니다. 이는 마마께서 그만큼 부지런

하고 살필 일이 많다는 뜻이니 유념하셔야 할 것이고, 마마를 상대하는 사람마다 이득을 보려 할 것이니 아첨하는 자를 경계하고 내 것을 빼앗기지 않기 위하여 노력하셔야 합니다."

"내 팔자가 장하게도 기구하구나."

자영이 쓸쓸하게 한마디 했다. 사주가 좋지 않다는데도 역정을 내지 않는 것은 오랜 피난살이에서 자신의 기구한 인생을 되돌아보고 박 소사의 점괘가 맞을지 모른다고 생각했기 때문이다.

"덕담이나 한마디 뽑아보게."

자영은 한숨을 낮게 내쉬고 무릎을 세워 박 소사의 무당 덕담을 들을 자세를 취했다.

자영은 사주나 역술 같은 것을 좋아하지 않았다. 그러나 장호원의 피난 생활이 적적하고 지푸라기라도 잡아야 할 처지였기 때문에 박 소사를 초가집으로 자주 불렀다. 박 소사는 달변이었다. 점만 치는 것이 아니라 시골 무당으로서는 드물게 굿거리도 잘했다. 자영은 박 소사가 굿거리장단도 없이 무당 덕담을 뽑는 것을 좋아했다.

무당 덕담에는 신명이 있다. 박 소사가 신명이 지펴서 카랑카랑한 목청으로 덕담을 뽑으면 자영은 저절로 어깨가 들썩거려지고는 했다.

***

민영익이 이용익을 따라 충주로 달려온 것은 여러 날이 지난 후였다. 민영익은 자영을 보자 꿇어앉아 통곡하고 울었다.

"울지 마라. 내가 죽기라도 했느냐?"

자영도 목이 메어 치맛자락으로 눈물을 찍어냈다. 민겸호가 난군에게 살해되었으나 민영익이 살아 있어서 다행이었다. 그러고 보면 민승호는 자기황의 폭발로 살해당했고 민겸호는 난군들에게 죽었으니 형제가 모두 죽임을 당한 것이다.

"국면을 전환시켜야 하겠는데, 조정의 상황이 어떠냐?"

자영이 눈물을 거두고 민영익에게 물었다.

"우리 민문은 숨도 못 쉬고 있습니다."

"민문의 문제가 아니다. 정권을 국태공에게서 되찾아와야 한다. 아들이 왕인데 상왕 노릇을 하겠다는 것이 옳은 일이냐?"

"지금 일본 때문에 조정이 시끄럽습니다."

"일본이 왜?"

"난군이 왜인 13명을 살해하고 공사관에 불을 질렀는데 배상을 요구하고 있습니다."

"배상?"

"군함도 여러 척을 끌고 왔습니다."

자영은 잠시 허공을 노려보면서 생각에 잠겼다. 왜인들이 난군에게 죽임을 당한 것은 항의를 할 수 있는 일이지만 배상을 요구하는 것은 지나치다고 생각했다. 이는 배상을 빌미로 조선에 영향력을 행사하려는 의도로밖에 보이지 않았다.

"김옥균 등은 어떻게 하고 있느냐?"

김옥균은 임오군란이 일어났을 때 일본에 있다가 돌아왔다.

"국태공의 처사에 크게 불만을 품고 있습니다. 정변을 일으켜서라도 개화를 추진해야 한다고 주장하고 있습니다."

"김옥균 등이 군사가 있느냐?"

"없습니다."

"군사도 없이 무슨 정변이냐? 여차하면 또 병란이 일어나겠구나. 청나라는 어떻게 하겠느냐?"

"청나라도 군대를 파견할 것이라고 합니다."

자영이 잠시 생각에 잠겼다. 일본과 청나라가 조선에 군사를 파견하면 이하응은 권력을 빼앗길 것이다.

"김윤식과 어윤중을 청나라에 보내라."

자영이 한참 동안 생각에 잠겨 있다가 명을 내렸다.

"예?"

"내가 서신을 써주겠다. 청나라는 국태공을 몰아낼 수 있다."

민영익은 이해가 가지 않는다는 표정으로 자영을 쳐다보았다.

***

캄캄한 그믐밤이었다. 땅에서 솟는 지열이 밤에도 계속되었다 이하응은 잠이 오지 않자 사랑에서 밖으로 나왔다. 난군이 일본인 13명을 살해한 것이 그의 발목을 잡고 있었다.

"왜인들의 죽음을 배상하라고? 난군이 죽인 것을 어찌 조정에서 배상하라는 것이냐?"

이하응은 제물포 첨사의 보고를 받고 펄쩍 뛰었다.

"일본은 제물포 앞바다에 군선을 이끌고 왔습니다. 배상 문제를 논의하기 위해 제물포에서 협상할 것을 요구했습니다."

"흥! 협상을 하지 않으면 어떻게 하겠다는 것이냐?"

"군대를 이끌고 한양으로 들어오겠다고 합니다."

제물포 첨사의 보고에 조정 대신들이 일제히 웅성거렸다.

"청나라도 군대를 보낼 것이라고 합니다."

홍순목의 말에 이하응은 눈앞이 캄캄해지는 것 같았다.

***

6월 27일 일본 외무성의 서기관 곤도 신스케가 금강호 편으로 인천에 도착했다. 이틀 후인 6월 29일에는 하나부사 일본 공사가 군함 4척, 수송선 3척, 육군 1개 대대를 이끌고 도착했다. 대대장은 후에 조선 총독이 되는 데라우치 마사타케였다.

민영익의 서찰을 받은 김윤식은 대궐에도 들르지 않고 청나라로 달려갔다.

"조선의 왕비가 보낸 서찰이다. 조선에 군란이 일어났으니 상국(上國)인 우리가 진압해줄 것을 요구하고 있다."

청나라는 자영의 편지를 받고 회의에 들어갔다.

"조선의 내정에 개입할 필요가 있는가? 왕과 국태공은 부자지간이다."

"우리가 개입하지 않으면 조선이 일본에 넘어간다."

청나라는 회의 끝에 마건충과 북양수사제독 정여창을 파견했다. 이때 김윤식과 어윤중이 이들을 따라왔다.

일본은 이미 하나부사 일본 공사가 군함을 이끌고 인천에 들이닥쳐 인천 앞바다를 일본 해군의 아성처럼 사용하고 있었다.

"일본 군함이 3척이니 우리가 위험할 수도 있다."

정여창은 마건충을 청나라에 되돌려보내 증원군을 요청했다. 청나라는 즉시 대군을 파견했다.

"조선에 군란이 일어났으니 일본이 군대를 파견해주시오."

일본에 있던 유길준과 윤치호는 일본에 군대 파견을 요청했다.

이하응은 일본과 청나라가 대군을 끌고 조선으로 들이닥치자 난감했다. 세월이 변해 있었다. 그가 야인으로 돌아간 지 9년, 외세는 철저한 쇄국주의자인 그도 손을 쓸 수 없을 만큼 위협적인 존재가 되어 있었다. 게다가 중신들도 그의 등장을 탐탁하게 여기지 않았다. 그의 독단과 전횡을 잘 알고 있는 대신들로서는 두 임금을 섬기는 것이나 마찬가지여서 이하응을 껄끄러운 존재로 여겼다.

조정에서는 이하응이 야인으로 돌아가 있는 동안 새로 등장한 신진 사대부들이 요직을 장악하고 있었고, 그들은 조선이 개화되어야 한다는 사실을 잘 알고 있었다. 그러한 까닭으로 낡은 시대의 유물과 같은 이하응의 재등장이 탐탁할 리 없었다.

'상선여수라고 하더니…….'

이하응은 비로소 자신의 시대가 아니라는 사실을 절감했다. 상선여수(上善如水)는 흐르는 물은 앞을 다투지 않으므로 물처럼 사는 것이 제일 좋다는 뜻이다.

'공연한 짓이었어.'

이하응은 후회를 했다. 물론 임오군란이 이하응의 조종으로 일어난 군란이라고만 볼 수는 없는 일이었다. 이하응이 불을 지르지 않았더라도 언젠가는 둑처럼 터질 일이었다. 이하응은 그 물줄기를 민문과 일본으로 향하게 했을 뿐이다.

'일본을 어떻게 처리해야 할지 난감하군.'

토민토왜는 실의의 나날을 보내면서 그가 모질게 결심한 일이었다. 그러나 막상 토민토왜를 이루고 보니 뒷감당을 해야 할 일이 더욱 난감했다. 병인년과 신미년의 상황과는 전혀 양상이 달랐다. 일본은 벌써 군대를 인천에 상륙시키고 있었다.

"국태공 저하, 일본군이 도성에 들어왔습니다."

허욱이 황급히 운현궁으로 달려와 보고했다. 일본은 인천에 있는 육군을 한성으로 들어오게 하여 조선을 위협했다. 육군 소장 다카시마, 해군 소장 히도레이가 이끄는 1천여 명의 일본군은 조선의 수도인 한성의 거리를 행진하며 조선 백성들을 위협한 뒤 인천으로 돌아갔다.

조선 조정은 당황했다. 영의정 홍순목이 급히 편지를 써서 하나부사 일본 공사에게 보냈다. 거기에는 일본의 손해배상 요구를 협의할 의사가 있다고 씌어 있었으나 구체적인 내용은 없었다.

이때 청나라는 마건충의 증원 요청을 받고 정여창과 오장경이 군함 4척, 기선 13척에 육군 4천 명을 태우고 조선에 도착했다. 마건충은 무인이 아닌 국제공법학자였다. 그는 총리대신 이홍장에게 조선에 대한 종주권을 확보하기 위해서는 조선의 근대화가 불가피하다고 역설했다.

청군은 남양만 마산포에 도착한 뒤 곧장 도성으로 진군했다. 조선은 부랴부랴 김홍집을 반접관에 임명하여 그들을 영접하게 했다. 김홍집은 강수관에 임명된 뒤 일본과의 교섭을 맡고 있었다.

청나라는 조선의 상국이었다. 이하응은 청나라의 대군이 도착하자 기쁜 마음으로 그들을 맞이했다. 일본과의 교섭에도 청나라의 대군을 믿고 의연하게 대처했다. 하나부사는 초조해지기 시작했다. 일본 정부와 여론은 강경했다. 그들은 청나라가 조선에 대군을 보내리라고는 생각하지 않고 있었다. 조선은 점점 회담에 무성의했다. 하나부사는 일본에 급전을 보냈다. 일본 정부는 신축성을 가지고 사태에 대처하라는 훈령을 보내왔다.

이때부터 조선, 일본, 청나라의 외교전은 불꽃을 튀기기 시작했다.

청나라의 마건충은 하나부사를 방문하고 요담했다. 청나라도 일본의 군대를 두려워하고 있었고, 일본도 청나라와 전쟁을 하는 것은 시기상조라고 여겼다.

"조선의 군란은 국태공이 배후에서 조종한 것이오. 우리 일본은 조선에 책임을 물을 것입니다."

하나부사는 마건충과 직접 회담했다.

"국태공은 조선 국왕의 아버지요. 어떻게 책임을 묻겠다는 것이오?"

마건충이 하나부사를 쏘아보았다.

"그가 조정에서 손을 떼어야 하오."

"좋소. 그러면 우리가 국태공을 청나라로 데리고 가겠소."

마건충은 하나부사와 밀약을 맺었다.

음력 7월 13일이었다. 마건충은 오장경과 정여창을 대동하고 운현궁으로 이하응을 방문했다. 중국에서 온 사신이 국왕을 알현하지도 않고 이하응을 방문한 것은 전례가 없는 파격적인 일이었다.

운현궁 앞은 청나라 깃발과 군사들로 뒤덮였다. 이하응은 대문까지 나와서 그들을 맞이했다.

"원로에 얼마나 노고가 많으십니까? 대청제국의 현신(賢臣)들이 흥선을 찾아주니 기쁘기 한량없습니다."

이하응은 자신의 운명을 알지 못하고 정중하게 맞이했다.

"국태공의 이름을 들은 지 오래되었으나 이제야 뵙게 되었소이다."

이하응과 마건충은 정중하게 인사를 나누었다. 이하응은 그들을 아소당으로 안내하여 극진히 대접했다.

"조선의 병란으로 상국에 심려를 끼쳐 드렸습니다."

"우리 대청제국은 귀국 국왕의 안전을 도모하기 위하여 원세개 장군에게 왕국의 호위를 맡길까 하는데 국태공 대감은 어떻게 생각하오?"

"그렇게만 해주신다면 더 바랄 것이 없겠습니다."

하나부사의 위협에 굴욕감을 느끼고 있던 이하응이었다. 청나라가 왕궁을 호위해준다고 하자 두말없이 찬성했다.

"그럼 즉시 명령을 내리겠소."

마건충은 이하응 앞에서 정여창에게 명을 내려 조선 왕궁을 호위하라고 지시했다.

"원세개 장군은 청국 군사로 왕궁을 호위하라."

정여창이 그 자리에서 원세개에게 영을 내렸다.

"예."

원세개는 청군을 지휘하여 창덕궁으로 달려갔다.

"일본이 뜻밖에 강성해졌습니다."

이하응은 홍순목 등을 거느리고 마건충에게 말했다.

"국태공 대감, 일본은 개화를 한 지 20년 만에 열강이 되었습니다."

마건충은 이하응과 한담을 나누었다.

"일본과 조선은 결코 우호적인 관계를 유지할 수 없습니다."

"일본의 군대를 조심해야 할 것이오."

"일본군이 강성해졌다고는 하나 청나라에 비교할 수는 없겠지요."

"그렇소. 청나라도 최근 수년 동안 해군을 양성해왔소. 앞으로는 바다를 지배하는 나라가 세계를 제패할 것이오."

"청군의 위엄이 대단하리라고 여겨집니다."

"오늘 대접을 잘 받았소. 국태공 대감의 후의에 감사를 드리기 위해 주연을 마련할 것이니 오늘밤 본관의 숙소를 방문해주셨으면 하오."

마건충은 이하응에게 청군의 진영으로 방문해달라고 요구했다.

"초대를 해주시니 기쁩니다."

이하응은 흔쾌히 승낙했다. 이 기회에 상국으로 섬겨온 청국 군대가 어느 정도의 실력을 갖추고 있는지 확인하고 싶었던 것이다. 그러나 그것은 제갈량을 방불케 하는 마건충의 계략이었다.

이하응은 그날 밤 군사 5백 명을 이끌고 청군 진영을 방문했다.

날은 이미 어둑하게 저물고 있었다. 이하응은 가마에서 삼엄한 자세로 도열해 있는 청군을 살피며 흡족해했다. 청나라가 늙고 병들었다고 하여 사대의 예를 버려야 한다는 신진 사대부들의 주장이 공허하게 생각되었다. 기치창검은 하늘을 찌를 듯 당당하고 대오가 정연했다. 이 정도의 군사라면 일본군을 충분히 격파할 수 있으리라고 생각했다.

"대감, 어서 오시오."

청군 제독 정여창이 진영 앞에서 이하응을 맞이했다.

"청군의 위세가 하늘을 찌르는 것 같습니다."

이하응은 가마에서 내려 정여창과 함께 청군을 사열했다. 이하응을 수행한 군사는 청군 진영 밖에서 머무르고 이용숙과 이조연이 수행했다.

"안으로 들어가시지요."

청군의 사열이 끝나자 마건충이 이하응을 막사로 안내했다. 오장경의 휘하 장수인 황사림의 막사였다. 그러나 이하응은 마건충이 안내한 숙소가 청군 장수의 숙소라는 사실도 몰랐고, 외국군의 진영에 들어가는 일이 호랑이굴에 들어가는 것처럼 위험한 일이라는 사실도 전혀 눈치채지 못했다. 이하응은 마건충에게 저녁과 술을 대접받은 뒤 단독대좌에 들어갔다. 그들은 마건충의 제의에 의해 통역 없이 필담으로 의사를 교환하기 시작했다.

'조선은 대청제국의 속국임을 알고 있는가?'

먼저 마건충이 종이 위에 일필휘지로 써 갈겼다. 이하응은 그 글자들을 읽은 순간 가슴이 섬뜩했다.

'알고 있다.'

이하응도 글로 대답했다.

'조선의 국왕을 대청제국의 황제 폐하께서 임명한다는 사실도 알고 있는가?'

이하응의 얼굴은 점점 창백하게 변해갔다. 붓끝을 놀리는 손이 표 나게 떨렸다.

'알고 있다.'

'그렇다면 모든 정령이 국왕으로부터 나와야 하지 않는가?'

'그렇다.'

'그런데 지금 모든 정령이 그대로부터 나오고 있으니 어찌 된 일인가?'

'변란이 일어나서 내가 임시로 정무를 보고 있다.'

필담은 두 시간 동안이나 계속되었고, 필담을 하는 종이가 수북이 쌓여갔다. 그사이 오장경은 이하응을 납치할 군사 1백 명과 가마를 준비했다.

"대청제국의 황제가 책봉한 조선 국왕은 대청제국 황제의 신하이며 조선을 다스릴 위임을 받고 있다. 그런데 국태공은 난군을 동원하여 정변을 일으켜 조선 국왕을 유명무실하게 만들고 대신들을 살해했다. 조선 국왕이 대청제국 황제의 신하이듯 조선의 대신들 역시 대청제국 황제의 신하인데 함부로 대신들을 주살했으니 이는 대청제국 황제를 능멸한 일이 된다. 국태공의 죄를 용서할 수 없지만 국왕과 부자지간이니 적절한 조치를 취할 것이다! 국태공은 천진에 가서 황제 폐하의 관대한 조치를 애원하라!"

마건충의 선언에 이하응은 캄캄한 벼랑으로 굴러떨어진 듯 눈앞이 아득해왔다. 그는 그제야 함정에 빠졌음을 깨달았다. 그러나 마건충의 선언이 신호이기나 하듯 정여창과 오장경이 군사들을 거느리고 뛰어 들어와 이하응을 에워쌌다.

"이게 무슨 짓들이오?"

이하응은 피를 토하듯이 절규했으나 소용없는 일이었다. 정여창과 오장경은 다짜고짜 이하응을 장막 밖으로 끌고 나가 강제로 보교(步轎)에 태웠다.

'하늘이여, 어찌 이런 변고를 내리십니까?'

이하응은 피눈물을 삼켰다. 그러나 그의 비통한 절규도 소용없었다. 이하응을 태운 보교는 청군 1백 명의 삼엄한 호위를 받으며 남양만을 향해 어둠 속을 질주했다. 이때까지도 이하응을 호종하던 5백의 조선 군사는 아무것도 모르고 있었다.

"국태공 저하께서 청군에 끌려가셨습니다."

이조연과 이용숙이 한참 지난 뒤에야 그 사실을 알고 황급히 조정에 보고했다.

"국태공 저하께서 납치되다니, 그게 무슨 말이오?"

영의정 홍순목은 얼굴이 사색이 되었다.

"청나라가 어찌하여 아버님을 끌고 갔는가? 아버님을 어디로 끌고 간 것인가?"

재황은 가슴이 철렁하여 조정의 대신들을 둘러보았다. 그러나 조정의 대신들 누구도 그 상황을 모르고 있었다.

창덕궁은 원세개가 지휘하는 청나라 군사들이 삼엄하게 포위하고 있었다.

"국태공은 군란이 일어난 배경을 설명하기 위해 청나라로 간다. 국왕의 부친이니 융숭한 대접을 받을 것이다."

원세개가 조선 조정에 통고했다.

재황과 대소 신료들은 이 엄청난 사태를 맞이하여 핏기를 잃고 몸을 떨었다. 누구도 청나라의 횡포에 반발하지 못했다.

'이럴 때 중전이 있었으면 얼마나 좋겠는가?'

재황은 용상에 앉아서 자영을 생각했다.

"청나라 군대가 국태공 저하를 납치했다."

오영의 군사들은 이하응이 납치되었다는 소식이 전해지자 분개했다.

"청나라가 왜 국태공 저하를 납치하는가? 청나라 군대에 납치된 국태공 저하를 구하자."

오영 군사들은 다시 한 번 궐기하여 청군을 습격할 것을 결의했다. 이태원과 왕십리 일대에 분노한 오영의 군사들이 속속 모여들었다.

“6월에 변이 일어났는데도 아무도 처벌당한 사람이 없으니 어찌 이런 일이 있을 수 있는가? 성안의 사람들을 모조리 도륙하겠다.”

원세개가 조정에 통고했다.

당황한 조정은 조영하를 보내 오장경을 설득했다. 오장경은 막무가내로 조선의 수도인 한성에 있는 백성들을 모조리 죽이겠다고 위협했다. 재황은 친서를 보내어 오장경을 달랬다. 오장경은 재황의 친서를 받고도 모르는 체하고 이태원과 왕십리 일대에 대한 학살 명령을 내렸다. 이 학살에는 청군의 장광전, 오조유, 하승오, 원세개가 병력을 동원했다.

이때 원세개는 불과 24세였다.

“조선에서 군란이 일어난 것은 청나라에 대한 도발이다. 군란을 일으킨 군사들을 모조리 도륙하라.”

청군은 곧장 이태원을 습격하여 쑥밭으로 만들고 왕십리로 짓쳐 들어갔다. 저항은 미미했다. 청군은 조선군뿐만 아니라 민가까지도 습격하여 아비규환으로 만들었다. 조선인들은 남녀노소 가리지 않고 닥치는 대로 베어 죽이고 찔러 죽이는 청군을 피해 울부짖으며 이리 뛰고 저리 뛰었으나 왕십리 일대를 완전히 포위하고 학살을 자행하는 청군을 끝까지 피할 수 없었다. 대부분의 조선인들은 청군의 창칼 아래 도륙을 당했다. 부녀자들은 아이들을 끌어안고 달아나다가 청군에게 겁탈을 당한 뒤 살해되었다. 처절한 살육전이었다.

밤이 깊어지자 빗발이 날리기 시작했다. 청군은 의기양양하여 회군했고, 조선인들의 사체에서는 핏물이 빗물과 섞여 흘러내려갔다.

"청나라 놈들이 이러한 만행을 저지르다니……."

홍영식은 왕십리 곳곳에서 나뒹구는 조선인들의 사체를 보면서 주먹을 움켜쥐었다. 눈에서 피눈물이 흘러내릴 것 같았다.

"청나라가 이러한 짓을 저질렀으니 천벌을 받을 것이오."

박영효도 분개하여 어쩔 줄을 몰라 했다.

"미안하오. 내가 살육을 막지 못했소."

홍영식은 지그시 입술을 깨물었다. 그는 아버지인 홍순목이 영의정인데도 학살을 막지 못했다고 자책하고 있었다.

"그대의 잘못이 아니오."

박영효가 홍영식을 위로했다.

"이제 우리가 혁명을 해야 하는 이유가 분명해졌소."

"수표교로 갑시다."

홍영식이 앞장서서 청계천 둑을 따라 걷기 시작했다. 어둠을 더듬어 수표교로 향하는 그들의 머리 위에도 비가 쉬지 않고 쏟아졌다.

임오군란은 청나라 군사에 의해 평정이 되었다. 마건충과 정여창은 7월 21일에 청나라로 돌아갔고, 일본은 조선으로부터 배상 약속을 받고 군함을 철수시켰다. 그러나 청나라의 마건충은 오장경과 원세개를 조선에 남겨두어 종주권을 계속 유지해나갔다.

24
여명의 왕국

1882년, 6월이 가고 7월이 오자 도성에서 좋은 소식이 들려오기 시작했다. 일본군이 입성하고 청군이 4천 명의 병사들을 이끌고 조선에 도착했다는 얘기가 들리더니 이하응이 청나라로 잡혀갔다는 소식이 들려왔다.

'국태공을 청나라에서 잡아가? 대체 어떻게 된 일인가?'

자영은 방에 앉아 있을 수가 없어서 밖으로 나왔다. 홍계훈과 계집종이 멀찍이 떨어져서 따라왔다. 자영은 논둑길을 천천히 걸었다. 들판에는 벼들이 파랗게 웃자라 산들바람에 살랑거리고 있었다. 이제 얼마 있지 않으면 이삭이 팰 것이고 낟알도 영글기 시작할 것이다.

'내가 한양으로 돌아갈 때가 되었어.'

자영은 이용익을 통해 민영익을 장호원으로 불렀다. 보발꾼인 이용익의 말을 믿기 어려워서가 아니라 좀 더 자세한 내막을 알기 위해서였다.

"중전마마!"

민영익은 장호원에 도착하자 감격한 표정으로 부복했다. 자영도 눈물이 글썽하여 민영익을 맞아들였다.

"전하께서는 어찌 지내고 계시느냐?"

자영은 재황의 소식부터 민영익에게 물었다.

"밤이면 침수에 들지 못하시고 괴로워하신다고 합니다."

"그러시겠지."

자영은 눈물이 맺혀왔다. 보지 않아도 심약한 재황이 잠도 제대로 못 자고 식욕도 없으리라는 것을 훤히 알 수 있었다.

"세자는 어찌 지내느냐?"

"다행히 세자 저하는 강녕하십니다."

"당연히 그래야지."

자영이 소매로 눈물을 닦아냈다.

"국태공을 청나라로 끌고 간 것이 사실이냐?"

"예. 청나라 보정부로 압송되었습니다."

"군란을 일으킨 책임을 물으려는 것이겠지."

민영익은 새삼스럽게 자영의 얼굴을 살폈다. 자영은 얼굴이 초췌하고 몸이 수척해 있었다. 옷차림은 시골 여인들처럼 허름한 남색치마에 무명 저고리였다. 머리에 옥비녀를 꽂고 있을 뿐 치장도 하지 않았다.

'중전마마께서 이 지경이 되시다니…….'

민영익은 가슴이 미어지는 기분이었다.

"국태공을 언제 돌려보낸다고 하느냐?"

"돌려보내는 문제에 대해서는 언급이 없었습니다."

"그럼 돌려보내지 않을 수도 있다는 말이 아니냐?"

"그러지는 않을 것으로 봅니다."

"도성에 청나라 군대가 얼마나 있느냐?"

"2천 명 정도 됩니다. 2천 명은 돌아갔습니다."

"그들이 도성을 경비하고 있느냐?"

"그러하옵니다."

"망국의 징조다. 어찌 주권을 가지고 있는 나라에 외국 군대가 와서 주둔을 한다는 말이냐?"

자영은 무릎 위에 올려놓은 주먹을 불끈 쥐었다.

"어찌 되었건 청군이 군란을 진압했습니다."

"조선군과 전투를 했느냐?"

"전투랄 것은 없고…… 청군이 왕십리 일대의 난군과 조선인들을 습격하여 도륙했습니다."

자영이 눈을 질끈 감았다. 청군에게 도륙을 당하는 조선군들의 모습이 선하게 떠올라 가슴이 아팠다.

"일본은 어찌하고 있느냐?"

"군란이 일어났을 때 일본 공사관이 불에 타고 난군들이 일본인 13명을 살해했습니다."

"일본이 그냥 있지 않겠구나."

"이미 일본은 군대를 보내어 조선을 위협하고 있습니다."

"조정에서는 어떻게 하고 있느냐?"

"일본에 50만 원의 배상금을 물어주기로 하였습니다."

"50만 원?"

"조선 돈으로 1백만 냥이 넘는 큰돈입니다."

"조정에 무슨 돈이 있어서 그만한 배상금을 물어준다는 말이냐?"

"어찌할 수 없는 고육지책이었습니다. 일본이 1천 명이 넘는 군대를 이끌고 와서 어전에서 전하를 위협했습니다."

"저, 저런 못된 놈들!"

자영이 치를 떨었다. 눈썹이 파르르 떨리고 눈에서는 사나운 안광이 쏟아졌다.

"환궁을 서둘러야 하겠다. 내가 환궁할 수 있도록 일을 도모하거라."

"중전마마."

"대신들은 무엇을 하고 있기에 주상 전하가 왜놈들에게 수모를 당하도록 방치했다는 말이냐?"

"환궁은 안 됩니다."

"환궁이 안 되다니 무슨 말이야?"

"때를 기다려야 합니다. 청군의 움직임을 살핀 뒤에 조정에서 영접을 나올 때까지 기다려야 합니다."

"나는 조선의 국모가 아니냐? 어째서 청군의 동태를 살펴야 한다는 말이냐?"

"청군이 도성을 장악하고 있습니다."

"망국이 도래했어. 조선이 망국의 길을 재촉하고 있는 게야."

자영이 한탄을 했다.

민영익은 그날 밤 자영에게 하직인사를 올리고 서둘러 도성으로 떠났다. 민영익은 도성으로 돌아오자 가신 고영근과 장사들을 장호원으로 보내 자영을 보호하게 한 뒤 재황을 은밀히 만났다.

"전하, 잠시만 주위를 물리쳐주십시오."

숙배를 올리고 난 민영익이 재황을 넌지시 올려다보았다.

"무슨 일이 있는가?"

재황은 침중한 목소리로 물었다. 군란이 일어난 뒤 잠을 제대로 못 자 얼굴이 수척했다.

"긴히 아뢸 말씀이 있습니다."

"그래?"

재황은 민영익을 빤히 쳐다보다가 그제야 주위를 물리쳤다.

"전하, 기쁜 소식입니다. 중전마마께서 살아 계십니다."

"뭣이?"

새삼스럽게 주위를 살피며 나직하게 소곤대는 민영익의 말에 재황은 펄쩍 뛸 듯이 놀랐다.

"예정(禮庭), 그것이 사실이냐?"

예정은 재황이 하사한 민영익의 호였다.

"그러하옵니다."

"중전은 난군에게 죽었다고 했다. 혹시 거짓 소문을 들은 것이 아니냐?"

"신이 손수 중전마마를 뵈옵고 문안을 드리고 왔습니다."

"오!"

재황은 감격에 넘쳐서 소리를 질렀다. 살아 있었구나! 중전이 살아 있었구나……! 재황은 기쁨을 숨기지 않으면서 민영익의 손을 덥석 잡았다.

"예정, 중전은 어디에 있느냐?"

"장호원의 초가집에 숨어 계십니다."

"건강은 어떻더냐? 민가에 숨어 있었으면 몸이 무척이나 상했을 것이 아니냐?"

"다행히 크게 상하지는 않으셨습니다."

"하늘이 과인을 살리려 함이다. 어찌 이렇게 기쁜 일이 있을 수 있겠느냐? 예정, 중전을 서둘러 환궁하게 해야겠다. 지엄한 옥체를 어찌 하루라도 민가에 머물러 있게 할 수 있느냐?"

"전하."

“예정은 중전의 환궁을 서둘러다오.”

“전하, 이 일은 신중히 처리해야 합니다.”

“신중히?”

재황이 비로소 민영익의 얼굴을 의아한 표정으로 살폈다.

“아뢰옵기 송구하오나 이미 국상이 선포되어 있고 산릉까지 정해져 있습니다.”

“그렇지!”

재황이 무릎을 탁 쳤다. 그렇게 따지면 자영은 이미 죽은 목숨인 것이다.

“해서 청군에게 이 사실을 알리고 종친부에서 상소를 올리게 하여야 할 것입니다. 그동안 중신들에게는 비밀로 해야 합니다.”

“예정에게 이 일을 모두 맡기겠다. 그러나 서둘러야 할 것이다. 너는 지어미를 잃고 애통해하는 과인의 심사를 살펴야 할 것이니라.”

“명심하겠습니다.”

민영익은 재황의 침전을 물러나오자 조영하를 청군 진중으로 보내어 자영이 살아 있다는 것을 은밀하게 통고한 뒤 중신이 아닌 종친부의 봉상시 서상조와 지종정경 이인응, 그리고 현임이 아닌 전 지평 송상순, 전 지평 이취영에게 상소를 올리게 했다. 자영의 환궁을 여론으로 움직이려고 한 것이다.

“요즘 듣자하니 왕비 전하는 조용히 변란에 대처하여 누추한

곳에 은신해 있다고 합니다. 거처하는 곳을 널리 알아내어 의장과 예법을 갖추어 왕비 전하를 맞아들이시기 바랍니다."

봉상시 서상조의 상소였다. 재황은 서상조의 상소를 두 번이나 되풀이해서 읽은 뒤 비답을 내렸다.

"항간에 떠돌아다니는 소리는 본래 확실한 근거가 없는 것이다. 그러나 너의 상소문을 읽어보니 까닭 없이 나온 말이 아니라는 것을 알게 된다. 널리 찾아서 맞아들이는 일을 늦추어서는 안 되겠다."

재황의 비답이었다. 승정원을 통해 이 소식을 들은 대신들은 소스라쳐 놀랐다. 상소는 계속해서 올라왔고, 재황의 비답은 자영이 살아 있다는 것으로 발전하더니 급기야 기정사실화했다. 중신들은 그제야 자영이 살아 있다는 것을 깨닫고 뒤통수를 얻어맞은 듯한 기분을 느꼈다. 종친부의 이인응도 상소를 올렸는데 구체적으로 자영이 장호원에 있으니 성대하게 맞아들이라는 것이었다.

"하늘의 도리는 밝게 돌아가고 사람들의 심정은 가릴 수 없다. 운수가 열리는가 막히는가, 슬픔과 기쁨이 엇갈려 갈마가 들 지경이다."

이인응의 상소에 대한 비답이었다.

재황은 7월 25일 마침내 국상을 철폐하라는 지시를 내렸다.

"중궁이 지금 장호원에 은신해 있으니 전체 관리들이 상복을 입는 일을 중지하고 국상도감을 철폐하라."

재황의 지시는 계속해서 승정원을 통해 내려왔다.

"중궁을 맞이할 때 영의정이 내려가서 영접하라."

재황의 지시는 승정원이 정신이 없을 정도로 바쁘게 내려왔다. 이튿날인 7월 26일엔 판종정경 이재면, 종정경 이재원에게도 자영을 영접하라고 지시하고 총융사에 군사 60명을 끌고 가서 자영을 호위하라고 지시했다.

"조선의 왕비가 살아 있다. 그를 도성으로 돌아오게 해야 하는가?"

원세개가 휘하 장수들에게 물었다.

"우리 군사가 조선인들을 도륙하여 여론이 나쁩니다. 왕비를 맞이하는 데 도움을 주면 여론도 좋아질 것입니다."

청군 장수들이 말했다.

"좋다. 내가 1백 명의 군사들을 이끌고 가서 왕비를 호위하겠다."

원세개는 새로운 실력자가 될 것이 틀림없는 자영을 호위하기 위해 청군 1백 명을 이끌고 장호원으로 달려갔다.

"중전마마, 봉영사로 영의정 홍순목 대감께서 오십니다."

도성에서의 파발이 빗발치듯이 내려왔다.

'내가 도성으로 돌아가게 되다니 꿈만 같구나.'

자영은 봉영 행렬이 오고 있다는 말에 눈물이 흘러내렸다. 급기야 봉영사 일행이 당도하였다. 장호원 노신리의 시골집은 7월 29일이 되자 중전 자영을 구경하려는 사람들로 인산인해를 이루었다. 도성에서 내려온 호위군사와 봉영사 일행, 청군의 원세개가 지휘하는 1백 명의 군사들까지 인근 백성들의 구경거리였다. 태어나서 처음 보는 왕비의 환궁행렬이었다.

"중전마마가 양귀비를 능가하는 미인이시라지? 중전마마시다."

군사들이 통제를 하는데도 빽빽하게 모여든 군중들은 발돋움을 하고 환성을 질렀다. 자영은 시골집 바깥마당으로 나와서 조용히 군중들을 훑어보았다. 상궁들과 봉영하는 대신들은 고개조차 들지 못하고 있는데 군중들은 자영의 얼굴을 보기 위해 고개를 꼿꼿이 쳐들었다.

자영은 바깥마당에서 영의정 홍순목의 숙배를 받았다.

"중전마마, 그동안 얼마나 고초가 크셨습니까?"

"고초랄 것이 무어 있겠소? 재상이 노구를 이끌고 봉영 차 와주니 민망하기 짝이 없구려."

"황공하옵니다. 지난 6월의 사변은 신등의 불충이었습니다."

"지난 일을 말해 무얼 하겠소? 일각이 여삼추 같으니 서둘러 출발합시다."

"청나라 장수 원세개 장군이 왔습니다. 중전마마께 인사를 올린다고 합니다."

홍순목이 난감한 듯이 길을 비켜섰다. 그러자 그의 뒤에 있던 원세개가 다가와서 자영에게 고개를 까딱했다.

"왕비마마, 외신 원세개가 인사드립니다."

자영은 실눈으로 그를 쏘아보았다. 오만한 원세개의 태도에 분노했으나 미소를 지었다.

"원세개 장군이 멀리 만리타국까지 와서 고생하고 있으니 후일 잊지 않고 사은하겠습니다."

자영은 또렷한 목소리로 대답했다.

"원 장군이 봉영 행렬을 선도하시오."

"예."

원세개는 대답을 한 뒤에야 자영이 자신에게 명령을 내리고 있다는 사실을 깨달았다.

'왕비가 지혜로운 여인이구나.'

원세개는 속으로 탄복했다.

"중전마마, 어서 보련에 오르십시오."

홍순목이 자영을 재촉했다. 자영이 개(蓋)를 씌운 가마에 오르자 상궁들이 좌우에서 전도를 하고 총융청의 군사들이 호종을 했다. 청군은 앞에서 길을 트고 영의정 홍순목은 초헌을 타고 배종했다.

날씨는 화창했다. 음력 7월 29일(양력 9월 11일)이니 절기는 이미 가을이었다. 하늘이 씻은 듯이 맑고 들에는 벼이삭이 패고 있었다. 혹독한 가뭄을 겪었는데도 장호원에서 한양에 이르는 들판은 언제 그런 일이 있었느냐는 듯 벼들이 누렇게 익어가고 있었다.

'정사를 바르게 하리라. 풍전등화처럼 위태롭게 깜박거리는 이

씨왕조를 반석 위에 올려놓으리라!'

자영은 흔들리는 가마 안에서 굳게 결심하였다. 6월의 군란은 왕조가 허약함으로써 생긴 군란이었다. 나라의 법도가 제대로 지켜지고 있었다면 어째서 군사들에게 지급할 요식이 13개월이나 밀렸겠는가.

자영은 8월 1일 창덕궁으로 환궁했다. 세자는 창덕궁의 정문 돈화문 앞에 나와서 숙배를 했다.

"세자야!"

자영의 두 눈에서 이슬이 맺혔다. 50일 만의 대면이었다. 상궁과 내시들이 흐느껴 울자 세자도 울음을 터뜨렸다.

"어마마마."

자영은 아홉 살인 세자를 안고 오열을 삼켰다. 창덕궁의 정문인 돈화문 앞에 도열한 대신들의 눈이 붉게 충혈되고 장내는 숙연해졌다.

"중전."

재황은 중희당 앞뜰에서 자영을 맞이했다. 자영은 상궁들의 부액을 받아 재황에게 숙배를 올렸다. 자영의 어깨가 가늘게 떨리고 눈에서는 눈물이 쉴 새 없이 흘러내려 그녀의 얼굴을 하염없이 적셨다.

"중전, 얼마나 고초가 심하였소?"

재황은 어수를 내밀어 자영의 섬섬옥수를 잡아 일으켰다. 눈물에 젖은 자영의 얼굴이 새벽이슬을 맞은 것처럼 아름다웠다.

"전하……."

자영은 설움이 복받쳐 더 이상 말을 잇지 못했다. 지아비의 손에서 물결처럼 번져오는 따뜻한 체취, 그 체취에 온몸이 녹아버리는 것 같았다.

***

재황은 자영과 깊고 뜨거운 사랑을 나누었다. 3개월 동안이나 헤어져 있던 부부였다. 난군이 자영을 죽이기 위해 대궐을 휘젓고 다닐 때 재황은 온몸을 떨면서 울었다. 민겸호는 대궐 난간에서 난군들에게 죽임을 당했다. 그는 난군에게 잡혔을 때 이하응에게 살려달라고 애원했다.

"내가 대감을 어떻게 살릴 수 있겠소?"

이하응은 핏발이 선 눈으로 민겸호를 조롱했다. 난군들은 민겸호를 난도질하고 그의 입에 엽전을 쑤셔 넣었다.

"돈 좋아하는 놈, 저승 갈 때도 돈이나 처먹어라."

난군들의 만행을 본 재황은 슬펐다. 군란이 일어나기 며칠 전에 자영이 민겸호를 파직하고 잡아들이라고 했었다. 재황은 후임을 정하지 못해 미루고 있었는데 군란이 일어난 것이다.

"전하……."

자영이 재황에게 바짝 매달렸다.

"감고당 아줌마."

모처럼 불러보는 이름이었다. 자영이 서른한 살, 재황이 서른 살이었다. 젊은 부부는 밤이 늦도록 사랑을 나누었다.

자영을 새로 맞아들인 재황은 의욕적으로 정사를 보기 시작했다. 그는 전보다 더 자영의 말에 귀를 기울였다.

"전하, 조선은 개화되어야 합니다."

자영은 재황을 가슴에 안고 속삭였다.

"조선을 어떻게 개화하는 것이 좋겠소?"

"일본이 수신사 파견을 요청하고 있습니다."

"군란의 일을 일본에 와서 사과하라는 것이오."

"제물포조약을 체결했으니 수신사를 보낼 수밖에 없습니다."

"나는 김홍집을 보낼까 하오."

"김홍집도 괜찮지만 개화주의자들을 보내십시오."

"마땅한 사람이 있소?"

"영혜옹주의 부마 박영효를 정사로 삼고 수행원들을 그가 선발하도록 하십시오."

재황은 자영의 천거에 따라 8월 5일에 일본 특파 수신사에 박영효를 임명하고 부사에 김만식, 종사관에 서광범을 임명했다.

'김옥균이 왜 빠졌지?'

자영은 수신사 명단을 보고 의아했다. 그러다 김옥균과 조정

대신들이 사이가 좋지 않다는 사실을 알 수 있었다.

"전하, 김옥균과 민영익을 수신사 고문으로 따라가게 하십시오."

수신사는 8월 9일에 조선을 떠났는데 민영익, 김옥균이 고문으로 동행하게 되었다.

'일본을 보고 오면 깨닫는 바가 있을 것이다.'

자영은 민영익과 김옥균을 개화의 중심인물로 키우고 싶었다.

'군란이 일어난 것은 우리 민씨가 부패했기 때문이다.'

자영은 군란의 원인을 생각하지 않을 수 없었다.

'세자빈의 아버지라고 해서 사정을 봐줄 수 없다.'

자영은 민태호를 잡아들여 재판을 받게 했다. 민태호는 세자빈의 아버지이기도 했지만 민영익의 생부이기도 했다. 총명한 민영익을 생각하자 가슴이 아팠다.

'이 일을 어찌하나?'

의금부는 민태호에게 사형을 판결했다. 세자빈이 문후를 드리러 올 때마다 자영은 가슴이 답답했다.

자영은 군란의 원인을 잘 알고 있었다. 군란의 원인인 훈련도감 군사들의 요식이 13개월이나 밀린 것은 대신들이 부패했기 때문이었다. 그 부패의 오명을 민문이 모조리 뒤집어썼으나 그녀가 돌아왔다고 해서 민문을 비호하지는 않았다. 그녀는 칼날처럼 냉혹한 여인이었다. 세자빈의 친정아버지라도 부패한 대신은, 특히 그가 민문의 두령격인 민태호라고 해도 용서할 수 없는 일이었다.

자영과 재황의 성격은 대조적이었다. 자영이 여자임에도 성격이 칼날 같다면, 재황은 성격이 우유부단하고 여렸다. 재황은 역모 사건에 관련된 죄인들도 좀처럼 사형 판결을 내리지 않았고, 파면한 지 며칠 되지 않은 대신들을 곧잘 다시 발탁하곤 했다. 그래서 고종이 건망증이 심하다는 말도 성안에 나돌았다. 재황은 자영이 옆에 있음으로 해서 국왕으로서의 위엄을 갖추기 시작했다. 그가 처리해야 할 일은 산적해 있었다.

일본인들은 울릉도를 자주 왕래하면서 목재를 벌채해 가고는 했다.

"울릉도는 바다 가운데 외딴 곳에 있는 하나의 미개척지로서, 듣자니 땅이 비옥하다고 합니다. 우선 백성들을 모집하여 개간하게 해서 5년 후에 조세를 물리면 절로 점차 마을을 이루게 될 것입니다. 그리고 양남(兩南)의 조선(漕船)들이 여기에 가서 재목을 취해다가 배를 만들도록 허락한다면 사람들이 번성하게 모여들 것이니, 이것은 지금 도모해볼 만한 일입니다. 그러나 만일 도맡아 다스릴 사람이 없어 잡다한 폐단을 막기 어렵다면 성실하게 일을 주관할 만한 사람을 검찰사에게 문의하여 우선 도장(島長)을 임명하여 후일에 진(鎭)을 설치할 뜻을 미리 강구하도록 도신에게 분부하는 것이 어떻겠습니까?"

영의정 홍순목이 재황에게 물었다.

"중전의 생각은 어떻소?"

재황이 중궁전으로 와서 자영에게 물었다.

"울릉도는 조선의 영토입니다. 지금 비록 사람이 살지 않는다고 해도 우리 영토를 지키지 않을 수 있겠습니까?"

"그럼 섬의 책임자를 임명하도록 하겠소."

1882년 8월 20일에 재황은 울릉도 책임자를 임명하라는 명을 홍순목에게 내렸다.

"전하에게 청이 있습니다."

"중전이 나에게 무슨 청이 있소?"

"홍계훈은 무예별감으로 군란이 일어났을 때 첩을 보호하여 여주에 숨어 있게 해주었습니다."

"그렇소. 나도 홍계훈에게 어떤 벼슬을 내릴지 생각 중이었소. 어떤 벼슬이 좋겠소?"

"고을의 현감이면 어떻습니까?"

"마침 포천 현감 자리가 비어 있소."

재황은 홍계훈을 포천 현감에 임명했다. 무예별감이 과거도 보지 않고 현감에 임명되는 것은 파격적인 일이었다.

"중전마마."

홍계훈이 중궁전으로 와서 하직 인사를 올렸다.

"이것으로 내 목숨을 구한 은혜를 갚았다고는 생각하지 않는다."

자영이 홍계훈을 찬찬히 살피면서 말했다. 군란이 일어났을 때 그의 등에 업혀 도망을 치던 일을 생각하자 기분이 미묘했다.

"신이 어찌 마마에게 보답을 바라겠습니까? 신은 언제든지 마마를 위하여 죽을 각오가 되어 있습니다."

자영은 홍계훈의 얼굴을 가만히 살폈다. 그가 비록 그녀 앞에 꿇어 엎드려 있지만 어떤 감동이 격류처럼 밀려왔다.

홍계훈에 대해서 때때로 생각했다. 일부러 생각하려고 했던 것은 아니었으나 비가 부슬부슬 오거나 땅거미가 어둑하게 내릴 때, 문득 사방이 기이하게 조용할 때면 홍계훈의 얼굴이 떠오르고 그의 등에 업혔을 때의 야릇한 감정이 되살아났다. 그러나 그럴 때마다 세차게 고개를 흔들어 그 감정을 떨쳐버리고는 했다.

"고맙다."

자영은 유정한 눈빛으로 홍계훈을 응시하다가 손목에 감고 있던 팔찌를 뽑았다.

"그냥 받아라."

자영이 팔찌를 홍계훈을 향해 밀어주었다.

"황공하옵니다."

홍계훈이 조심스럽게 팔찌를 받았다. 자영은 무예별감으로 주위를 맴돌던 홍계훈이 포천으로 떠나자 며칠 동안 잠을 이루지 못했다.

자영이 충주에서 환궁하여 한 일은 자신을 업어서 대궐을 탈출하게 한 홍재희를 포천 현감에 제수하고, 세자빈의 친정아버지이자 척신의 두령격인 민태호에게 사형 판결을 내린 일이었다.

음력 9월 14일 부사과 이건용이 상소를 올렸다.

"우리 왕비 전하는 희사(喜捨)와 같은 성인으로 빛나는 덕을 지니고 17년 동안이나 왕비의 자리에 있으면서 전하의 정사를 도와 복을 누리도록 하였습니다. 이것은 역대에 없던 경사이오니 예조의 당상관들을 시켜 좋은 날을 잡아 존호를 올리는 의식을 거행하기 바라옵니다."

존호는 임금이나 왕비의 선정을 칭송하기 위해 바쳐 올리는 시호였다.

"이때가 어찌 존호를 올려 아름다운 덕행을 찬양할 시기겠는가. 신하가 임금을 섬김에 있어서 면전에서 아첨을 해서는 안 된다."

자영은 부사과 이건용을 파면해버렸다. 그러나 민태호는 세자빈의 친정아버지였기에 사형을 면하고 다시 발탁하게 되었다. 실제로 민문에서 가장 부패했던 인물은 민겸호였다. 또 자라나는 세자와 민문의 기둥격인 민영익에 대한 배려도 감안하지 않을 수 없었다.

***

우수수. 밖에서 나뭇잎이 떨어져 쓸려 다니는 소리가 들렸다. 중궁전은 그 소리 외에는 물속처럼 조용했다. 조선의 왕비 자영은 발 건너편의 남향을 향해 앉아 있고 김옥균은 발 앞에서 동향을 향해 앉아 있었다. 발을 쳤다고는 해도 서로 마주 보지 않았다.

"참으로 오래간만인 것 같소."

자영이 오랜 침묵을 깨고 입을 열었다. 김옥균은 침도 삼키지 않고 앉아 있었다.

'저 여인이 백의정승 유대치의 집을 묻던 소녀인가. 유대치의 한약방에서 발을 치고 우리의 논쟁을 듣던 소녀인가.'

호기심 많던 소녀가 이제는 조선의 왕비가 되어 정사를 쥐락펴락하고 있었다.

"망극하옵니다."

"군란에 대해서는 거론하고 싶지 않소. 국태공의 쇄국정책은 나라를 퇴보시키기 때문에 나는 개국을 해야 한다고 생각하오. 앞으로 그대들을 요직에 발탁하여 조선을 개화시키려고 하는데, 성심을 다할 수 있겠소?"

"중전마마께서도 함께하십니까?"

김옥균이 날카로운 목소리로 물었다. 자영이 정사에 관여할 것이냐고 묻는 말이었다. 김옥균은 자영이 정사에 관여하는 것을 싫어하는 것이 분명했다.

"주상 전하와 나는 부부요. 함께해서 안 될 일이 있소?"

"궁중의 법도가 지엄합니다."

"개화를 하려는 것은 나요. 나를 배척하고 개화가 이루어질 것

갈소?"

자영의 목소리에는 자신감과 함께 김옥균을 한 수 아래로 보는 시선이 깔려 있었다. 김옥균은 자영과 팽팽하게 대치했다.

"신들이 배척하는 것이 아니라 대신들이 배척할 것입니다."

"그대들을 별입시(別入侍)시키겠소."

김옥균은 가슴이 쿵 하고 내려앉는 것을 느꼈다. 자영은 김옥균이 임금을 자유롭게 만나게 해주겠다고 말하고 있는 것이다.

'대궐의 주인이 왕이 아니라 왕비인 것 같구나.'

김옥균은 중궁전을 나오면서 등줄기로 식은땀이 흐르는 것을 느꼈다. 개화를 위해서는 자영이 정사에 관여해도 어쩔 수 없다고 생각했다. 임금에게 자주 별입시를 하는 것은 쉽게 얻을 수 있는 기회가 아니었다.

'그래. 일본을 따라가려면 별입시를 해야 돼.'

김옥균은 일본의 발전된 모습을 머릿속에 떠올리면서 가만히 한숨을 내쉬었다.

***

1881년 1월, 김옥균은 부산으로 가서 동본원사의 주지인 오쿠무라를 만났다. 그는 조선말을 잘 아는 오쿠무라에게 일본어를 서툴게나마 배우고 3월에 일본으로 건너갔다. 그는 나가사키를 거쳐 3월 6일 도쿄에 도착하여 경응의숙의 설립자인 후쿠자와 유기치를 찾아가 만났다. 후쿠자와의 경응의숙은 훗날 게이오대학이 되어 일본 지식인의 양성소가 된다.

"선생에 대한 말씀을 많이 들었습니다. 조선을 위하여 많은 도움을 주십시오."

김옥균이 후쿠자와에게 절을 하고 말했다.

"그대는 조선의 지사(志士)요. 지사를 돕는 것은 나의 의무요."

후쿠자와도 김옥균에게 절을 했다. 김옥균은 아시아를 벗어나 세계로 나아가자는 후쿠자와의 탈아론(脫亞論)에 깊은 감명을 받았다.

"선생의 고견은 이 사람의 눈을 크게 뜨게 해주었습니다. 선생과 철맹(鐵盟)을 맺고 싶은데 어떻소?"

"좋소이다. 그대는 이제 나의 동지가 되는 것이오."

김옥균은 후쿠자와와 철맹을 맺었다. 경응의숙에는 유길준과 윤치호가 유학을 와 있었다.

후쿠자와는 정계에 진출해 있지는 않았으나 일본의 지도자들에게 막강한 영향력을 행사하고 있었다. 김옥균은 후쿠자와의 집에 기숙하면서 일본 정계의 요인들과 접촉하기 시작했다. 일본은 김옥균이 상상했던 것보다 훨씬 더 발전해 있었다. 국민들은 생기가 넘치고 거리는 인파가 들끓었다.

곳곳에 산재한 대규모 공장들과 강력한 군대는 장차 조선에 화근이 될지는 알 수 없었으나 일본인들은 청나라와 개전(開戰)을 주장할 정도로 자신감에 넘쳐 있었다.

'일본은 우리의 상상을 훨씬 뛰어넘고 있지 않은가? 우리는 일본에서 많은 것을 배워야 할 것이다!'

김옥균은 일본의 발전한 모습에 진심으로 감탄했다. 그러나 그가 일본에 체재한 기간은 길지 않았다. 그가 일본을 배우기 위해 후쿠자와의 경응의숙에 기숙하면서 일본 요인들과 활발한 접촉을 하던 1882년 6월에 조선에서 임오군란이 일어나고 일본 공사와 관원들이 죽음의 혈로(血路)를 뚫고 돌아오자 일본 조야가 발칵 뒤집혔다.

"조선은 야만인들이다!"

"국교를 열고 있는 이웃나라의 공사 관원을 상해한 것은 일본을 모독한 것이다!"

급기야 일본 조야에 정한론(征韓論)이 벌떼처럼 일어났다. 일본 국민과 언론들은 흥분해서 조선을 맹렬하게 비난했다.

경응의숙에 유숙하고 있던 유길준과 윤치호는 후쿠자와를 움직여 일본군을 조선에 보내어 조선 국왕과 세자를 구출하여 안전한 곳에 피신하도록 하고, 이하응을 체포해달라고 태정대신 산조 사네토미에게 요구했다. 그들은 조선의 근대화를 위해서 위정척사론자인 이하응이 권좌에서 물러나야 한다고 생각했다.

김옥균은 유길준, 윤치호 등과는 생각이 달랐다.

"국태공은 완고한 노인이지만 타고난 정치가의 감각을 갖고 있다. 국왕 전하는 총명하지만 과단성이 부족하다. 총명한 국왕 전하와 타고난 정치가의 감각을 가진 국태공이 힘을 합치면 조선은 중흥기를 맞이할 수 있을 것이다. 죽음을 무릅쓰고 국태공을 설득하여 개혁을 단행해야 한다!"

김옥균은 조선을 문죄하기 위해 하나부사 공사가 일본군을 이끌고 조선으로 오는 일본 군함에서 비장한 생각을 했다.

김옥균은 하나부사 일행과 함께 6월 29일 인천에 도착했다.

하나부사는 일본군을 이끌고 7월 3일 입경을 했고, 7월 7일 재황을 알현하고 오만방자한 태도로 일본에 사죄할 것과 배상금 50만 원을 요구했다.

이때 김옥균이 일본군과 함께 인천에 있다는 보고가 조정으로 들어왔다. 하나부사는 6월 29일 인천에 도착하여 조선 조정에서 급파한 조영하, 그리고 청나라 군함을 타고 귀국한 어윤중, 김윤식과 밀담을 했는데 이하응은 이들을 통해 김옥균이 일본군과 함께 귀국했다는 보고를 받자 불같이 역정을 냈다.

"김옥균이 소년재사라고 하더니 매국노가 아닌가? 김옥균이 입성하는 대로 잡아 죽이도록 하라."

이 소식은 즉각 개화당의 박영효에게도 알려졌다. 박영효는 부랴부랴 인천으로 달려가 김옥균의 입경을 만류했다.

"국태공의 정치 감각이 그 정도에 지나지 않는다는 말이오?"

김옥균은 낙담했다.

"우물 안 개구리지요."

"아무래도 내가 일본군과 함께 온 것이 화근이 된 것 같소."

"그렇소. 고균은 큰 실수를 했소."

결국 김옥균은 끝내 입경하지 못했고, 이하응이 청군에 의해 청나라로 나포된 7월 14일 이후에야 가까스로 입경했다. 그러나 조선은 7월 17일 제물포조약을 맺고 일본에 임오군란을 사과하는 진주사(陳奏使)를 파견해야 했다.

조선은 새로운 격동기를 맞이하고 있었다. 청군의 힘을 빌려 임오군란이 평정되자 청나라는 조선에 대한 종주권을 회복하여 일본의 진출을 차단하려는 방어기지로 삼으려 했고 일본은 대륙 진출의 전초기지로 삼으려 했다. 청나라는 조선에 3천 명의 군대를 주둔시켰고, 일본은 공사관 경비라는 명목을 내세워 2백 명의 군대를 주둔시켰다.

조선은 진주사의 명칭을 일본특파수신사로 하고 수신정사에 박영효, 부사에 김만식, 종사관에 서광범을 임명하고 고문으로 민영익, 김옥균이 동행하게 되었다. 이때 수신정사인 박영효가 21세, 종사관인 서광범이 23세, 민영익이 22세, 김옥균이 31세였다. 그야말로 파격적인 선발이라고 할 수 있었다.

이들은 당대의 재상들처럼 국왕과 왕비를 자유롭게 알현하면서 조선 개혁의 의지를 불태웠다. 겨우 약관을 갓 넘긴 이들을 조선이 일본에 파견한 것은 이러한 배경을 깔고 있었다. 물론 이들은 조선에서 내로라하는 명문 귀족의 자제들이었고 문명이 장안에 파다한 재사들이었다.

김옥균은 여섯 살 때 이미 《천자문》과 《동몽선습(童蒙先習)》을 떼었다. 그는 양자로 들어가기 전 그의 생부(生父)가 달을 가리키며 글을 지으라고 하자

'雖小照天下(달은 작지만 천하를 비춘다)'

하고 서슴없이 글귀를 지어 바쳐 사람들을 놀라게 한 일이 있었고, 민영익은 추사 김정희와 이하응의 뒤를 잇는 서화 솜씨가 일품이어서 《매천야록》을 남긴 황현은 민영익의 서화가 8학사 중에 으뜸이라고 하기까지 했었다. 이하응의 석파란이 일세를 풍미했듯이 민영익의 운미란 또한 일세를 풍미했다. 박영효 역시 영혜옹주의 부마로 간택되었을 정도로 인물과 학문이 뛰어났다.

"50만 원의 배상은 너무 많소. 조정과는 관계도 없지 않은가?"

자영은 박영효, 김옥균, 민영익을 중궁전으로 불러서 명을 내렸다. 그녀는 개화파인 그들에게 별입시(別入侍) 자격을 주어 재황의 침전까지 자유롭게 드나들게 했다. 개화파는 자영의 배려로 국왕인 재황을 자유롭게 만나 소신을 말할 수 있었다. 전례가 없는 파격적인 일이었다.

"50만 원의 배상금을 최대한 낮추도록 노력해보겠습니다."

김옥균이 조용히 대답했다.

"원로에 고생이 많을 것이다."

재황이 그들에게 술을 하사했다. 국왕과 왕비 앞이지만 그들은 술을 마시고 개화에 대해서 역설했다.

"두 분 전하, 신이 긴히 드릴 말씀이 있습니다."

김옥균이 주위를 살핀 뒤에 낮게 말했다.

"말하라."

"조선에 군란이 일어난 것은 요미(料米)가 밀렸기 때문입니다."

"과연 그렇다."

재황이 고개를 끄덕거렸다. 자영은 물처럼 고요한 눈으로 김옥균과 박영효를 살피고 있었다.

"관리들이 부패하고 세금이 걷히지 않고 있습니다. 양민들이 세금을 내지 않으니 천민들만으로는 국가의 재용을 감당할 수 없습니다."

"양반들에게 세금을 걷는 것은 큰 반발을 부를 것이오."

국가 재정이 고갈되어 있었다. 조정에서도 그 문제로 고민하고 있고 자영도 해결책을 찾으려고 했으나 마땅한 방책이 없었다.

"하오나 시행하지 않을 수 없습니다. 국가를 개혁하려면 막대한 재용이 필요한데 일본으로부터 융통을 해보는 것이 어떨까 합니다."

"얼마나 융통을 해야겠는가?"

재황이 김옥균에게 물었다. 박영효는 고개를 끄덕이고 민영익은 눈살을 찌푸렸다.

"3백만 원입니다."

"3백만 원이면 조선 돈으로 얼마나 되오?"

"6백만 냥 정도 될 것입니다."

"이는 조정에서 논의해야 될 것이오."

자영이 고종을 살피면서 말했다. 일본에서 돈을 받으면 유림의 공격을 받을 수 있었다.

"조정에서 논의하면 이루어지지 않습니다."

김옥균이 단호하게 말했다.

"대신들이 반대할 것이다."

"대신들은 우물 안 개구리입니다. 모두 조정에서 몰아내야 합니다."

"개혁을 급하게 서둘러서는 안 되오."

"대신들이 개화를 어찌 알겠습니까? 나라의 진운에 방해가 되니 몰아내야 하는 것입니다."

"백성들은 일본을 좋아하지 않소."

"백성들은 무지합니다. 지도자가 앞에서 이끌면 따라오는 것입니다."

자영은 김옥균이 지나치게 서두른다고 생각했다. 김옥균과 박영효가 개화를 서두르자 김홍집과 어윤중 같은 인물들은 지나치게 서두른다고 좋아하지 않았고 그들을 반대하는 세력은 조진당(躁進黨)

이라고 조롱했다.

“경이 신중하게 생각하여 진행하라.”

재황이 마침내 결론을 내렸다.

“전하, 김옥균이 개화를 서두르는 것 같습니다.”

자영은 그들이 돌아가자 재황에게 말했다.

“김옥균은 총명하고 담대하오.”

재황은 김옥균을 신뢰하고 있었다.

“김옥균은 경륜 있는 대신들을 존중하지 않고 있습니다. 성품이 오만합니다. 경계하셔야 할 것 같습니다.”

자영은 김옥균이 일본을 다녀온 뒤에 달라졌다고 생각했다.

“두 분 전하, 신들이 일본과 미국 등 여러 나라를 살펴보니 자신들의 나라를 상징하는 깃발이 있었습니다.”

박영효가 재황을 향해 입을 열었다.

“문양을 말하는 것인가?”

“조선을 상징하는 깃발이 있어야 합니다.”

“그대들이 만들어서 사용하라.”

재황이 명을 내렸다.

박영효의 수신사 일행은 8월 9일 인천에서 하나부사 일본 공사와 함께 출발했다. 제물포조약의 제6조에는 ‘조선이 진주사를 일본에 파견한다’는 조항이 들어 있었다. 하나부사로서는 고종의 사과문을 가진 수신사 일행을 일본에 데리고 가는 것이 개선하는 것이나 다름없었다.

박영효의 수신사 일행은 조선의 신진기예라는 평가를 받고 있는 청년 지사들답게 인천에서 부산으로 가는 배 안에서 태극기의 문양을 고안하여 재황에게 보냈다.

"본국의 국기를 새로 만드는 일은, 이미 처분이 있으셨기에 지금 이미 대기(大旗), 중기(中旗), 소기(小旗) 3본(本)을 만들었는데, 그 소기(小旗) 1본(本)을 올려 보내는 연유를 보고합니다."

이 제안은 박영효로부터 나왔고 그들은 태극기를 앞세우고 일본에서 활동에 들어갔다.

하나부사는 곧바로 수신사 일행을 일본 천황에게 알현시켰다. 수신사 일행은 일본 천황에게 고종의 국서를 전달한 뒤 배상금 완화 협상에 들어갔다. 협상은 의외로 순조롭게 진행되었다. 일본은 조선의 요청에 의하여 배상금 분할 납부에 동의하고 기한도 5년에서 10년으로 연장시켜주었다. 그리고 요코하마에 있는 쇼킨(正金)은행으로부터 17만 원의 차관까지 알선해주었다. 박영효 일행은 그중에서 5만 원을 1회분의 배상금으로 지급하고 12만 원을 조선의 국고에 귀속시켰다. 17만 원의 차관에는 연 8리의 이자가 붙게 되어 있었고, 부산 세관의 수입권과 단천(湍川) 사금광이 담보로 저당되었다.

김옥균은 일본의 정치에 깊은 관심을 갖고 정치인들과의 교제를 넓혔다. 그는 일본이 천황을 중심으로 유신을 단행하여 불과

20년이 채 못 되어 비약적인 발전을 한 사실에 경탄했다. 그는 조선의 국왕을 움직여 조정만 개혁하면 된다고 생각했고 동지이자 경쟁자인 박영효도 적극적으로 찬성했다.

그러나 그것은 김옥균이 일본을 잘못 파악한 것이었다. 일본이 서구 열강에 공식적인 개항을 한 것은 20년밖에 되지 않았으나 일본은 이미 2백 년 전부터 네덜란드와 무역을 하고 있었다.

메이지유신도 정치가들이 시작한 것이 아니라 농민들의 자각 운동인 일신일신우일신(日新日新又日新, 새롭게 새롭게 날마다 새롭게)을 일신일신어일신(日新日新御日新)으로 바꾸어 유신을 단행한 것에 지나지 않았다. 그러나 김옥균 등이 짧은 체재 기간 동안에 이러한 사실을 파악하는 것은 무리였다.

김옥균은 일본에서 혁명가로서의 의지를 불태우고 귀국했다.

수신사 일행은 음력 11월 28일 신임 일본 공사 다케소에와 함께 귀국했다. 박영효는 한성 판윤에 임명되고 김옥균은 참의교섭통상사무 겸 동남개척사에 임명되었다. 민영익은 김홍집과 함께 교섭통상사무 협판으로 임명되었다. 그러나 그들이 조선에 돌아왔을 때 조선은 놀라운 변화를 겪고 있었다.

청나라 이홍장은 대조선 외교가 실패하는 것을 보고 국제법에 정통한 마건상(馬建常)과 독일인 묄렌도르프를 파견했다. 묄렌도르프는 천진 주재 독일 영사를 지낸 인물이었다. 조선 조정은 묄렌도르프를 외무고문에 임명했다. 청나라가 본격적으로 조선의 내정에 간섭하기 시작한 것이다.

'청나라가 조선을 쥐고 흔들려고 하는구나.'

김옥균은 바짝 긴장했다. 김옥균은 일본 공사를 비롯해 미국인과 교제를 넓혔다. 미국인들과는 정구까지 치면서 가까이 지냈다.

'새로운 도시를 보여줄 것이다.'

박영효는 한성 판윤에 임명되자 한성에 치도국(治道局)과 순경국을 설치했다. 치도국은 길을 정비하는 부서였고, 순경국은 치안을 맡은 부서였다. 박영효는 도쿄에 체재하면서 일본의 발전한 도시를 직접 눈으로 확인했고 한성을 도쿄처럼 발전한 도시로 만들려고 했다. 그는 우선 한성의 거리 정비에 나섰다. 조선은 광화문 앞의 육조 거리와 종루를 제외하고는 제대로 된 길이 없었다. 도성을 조금만 벗어나면 수레가 다닐 수 없고 거리에 두엄 천지였다.

"길을 침범한 집을 모두 헐어라."

박영효는 길을 점령하고 있던 집들을 대대적으로 철거하고 길을 넓히는 데 분주했다. 그러자 한양에 집이 있는 양반들이 격렬하게 반발했다. 게다가 한겨울에 이를 강행하는 바람에 성민들의 원성까지 사게 되었다.

"박영효를 비난하는 상소가 계속 올라오고 있소."

재황이 진저리를 치면서 자영에게 말했다.

"박영효를 광주 유수로 보내십시오."

"광주 유수로?"

"광주에는 남한산성이 있습니다. 남한산성에서 우리 군대를 훈련하게 하십시오."

재황은 박영효를 불렀다.

"그대는 광주로 가라."

"신을 어찌 좌천시키는 것입니까?"

박영효가 불만스러운 눈빛으로 재황과 자영을 쏘아보았다.

"청나라가 오영(五營)을 폐지하고 청나라 군대의 조련으로 좌영(左營)과 우영(右營)을 설치했소."

자영이 박영효를 지그시 쏘아보면서 말했다.

"알고 있습니다."

"일본도 조선에 전영(前營)과 후영(後營)을 설치하게 하여 스스로 조련하고 있소."

"그도 역시 알고 있습니다."

"그럼 조선의 군대는 어디에 있소?"

자영의 질문에 박영효는 대답할 말이 없었다.

"그대는 광주 유수로 가서 조선의 군대를 양성하시오."

자영은 청나라와 일본이 양성하는 군대에 대항하기 위해 박영효를 광주 유수로 내보내 조선인에 의한 조선 군대의 양성을 지시한 것이다.

박영효는 일본에서 유학하고 있던 사관생도 이규완, 유혁로, 신복모 등을 귀국시켜 조선 군대 양성에 나섰다.

임오군란 이후 조선은 빠르게 개화의 길을 걷고 있었다. 일본군과 청군이 주둔하고, 서양 각국의 공관이 한양으로 들어오면서 개화의 물결이 둑을 터트리고 거센 파도처럼 몰아치고 있었다. 김옥균은 3백만 원의 차관 도입에 실패했다. 차관을 얻기 위해서는 담보가 필요했다. 김옥균은 포경권을 담보로 제공했으나 일본인들의 반응은 냉담했다.

청나라는 조선에 주둔하면서 조정의 중요한 요직을 친청주의자들로 포진시켰다. 그들은 일본을 통한 조선의 개화를 반대하면서 김옥균 등과 대립하게 되었다.

'청나라가 군대를 앞세워 조정을 감독하니 큰일이구나.'

자영은 청나라와 일본 사이에서 줄을 타야 했다.

'《손자병법》에 원교근공(遠交近攻)이라는 말이 있다. 먼 곳의 나라와 가까이 지내고 가까운 나라는 경계해야 돼.'

자영은 일본과 청나라가 조선에서 각축전을 벌이자 러시아와 미국을 염두에 두었다. 그는 민영익을 중궁전으로 불렀다.

"조정이 청당과 왜당으로 분열되니 큰일이다. 네가 미국에 다녀와야 하겠다."

"미국이요? 중전마마, 미국은 조선에서 배를 타고 한 달을 더 가야 한답니다."

"미국은 큰 나라라고 한다. 미국을 방문하여 어떤 나라인지 살피고 돌아오는 길에 서양 여러 나라도 살펴야 할 것이다."

"미국 방문이 조선에 무슨 이로움이 있겠습니까?"

"모르는 소리 마라. 세계에 수많은 나라가 있는데 어찌 일본만을 흉내 내어 개화를 한다는 말이냐? 다행히 경비는 미국에서 부담한다고 한다."

자영은 푸트 공사의 부인을 대궐로 초대했다.

"미국 공사와 약속한 바와 같이 우리는 조선에 사신을 파견할 것이오. 하나 미국은 멀고 먼 나라, 어디에 있는지도 모르니 조선인이 미국에 가기는 어렵소. 부인께서 지혜를 빌려주시오."

"왕비 전하, 그 점은 조금도 걱정하지 마십시오. 청나라에 오는 배가 조선에 들렀다가 미국으로 가게 되니 그 배를 타면 됩니다."

"우리 사신에게 많은 도움을 주세요."

"왕비 전하, 미국은 조선의 친구가 될 것입니다. 사신이 워싱턴을 방문하여 대통령을 알현하게 해드리겠습니다."

"대통령이 미국을 다스리오?"

"그렇습니다. 대통령을 알현한 뒤에 미국의 모든 것을 사신들에게 보여드리겠습니다. 미국을 보면 과학 문명이 무엇인지 알 수 있을 것입니다."

자영은 푸트 공사의 부인과 많은 이야기를 나누고 민영익이 보빙사가 되어 떠날 수 있도록 준비해주었다.

***

재황은 미국으로 떠나는 보빙사 정사에 민영익, 부사에 홍영식, 서기관에 서광범, 수행원에 변수, 유길준 등 개화파 인사들을 임명했다.

"미리견은 조선에서 수만 리나 떨어져 있다고 하는데 무사히 다녀올 수 있겠느냐?"

자영이 민영익에게 물었다.

"배를 타고 가도 한 달이나 걸린다고 합니다. 그러나 반드시 미국을 잘 시찰하고 돌아와 조선을 부강하게 만들겠습니다."

민영익이 머리를 조아렸다.

"미국은 네 말대로 아주 먼 곳에 있다. 너를 보내는 내 마음도 편치만은 않다."

자영이 착잡한 시선으로 민영익을 응시했다.

"대장부로 태어났으니 천하를 돌아보는 것도 뜻깊은 일이라고 할 수 있습니다."

민영익은 미국행이 어쩔 수 없는 일이라고 생각하여 조용히 대답했다.

"나는 요즘 잠을 이루지 못한다."

"어찌 그러십니까?"

"불길한 징조가 많이 나타나고 있다. 민란이 그치지 않고 부패는 아무리 해도 척결되지 않는다. 유림의 선비들은 부녀자인 내가 정사에 관여한다고 비난하고 있다."

민영익은 자영의 얼굴에 어두운 그림자가 드리워지는 것을 보았다.

"어찌하겠느냐? 나라가 이 지경인데 망하지 않겠느냐?"

"마마, 어찌 그런 말씀을 하십니까?"

"어떻게 개화를 하느냐에 따라 조선이 망할 수도 있고 망하지 않을 수도 있다. 조선의 운명은 우리 손에 달려 있다."

"마마, 영환을 중히 쓰십시오."

"겸호 오라버니가 부패의 원흉인데 그의 아들인 영환을 어떻게 쓰겠느냐?"

자영이 어두운 얼굴로 한숨을 내쉬었다.

"아비의 죄를 아들에게 연좌시킬 수 없습니다. 제가 떠난 뒤에 마마께서 의지할 사람이 필요합니다."

"내가 어린아이인지 아느냐?"

자영이 유쾌하게 웃음을 터트렸다.

민영익의 보빙사 일행은 6월 12일 인천항을 출발해 일본으로 갔다. 민영익에게는 두 번째 일본 방문이었다. 일본에서 며칠 머문 뒤에 그들은 일본에서 퍼시벌 로웰의 인도로 통역관 미야오카츠네지로를 대동하고 미국 상선에 올랐다. 상선은 거대하여 수백 명의 사람들이 타고 많은 화물을 싣고 있었다.

"세상이 이렇게 넓군요."

민영익은 배가 망망대해로 나아가자 경탄했다.

"며칠 동안 계속 항해를 했는데 바다가 끝이 없습니다."

부사인 홍영식과 수행원인 서광범 등도 끝이 보이지 않는 수평선을 보면서 놀라움을 금치 못했다. 항해는 끝이 없이 계속되었다. 어느 날은 별이 쨍쨍하고 어느 날은 폭풍우가 몰아쳤다.

'이렇게 거센 폭풍우에도 배가 견디는구나.'

산더미 같은 파도가 덮쳐오는 것을 보면서 민영익은 몇 번이나 얼굴이 사색이 되었다. 그들은 길고 긴 항해 끝에 태평양을 건너 8월 2일에야 샌프란시스코에 도착하여 뉴욕행 열차에 올라탔다.

"이게 증기의 힘으로 달리는 화륜거군요."

사절단은 기차를 타고 더욱 놀랐다. 기차는 끝없이 넓은 평원을 며칠이나 계속해서 달렸다. 사절단은 기차에서 식사를 하고 기차에서 잠을 잤다.

'미국에 오기를 잘했구나.'

민영익은 차창으로 지나가는 평원과 도시를 보고 눈이 휘둥그레졌다.

"미국의 기계문명이 놀랍기만 합니다. 일본에서 기차를 타보았지만 미국의 기차는 더 훌륭합니다. 우리는 우물 안 개구리에 지나지 않았습니다."

민영익이 홍영식을 보면서 말했다.

"대륙도 끝이 없이 넓습니다. 이렇게 넓은 대륙은 처음 봅니다."

홍영식도 감탄했다.

민영익 일행은 광대한 대륙을 횡단하여 워싱턴에 이르렀지만 미국 대통령은 뉴욕에 가 있었다. 민영익 일행은 다시 기차를 타고 뉴욕으로 가서 미국 대통령 아서를 만났다. 사절단 일행은 미국 대통령을 만날 때 조선의 전통적인 인사인 절을 하여 미국인들을 놀라게 했다. 그러나 미국인들은 동양에서 온 조선인들을 따뜻하게 환대해주었다. 그들은 조선에 대해서 묻고 미국의 기계문명에 대해서 설명했다.

민영익을 비롯한 사절단은 세계박람회를 관람했다.

"이런 물건들이 공장에서 대량 생산되고 있군요."

세계박람회는 민영익 일행에게 경이로움을 주었다. 전시장에는 갖가지 상품과 새로 발명된 상품이 진열되어 있었다. 의약품과 전화기, 방직공장에서 생산되는 옷감, 농기계까지 나와 있었다. 그들은 많은 물건들이 공장에서 대량으로 생산된다는 사실을 눈으로 확인하며 조선이 얼마나 낙후되어 있는지를 깨달았다.

민영익 일행은 시범 농장과 방직공장을 시찰했다. 농장을 시찰했을 때는 트랙터와 밭가는 기계를 보았고, 공장을 방문했을 때는 수백 명의 노동자들이 일하는 것을 보았다. 병원에 가서는 현대적으로 수술하는 것을 참관하고, 제약회사도 방문했다. 전기회사를 방문하여 전기가 등불뿐이 아니라 산업에도 사용되는 것을 보고

신기하게 생각했다. 그들은 철도회사를 방문하고 소방서와 육군 사관학교까지 시찰했다. 보는 것마다 경이롭고, 가는 곳마다 탄성이 절로 나왔다.

'조선을 어떻게 해야 미국처럼 발전시킬 수 있을까?'

민영익은 내무성 교육국 국장 이튼을 방문하여 미국의 교육제도에 대해서도 설명을 들었다. 그들은 이튼으로부터 미국의 교육사를 담은 책과 연보를 기증받았다. 민영익은 우편제도, 전기시설, 농업기술, 그리고 학교에 관심을 기울였다.

"조선은 기계문명이 없습니다. 조선을 부강하게 하려면 무엇이 가장 시급하겠습니까?"

민영익은 이튼에게 조선을 부강하게 만드는 법을 물었다.

"교육입니다. 학교를 세우고 서양 문물을 받아들여 인재를 육성해야 합니다."

이튼은 오랜 시간 민영익에게 학교의 중요성에 대해서 설명했다.

보빙사들은 귀국할 때 타작하는 기계, 벼 베는 기계, 저울 등 농기구 18가지를 구입하여 가져왔다. 민영익은 보스턴 등을 순회하고 1884년 5월 대서양을 건너 유럽 각지를 여행한 다음 귀국했다.

보빙사들은 조선으로 돌아오자 재황과 자영에게 자세하게 보고했다.

"미리견에서 보고 들은 것을 모두 실천할 수 없을 것이다. 그러나 가능한 것은 빠짐없이 실천에 옮기라."

재황이 명을 내렸다. 민영익은 우정국 설치, 경복궁의 전기설비, 육영공원(育英公員), 농무목축시험장 등 미국에서 보고 들은 것을 실천에 옮기기 시작했다.

민영익은 개화적인 인물이었다. 그는 주한 미국 공사 푸트를 통하여 육영공원 교사 선발을 국장 이튼에게 의뢰해 뉴욕 유니언 신학교의 신학생 헐버트, 번커, 길모어 등이 조선에 와서 선교와 교육을 맡게 했다.

"육영공원 어학을 이제 시작하여 사람을 수용해야겠다. 그러니 학도들을 내외 아문의 당상과 낭청의 아들, 사위, 아우, 조카, 친척 가운데서 감당할 만한 사람을 선발하여 추천하도록 분부하라."

재황이 명을 내리자 조선 최초의 근대식 관립학교인 육영공원이 설립되었다. 육영공원은 영어 외에 수학, 자연과학, 역사, 정치학 등을 가르쳤다.

육영공원에는 양반가의 학생들 107명이 입학하여 근대학교 교육을 받았다. 교과의 내용은 영어 외에 수학, 자연과학, 역사, 정치학 등이었고 비용은 호조와 선혜청에서 부담했으나 나중에는 인천 세관에서 거두는 관세로 충당했다.

육영공원을 졸업한 인물들 중에는 이완용, 민영돈, 조중목 등이 포함되어 있었다.

25

청당과 왜당

계미년(1883년)이 저물고 갑신년(1884년)이 밝았다. 임오군란이 일어난 지 불과 1년 반, 조선은 폭풍전야의 정적 속에서 평온한 새해를 맞이했다. 재황은 전례에 따라 농사를 장려하는 윤음을 8도에 내리고 중희당에서 일본 공사 다케소에 신이치로와 청나라 총판조선상무 진수당, 미국 공사 푸트를 접견한 뒤 노인들에게 설음식을 하사했다.

그러나 겉모습의 평온과 달리 조선은 급진개화파로 불리는 김옥균, 홍영식, 박영효, 서광범, 서재필 등에 의해 정변이 은밀하게 준비되고 있었다. 그들은 진수당과 원세개, 묄렌도르프가 조선의 내정을 간섭하자 청나라에서 독립하기 위해 정변을 일으킬 것을 결심했다.

'청당과 왜당이 준동을 하니 이 일을 어떻게 하지?'

자영은 조정의 관리들이 청당과 왜당으로 나뉘어 대립하자 걱정이 되었다.

'선조 임금 이래 붕당이 시작되더니 아직도 근절되지 않았어.'

그때는 사색당파가 싸웠으나 이제는 개화를 두고 서로 주도권 싸움을 하고 있었다.

"미국에서 조선을 도와줄 의향이 있느냐?"

자영이 민영익을 불러 물었다.

"중전마마, 미국은 돕겠다고 합니다. 하나 미국이 워낙 멀리 있어서 쉽지 않을 것 같습니다."

"그렇다면 러시아는 어떤가?"

러시아도 조선과 수교를 하여 공사관이 설치되어 있었다.

"러시아는 강한 나라입니다. 그러나 청나라의 영토를 빼앗고 있습니다."

"음……."

자영은 무겁게 한숨을 내쉬었다.

"중요한 것은 나라의 기풍을 쇄신하는 것이다."

자영은 1884년에는 조선이 달라져야 한다고 생각했다. 그는 권농일이 되자 재황에게 직접 행사에 참여할 것을 권했다.

"중전, 번거롭게 그런 행사에는 왜 참여하는 것이오?"

권농일에는 임금이 농사를 장려하는 윤음을 8도에 내리고 동대문 밖에 있는 궁전(宮田)에서 손수 밭을 갈고는 하였다.

"농사는 천하지대본이라는 말이 있습니다. 군주는 반드시 농사가 잘되도록 살펴야 합니다."

자영은 강력하게 요구했다.

"첩도 대궐에서 친잠례를 하겠습니다."

"알겠소."

재황은 좀처럼 권농을 하지는 않았으나 이날은 동대문 밖까지 행차하여 쟁기를 잡았다. 대신들이 소의 고삐와 쟁기를 줄지어 잡고 재황은 맨 뒤에서 쟁기를 모는 시늉만 했으나, 백성들이 구름처럼 모여들어 재황이 어진 임금이라고 칭송했다.

자영은 이날 선정전 뜰에서 친잠례를 거행했다. 친잠례는 양잠을 장려하기 위하여 왕비가 몸소 누에를 치는 의식이었다. 봄에 하는 것을 춘잠(春蠶), 가을에 하는 것을 추잠(秋蠶)이라고 불렀다. 전각 앞에는 채상단(採桑亶)이 높이 세워졌고 차일 안에는 잠박(蠶箔, 누에채반)이 층층이 만들어져 있었다.

먼저 자영이 채상단에 올라가 뽕잎을 따기 시작했다. 그 뒤를 세자빈이 따르고 제조상궁과 감찰상궁, 그리고 시원임 정경부인들이 따랐다. 사대부가의 여인들이, 비록 재상과 판서의 품계에 있는 세도가의 부인들이라고 해도 대궐에 출입하는 것은 1년에 한두 번 있는 행사 때가 고작이었다. 그것도 대비전이나 중궁전의 친정붙이나 되어야 이런저런 핑계를 대고 대궐에 출입할 수 있는 것이다. 친잠례도 아예 행사를 하지 않거나 대궐의 내명부만 데리고 행사를 하는 일이 허다했다.

"모름지기 왕비가 뽕을 따고 누에를 치는 것은 백성들에게 검박한 기풍을 보이기 위한 것이다. 이러한 행사를 하지 않거나 대궐의 내명부끼리 한다면 무슨 소용이 있겠느냐?"

자영은 시원임대신들의 부인까지 친잠례에 참여하도록 지시했다.

날씨는 화창했다. 자영은 손수 소매를 걷고 뽕을 따서 소쿠리에 담아서 누에채반 위에 골고루 뿌려주었다. 누에는 먹을 것을 기다리고 있던 참이라 사각사각 소리를 내며 뽕잎을 갉아 먹었다.

'신기하기도 하지, 여기서 비단이 나오다니…….'

자영은 누에가 뽕잎을 갉아먹는 것을 응시하면서 흥건히 미소를 지었다.

국풍(國風)이 사치하고 음란해지고 있었다. 사대부가나 여염이나 할 것 없이 사치한 풍속만 좇다 보니 검소한 것이 사라지고 있었다.

'이러고서야 어찌 왕조를 튼튼한 반석 위에 세울 수 있음인가?'

자영은 친잠례가 정경부인들에게서 여염으로 뻗어나가 아녀자들이 누에를 치고 길쌈을 하는 풍속이 자리 잡기를 바랐다. 그것이 자영이 친잠례를 연 가장 큰 이유였다. 자영은 친잠례를 마친 뒤에 부인들에게 음식을 하사했다. 부인들이 궐 안에 빙 둘러앉아서 음식을 먹기 시작하자 자영은 국모로서 훈계를 했다.

"음식을 먹으면서 들으세요. 백성들이 농한기에는 하릴없이 놀고 있는 기풍을 쇄신해야 합니다. 각 도에 엄하게 신칙을 하여 뽕나무를 심어 농상(農桑)을 장려하고 길쌈을 하도록 하세요. 농상을 하는 것은 누에를 치고 비단을 뽑는 것이니 근면하고 검박한 기풍을 일으킬 뿐 아니라 그것으로 농사 외의 소득도 얻을 수 있으니 백성들의 삶도 윤택해질 것입니다. 사대부가의 부인들이 몸소 실천하여 모범을 보이도록 하세요. 부인들이 모범을 보여야 백성들이 따를 것입니다."

이용후생(利用厚生)에 대한 지시였다. 이용후생은 백성들이 사용하는 기구를 편리하게 개조하고 의식을 풍부하게 하여 생계를 부족함이 없도록 하자는 학문이다.

친잠례가 모두 끝난 것은 해가 설핏 기울고 있을 때였다. 그때는 권농일 행사를 마친 재황도 돌아와 있었다.

'우리도 날마다 달라져야 한다.'

자영은 재황에게 주청하여 8도에 암행어사를 파견하도록 했다. 지방 관리들의 부패는 해가 갈수록 더욱 극성스러워지고 있었다.

"암행어사는 왜 갑자기 보내는 것이오?"

"지방에 민란이 끊이지 않고 있습니다. 이는 수령들이 백성들을 수탈하기 때문입니다."

자영은 기회 있을 때마다 탐오하는 관리들을 엄벌에 처하게 했는데도 어찌 된 일인지 도무지 바로 잡히지 않고 있었다.

재황은 경기도 암행어사에 이건창, 전라도 암행어사에 박영교, 경상우도 암행어사에 이헌영, 경상좌도 암행어사에 이도재, 충청우도 암행어사에 이용호, 충청좌도 암행어사에 유석을 임명하여 보냈다.

이들로부터 문권 보고는 19일과 22일에 각각 올라왔다. 먼저 19일에 올라온 경상우도 암행어사의 보고에 따르면 전전(前前) 창원 부사 양주현을 비롯하여 17명이나 되는 지방 관리들이 탐오한 것이 드러났고, 22일 보고를 올린 박영교에 의하면 전전 장흥 부사 윤구를 비롯하여 18명의 관리들이 백성들을 착취한 것이 드러났다.

"과인은 어사들의 보고를 받고는 치가 떨리는 듯한 두려움을 느끼지 않을 수 없다. 어떻게 관리라는 자들이 이렇게 탐오할 수 있는가? 이번에 영남과 호남의 암행어사의 보고를 받고 보니 관리들이 탐욕스럽고 백성들을 학대하는 것은 어디서나 마찬가지다."

재황은 분노에 찬 음성으로 대신들에게 명을 내렸다. 이에 좌의정 김병국과 우의정 김병덕이 사직하는 상소를 올렸다.

"명색이 재상들이 나랏일을 바로 볼 생각은 않고 걸핏하면 사직상소나 올리니 한심하기 짝이 없습니다."

자영은 김병국과 김병덕이 사직상소를 올리자 불쾌하다는 표시를 했다.

"이 기회에 의정부를 개편하는 것이 어떻겠소?"

"의정부를 개편해야 될 것으로 보옵니다. 김병국도 탐오하다는 풍문이 파다하지를 않습니까?"

"그러니 이 기회에 교체해야 하지 않겠소?"

"전하께서는 지금 김옥균, 박영효, 서광범 등 급진적인 개화를 주장하는 청년지사들을 널리 등용하여 쓰고 있습니다. 경기 감사인 김홍집, 서북 경략사인 어윤중, 강화 유수인 김윤식 등 온건한 인물들이 재상감이 될 때까지 기다려야 하옵니다."

어윤중은 서북 경략사에 임명되어 거의 매일같이 북방 업무에 대한 보고를 조정으로 보내올 정도로 맹활약을 하고 있었고, 김홍집은 경기 감사를 맡고서 치안을 확보하기에 여념이 없었다. 김윤식 또한 강화 유수로 있으면서 하루가 모자랄 정도로 바쁘게 업무를 보고 있었다. 자영은 이들로 하여금 외직의 경험을 충분히 쌓게 한 뒤 내직으로 등용할 생각인 것이다.

"하면 이들의 사직을 불허해야 하겠구려."

"그러하옵니다. 다만 지방 관리들의 학정이 극심하니 이들은 철저하게 징치해야 할 것입니다."

"알겠소."

재황은 다음 날 좌의정 김병학과 우의정 김병덕의 사직을 불허한다는 윤지를 내리고 백성들을 토색질한 관리들에게 엄한 형벌을 내리라고 지시했다.

***

세월이 어수선해도 계절은 어김없이 순환하여 철 따라 옷을 갈아입는다. 눈발이 날리는 한겨울 날씨가 언제까지 계속될 것 같더니 산과 들에 봄꽃이 다투어 피기 시작했다. 남녘땅에는 유채꽃이 노랗게 피고 중부 이북 지방에는 살구꽃이며 복사꽃이 흐드러지게 피어 꽃향기를 바람에 실어 보내고 있었다. 산과 들에는 개나리, 목련, 진달래까지 피어 바야흐로 조선 천지가 꽃에 둘러싸인 것 같았다.

아름다운 산하였다. 박영효는 김옥균이 귀국하는 날을 기다리며 무료할 때마다 바닷가를 거닐었다. 광주 유수직에서 물러난 이후로 그는 김옥균이 귀국하는 날을 학수고대하고 있었다. 김옥균이 귀국해야만 울적한 심사를 토로할 수 있을 것 같았다.

바다는 잔잔했다. 파도는 봄볕을 받아 사금파리처럼 하얗게 반짝거리고 있었다. 수평선 가까운 곳에 몇 개의 섬이 점처럼 떠 있고, 어선은 돛폭을 세우고 바다 위를 미끄러져 가고 있었다.

'평화롭다. 조선 천지가 모두 평화롭기만 한데 이 평화가 언제까지나 지탱될 것인가?'

박영효는 바다를 바라보며 낮게 한숨을 내쉬었다. 재황이 그를 한성 판윤에서 광주 유수로 내보낸 것은 조선의 군대를 양성하라는 뜻이었다. 그러나 그는 3개월 만에 해임되고 말았다.

'이는 분명히 중전의 짓이야.'

박영효는 주먹을 쥐고 부르르 떨었다. 그가 도로를 정비할 때 자영으로부터 '한가롭게 그런 일이나 하고 있느냐? 쌀값이 폭등하고 있으니 쌀값부터 진정시키도록 하라'는 질책을 받은 일이 있었다. 그 후 박영효는 한성 판윤에서 광주 유수로 좌천되어 조선 군사를 훈련했는데 3개월밖에 되지 않아 해임된 것이다.

"전하, 신이 양성하는 군대를 해산한다 하는 소리가 들려 감히 전하를 뵙고자 합니다."

재황은 왕비와 함께 중궁전에 앉아 있었다.

"그렇소."

재황이 심드렁하게 대꾸했다. 박영효는 부복한 채 재황의 심기가 편치 않다는 것을 깨달았다.

"전하, 조선이 부강하기 위해서는 반드시 조련이 잘된 군사가 있어야 합니다. 신이 조련하는 군사의 해산을 재고하여주십시오."

"나라를 부강하게 하는 것이 어찌 군사의 조련에만 있겠소. 작금에 군사의 조련을 활발히 하는 것에 대해 청나라 예부로부터 자문이 내려왔소."

재황은 박영효의 얼굴을 똑바로 보지 않고 말하고 있었다. 청나라 조선의 군대 양성을 반대한다는 사실을 완곡하게 말하고 있는 것이다.

"전하, 조선은 자주독립국입니다."

"누가 그 사실을 모르고 있소?"

재황의 언성이 날카로워졌다. 자영은 재황의 옆에서 새침한 표정을 짓고 있었다. 박영효는 직감으로 재황과 자영 사이에 냉기류가 흐르고 있다는 것을 깨달았다. 재황이 엄 상궁을 총애한다는 소문이 파다하더니 재황과 자영 사이가 소원해진 모양이었다.

'중전마마의 투기가 지나쳐…….'

박영효는 속으로 그런 생각을 했다. 왕비는 투기를 하고 있을 뿐만 아니라 정사까지 간여하고 있었다. 중전 자영이 정사에 간여하는 한 청당을 내치기가 요원할 것 같았다.

"전하, 청나라가 조선에 3천 명의 군대를 파견하여 정사를 좌지우지하는 것은 독립국으로서의 체모를 깎는 일입니다."

"어찌 되었든 청나라는 우리의 상국이오. 우리 조선은 아직까지 청나라로부터 벗어날 수가 없소."

재황이 짜증스럽게 내뱉었다. 현실을 인정해야 한다는 뜻이었다.

"지난 6월의 변고를 진압한 것은 청군이었소."

"그러하옵니다. 지난 6월의 변고는 군사들의 불만에서 비롯된 것입니다. 요식이 13개월이나 밀렸으니 소요가 일어난 것은 당연한 일입니다."

"나는 그 연유를 알 길이 없소. 군사들에게 요식이 13개월이나 밀리다니 있을 법이나 한 일이오?"

"전하, 대신들이 무사안일하기 때문입니다. 대신들이 부패하지 않고서야 어찌 그런 일이 있을 수 있겠습니까?"

"하면 대신들을 모두 교체하면 이 나라가 부강해질 수 있겠소?"

"김옥균이 일본에서 3백만 원의 차관만 얻어 온다면 조선을 부강한 나라로 만들 수 있을 것입니다."

박영효가 강력하게 항의하자 자영은 눈썹을 파르르 떨었다. 박영효가 점점 오만해지고 있었다. 박영효는 광주 유수에서 해임한 것 때문에 불만이 컸다. 그러나 박영효가 남한산성에서 군대를 양성하는 것을 원세개가 알게 되어 해임하지 않을 수 없었다.

"전하, 어찌 신에게 알리지도 않고 조선에서 군대를 양성하는 것입니까?"

원세개가 노발대발하여 대궐로 달려와 재황을 추궁했다.

"원 장군, 그게 무슨 말이오?"

재황은 원세개가 군사들을 끌고 대궐로 쳐들어와 다그치자 두려운 표정으로 어쩔 줄을 몰라 했다.

"남한산성에서 박영효가 군대를 양성하고 있다고 들었습니다. 이는 청나라를 공격하기 위한 것이 아닙니까?"

"아니오, 아니오. 조선이 무엇 때문에 청나라를 공격하겠소? 원 장군이 오해를 하고 있는 것이오?"

"박영효는 일본과 가까운 자입니다. 박영효를 해임하고 남한산성의 군사를 해산하십시오."

"왕비에게 물어보겠소."

"뭐라고요? 국왕 전하께서 왕비 전하에게 물어본다는 말입니까?"

원세개는 이해할 수 없다는 표정으로 재황을 쏘아보았다.

"그렇소. 남한산성에서 군사를 양성하는 것은 왕비의 생각이었소."

"대체 조선의 국왕이 누구입니까?"

원세개가 눈알을 부라렸다. 재황은 대답을 하지 못하고 우물쭈물했다.

원세개가 대전에서 재황을 위협하고 있다는 말을 들은 자영은 황급히 달려갔다. 대전은 청나라 군사들에게 삼엄하게 에워싸여 있었다. 내관과 궁녀들이 청나라 군사의 위세에 쩔쩔매고 있는 것이 보였다.

"원 장군."

자영은 원세개 앞으로 걸어갔다.

"왕비 전하, 왕비 전하께서 어인 행차이십니까?"

원세개가 의아한 표정으로 물었다.

"원 장군이 조선 국왕을 시해하려고 한다는 말을 듣고 달려왔소."

"왕비 전하, 그게 무슨 말씀입니까? 외신이 언제 조선 국왕을 시해하려고 했습니까?"

"조선에서는 장수가 칼을 차고 어전에 들어오면 국왕을 시해하려는 것으로 간주하오."

"왕비 전하, 그것은 오해입니다. 외신은 그러한 사실을 몰랐습니다."

"원 장군, 원 장군은 어느 나라 신하요?"

"대청제국 신하입니다."

"대청제국에서 조선 국왕은 어느 위치에 있소?"

"친왕의 아래에 있습니다."

"그런데 조선 국왕에게 군사를 끌고 와서 겁박할 수 있소? 이는 대청제국 황제 폐하를 능멸하는 것이오."

"왕, 왕비 전하."

원세개의 얼굴이 하얗게 변했다.

"조선이 속국이라고 해도 군대는 있어야 하는 것이오. 원 장군은 군사를 해산하라는 말을 할 위치에 있지 않소."

자영이 강경하게 말하자 원세개는 분개한 표정으로 돌아갔다.

'조선 왕은 바보다.'

원세개는 재황을 치인(癡人)이라고 비난했다. 원세개는 어쩔 수 없이 청나라 조정에 보고했다. 그러자 청나라 조정에서 남한산성의 군사를 해산하라는 황제의 조칙이 내려왔다.

'청나라도 어리석구나.'

자영은 청나라의 지시에 따라 박영효를 해임하고 군사를 해산한 것이다. 그러나 박영효는 그와 같은 현실을 무시하고 재황에게 반발하고 있었다.

'조선이 청나라에서 독립을 하면 일본이 유리해진다.'

자영은 눈살을 찌푸렸다.

"조선은 청나라에서 독립해야 합니다. 어찌 군사를 양성하는 것조차 허락을 받아야 합니까?"

자영이 원세개에 대한 생각을 하고 있을 때 박영효가 다시 강경하게 말했다.

"금릉위……."

고개를 숙인 박영효의 귓전으로 자영의 낭랑한 목소리가 떨어졌다.

"예, 중전마마."

"금릉위의 나이가 올해 몇이오?"

"신 아뢰옵기 송구하오나 금년 스물셋입니다."

"스물셋이라면 아직 일천(一淺)한 나이로군. 옥균을 제외하면 동접(同接)들도 일천한데 그들이 과연 국가의 대사를 결정할 수 있겠소?

"신등은 일본을 시찰하여 견문을 넓혔습니다. 시급하게 일본을 따라가지 못하면 미구에 큰 화가 미칠까 우려되옵니다."

"일본에 배워 일본을 따라갈 수는 없소. 내가 보기엔 그대들의 일천한 경륜이 이 나라의 우환이 될 것 같소."

"황공하옵니다."

박영효는 머리를 깊숙이 숙였으나 눈에서는 불이 일어나는 것 같았다. 자영이 자신들을 경멸한다는 생각을 하자 가슴속에서 무엇인가 울컥 치밀고 올라왔다. 아무래도 중전으로 인해 개화가 늦어질 것 같은 불길한 예감이 들었다.

"금릉위."

"예, 중전마마."

"금릉위는 일본을 어찌 생각하오?"

"일본은 조선의 인국(隣國)으로서 조선의 개화를 갈망하고 있습니다."

"금릉위, 일본이 왜 조선의 개화를 바라겠소? 조선을 위해 개화를 바라는 것 같소?"

"그럼 왜 조선의 개화를 도우려고 하겠습니까?"

"일본이 조선에 세작(細作)을 파견하고 있다는 것을 알고 있소?"

"세작이라 하오시면?"

"간자(間者) 말이오."

"신은 금시초문입니다."

박영효는 자영이 해괴한 소리를 하고 있다는 생각이 들었다. 세작은 전쟁을 할 때 적의 군세를 염탐하고 적정을 분열시키기 위해 파견하는 첩자를 말하는 것이다. 일본이 조선과 전쟁을 하는 것도 아닌데 세작을 파견한다는 것은 황당한 일이라고밖에 생각되지 않았다.

"금릉위."

자영이 잔잔하게 웃었다.

"예."

"그래서 내가 금릉위의 경륜이 일천하다는 것이오."

"황공하옵니다."

박영효는 얼굴을 붉히며 머리를 조아렸다. 자영에게 모욕을 당했다는 생각에 귓불까지 붉어졌다. 중전은 마치 그를 어린애 다루듯이 하고 있었다.

"금릉위."

자영의 목소리는 부드러웠다. 박영효를 귀여운 어린애 부르듯이 부르고 있었다.

"예."

박영효는 목소리가 떨려 나왔다.

"금릉위는 아직도 견문을 더 넓혀야 하오."

"황공하옵니다."

"금릉위를 광주 유수직에서 체직한 것은 내가 하였소. 금릉위는 나를 원망할지 모르나 모두 금릉위를 아끼기 위한 고육지책이었소."

"……."

"금릉위, 청나라도 일본에 세작을 파견하고 있소. 청나라 원세개 장군의 말에 따르면 그대들은 일본에서 후쿠자와 유기치라는 자를 자주 접촉하고 있다고 하오. 내가 알기에 후쿠자와라는 위인은 일본 조야에 막강한 영향력을 행사하는 인물이고 일본의 조정 실력자인 산조 사네토미, 이토 히로부미, 데라지마 무네노리, 이와쿠라 도모미와도 밀접한 관련을 맺고 있다고 하오. 후쿠자와의 탈아론(脫亞論)이라는 것도 아시아에서 벗어나자는 말이긴 하나, 그 깊은 뜻은 일본이 아시아의 패자가 되자는 말이오. 조선에는 지금 청나라 군사 3천 명이 주둔하고 있소. 조만간 이들 중에 1500명은 청나라로 되돌아갈 것이오. 그러나 1500이라고 해도 결코 적은 군대는 아니오."

"……."

"금릉위가 조련한 군사들을 친군영(親軍營)에 배속시키겠소. 친군영은 좌영(左營)과 우영(右營)으로 나뉘어 있고 곧이어 별영(別營)을 창설할 것이오. 금릉위도 알고 있겠지만 좌영과 우영의 군사들은 청나라에서 조련을 맡고 있고, 전영과 후영의 군사들은 일본에서 조련을 맡고 있소. 지금 조선은 청나라와 일본 사이에서 어찌할 바를 모르고 있소. 조정 대신들은 옛것에만 눈이 어둡고 소위 개화당이라는 청년지사들은 일본을 등에 업고 조선의 부국강병을 꾀하려 하고 있소. 전하께서는 청나라와 일본의 세력을 균형을 맞추어 대립케 하고 조선의 독립을 꾀하고자 하고 계시오."

"중전마마, 이제는 사대의 예를 버려야 할 때입니다. 청나라는 사사건건 조선의 정책에 간여하고 있습니다."

"청나라는 조선의 종주국이오. 사대의 예를 버리라는 것은 청나라와 일전을 벌여야 하는 일인데, 조선이 그만한 힘이 있소?"

"중전마마, 일본이 조선을 도와줄 것입니다."

"당치 않은 소리! 일본이 청나라와 싸워 이길 수 있겠소?"

"일본 혼자로서는 불가한 일이나 불란서와 연합하면 청나라를 쳐서 이길 수 있습니다."

"청나라를 업신여길 일이 아니오. 청나라가 비록 쇠퇴했다고 하더라도 그 땅이 크고 사람이 적지 않소. 지금으로서는 일본이 청나라를 제압할 수 없을 것이오."

"중전마마. 일본의 군대는……."

"금릉위!"

자영이 갑자기 언성을 높이며 연상을 후려쳤다. 박영효는 깜짝 놀라 자영의 얼굴을 쳐다보았다. 아름다운 얼굴이었다. 지나치게 아름다워 도도해 보이기까지 하는 눈에서는 서릿발 같은 냉기가 느껴졌다.

"금릉위는 대역죄를 지으려 하는 것이오?"

"중전마마. 신이 어찌 감히……."

박영효는 몸을 부르르 떨었다. 갑자기 등줄기로 식은땀이 흘러내렸다.

"일본이 청나라를 꺾으면 어찌 될 것 같소? 그러면 조선은 일본에 사대를 해야 할 것이 아니오?"

"그, 그런 일은 없을 것입니다."

"옥균에게 3백만 원의 차관을 얻어 오라고 한 것을 취소시키겠소."

"중전마마!"

"이미 묄렌도르프에게 전하의 위임장이 가짜라고 일본 공사에게 말하라고 하였소."

"중전마마, 그 말씀을 거두어주십시오."

박영효는 눈앞이 캄캄해졌다. 김옥균이 일본에서 차관을 얻기 위해 동분서주하고 있는데 조선에서 뒷덜미를 잡아채는 일을 한다는 생각을 하자 천 길 벼랑으로 떨어지는 듯한 캄캄한 기분이 들었다.

"이는 지엄한 왕명이오."

"황공하옵니다."

자영의 눈빛이 차갑게 변했다.

"금릉위는 그만 물러가도록 하오."

"신 물러가옵니다."

박영효는 온몸에 맥이 풀려 대궐을 물러나왔다. 그것이 벌써 지난해의 일이었다. 김옥균은 결국 일본에서 차관을 얻는 데 실패하고 말았다.

'이는 모두 사대당과 중전의 계략에 의한 함정이야.'

박영효는 자영의 도도한 얼굴을 생각하자 가슴이 타는 것 같았다. 자영은 개화를 반대하는 인물이라는 생각이 머릿속에 각인되었다. 조선의 개화를 위해서는 자영을 제거하지 않으면 안 된다고 생각했다.

'이렇게 된 이상 정변을 일으켜서라도 사대당을 내몰 수밖에 없어. 사대당과 민문만 제거하면 조선은 우리의 것이야.'

박영효는 김옥균이 보고 싶어졌다. 김옥균이 일본에 나간 지 벌써 몇 달째인가. 김옥균은 지난해에 이미 왜학생도 50명을 선발하여 도야마 육군학교에 입학시켜 군사훈련을 받게 하고 있었다. 일부 귀국한 왜학생도들도 있었으나 대부분 김옥균과 함께 귀국할 예정이었다.

'경우에 따라서는 중전을 제거해야 해.'

박영효는 어두워지는 바다를 바라보며 눈을 부릅떴다.

***

중희당 앞뜰은 이미 불빛이 휘황하게 밝았다. 재황은 임시로 마련된 어좌에 비스듬히 기대앉아 있었고 그 뒤에 내시 유재현이 시립해 있고 김옥균, 서광범 등이 재황의 오른쪽에 서 있었다. 중희당 뜰에서는 춘앵전(春鶯囀) 춤이 한창이었다. 춘앵전은 무기(舞妓)가 화문석을 갈고 그 위에서 유초신지곡(柳初新之曲, 평조회상)에 맞추어 돗자리 밖으로 나가지 않고 아름다운 춤을 추는 독무의 하나였다. 춘앵무라고도 불렀다.

"옥균은 저 춤을 아는가?"

재황은 기녀의 춘앵무가 흡족한 모양이었다. 기녀는 장악원 출신이 분명해 보였다. 머리에는 화관을 썼고 치마저고리가 날아갈 듯 보이는데 궁중 나인들과 복식부터 달랐다. 소매 끝의 색동천을 나부끼게 하는 자태도 요염해 보였다.

"신은 춘앵무로 알고 있습니다."

김옥균이 몸을 기울여 대답했다.

"그러면 춘앵무의 내력도 알고 있겠군."

"신은 기생무의 하나로만 알고 있습니다."

"더 자세한 내력은 알지 못하는가?"

"신은 가무음곡에 정통하지 못하옵니다."

"그런가?"

재황이 흡족한 듯이 웃었다. 오늘 진연은 최근 들어 재황이 부쩍 총애하는 개화당 인사들만 부른 잔치였다. 월대 아래에는 금릉위 박영효, 홍영식, 서재필 그리고 미국 전권공사로 파견되었던 민영익까지 자리를 함께하고 있었다.

"저 춤은 원래 당나라 황제가 앵무새가 우는 소리를 듣고 악공

백명달에게 짓게 한 것이라네."

"예."

"그런데 영특하신 효명세자께서 창의를 더하신 것이라네."

재황이 자랑스러운 표정으로 김옥균에게 말했다. 김옥균은 허리를 깊숙이 숙였다

"익종대왕께서는 학풍 또한 높으신 분이었습니다."

김옥균은 재황이 효명세자를 칭송하는 연유를 알아차리고 재빨리 응대했다.

"그렇고말고."

재황이 흐뭇한 표정으로 고개를 끄덕거렸다.

"전하."

김옥균은 재황이 기분이 좋은 틈을 놓치지 않았다. 재황은 춘앵무를 추는 기녀가 마음에 드는지 연신 기녀의 춤사위를 눈으로 좇고 있었다.

"신은 잠시 동대문 밖에서 쉴까 하옵니다."

"옥균이 쉰다고?"

재황이 그제야 깜짝 놀란 표정으로 김옥균을 쳐다보았다.

"최근 신에 대한 근거 없는 모함이 기승을 부리고 있습니다."

"내가 그대의 주장을 받아들여 지난 윤(閏)5월에 의복제도까지 개혁하지 않았는가?"

"그저 성은이 망극할 따름입니다."

"조상 대대로 내려오는 의복제도를 고쳤다고 하여 삼사의 상소가 빗발치고 전국 유생들이 들끓고 있는데, 옥균이 동대문 밖에서 쉬겠다고 하니 도무지 알지 못할 일이로고."

재황이 혀를 찼다. 재황도 민영익과 김옥균이 대립하고 있는 것을 불편해하는 기색이 역력했다. 재황은 조종에 신구 세력을 적절히 포진시켜 개혁을 추진하고 있었다. 이러한 때에 김옥균과 민영익이 날카롭게 대립하고 있는 것이다.

김옥균과 민영익은 원래 교분이 두터운 사이었다. 민영익이 어릴 때부터 신동이라는 평판이 자자했기도 했지만, 민영익이 민승호의 양자가 됨으로써 왕비 자영의 친정 조카가 되자 장안의 내로라하는 사대부의 자제들이 민영익의 집을 찾게 되었다. 그때 민영익의 집에 출입하는 젊은 사대부들을 '8학사'라고도 불렀는데 그 말에는 민영익에게 아첨을 하기 위해 모여든다는 비아냥거림이 섞여 있었다.

김옥균과 민영익은 나이 차이가 아홉 살이나 되는데도 김옥균의 호방한 성격을 민영익이 좋아하고, 민영익의 단아한 풍모를 김옥균이 좋아해서 잘 어울렸다. 그러나 김옥균이 재황의 총애를 받고 민영익 또한 자영의 총애를 받게 되자 사이가 벌어지기 시작했다.

김옥균은 이미 갑신정변을 계획하고 있었다.

"영익이 옥균을 음해하고 있는가?"

"그렇지 않습니다."

"당오전 주전 문제로 목 참판과 언쟁을 했다고?"

당오전 주전 문제는 묄렌도르프가 건의하여 이루어진 것이었으나 화폐 가치가 떨어져 돈이 돈 같지 않다는 말이 시정에 파다하게 나돌았다. 당오전을 대량 찍어내고 사전(私錢)까지 기승을 부리게 되어 악화(惡貨)로 이름을 날렸다.

"황공하옵니다."

묄렌도르프는 그 일로 인해 지난 윤5월에 통상사무직에서 해임되었다. 묄렌도르프의 당오전 추진은 조선의 형편을 알지 못하는 데서 비롯된 실정(失政)이었다. 당오전의 가장 큰 문제점은 화폐 가치의 하락이었다. 당오전을 주조할 때 구리의 함량을 5전에 미치지 못하게 하여 기왕에 통용되던 상평통보를 녹여서 당오전을 만들면 그 몇 배의 이익을 취할 수 있었다. 그렇다 보니 시중에 사전(私錢)이 나돌기 시작했다.

사전은 오래전부터 주조되고 있었으나 삼정이 문란한 틈을 타서 곳곳에서 주조되어 시정에 나돌았다. 심지어는 일본인들까지 대량으로 사전을 만들어 유통시킴으로써 조선의 경제를 파탄에 빠뜨렸다.

"그럼 동대문 밖에서 잠시 쉬게. 과인이 부르면 언제나 별입시를 하도록 하고……."

재황이 모깃소리처럼 조그맣게 허락을 했다. 멀리 소양문 쪽에서 자영이 시녀상궁들을 거느리고 중희당으로 들어오는 것이 보였다.

"중전마마 납시오."

시령상궁과 내시들이 목청을 돋우어 소리를 지르자 대 아래에 도열해 있던 시위무사들과 나인들이 일제히 양쪽으로 갈라져 길을 텄다. 김옥균과 서광범도 황망히 월대 아래로 내려서서 부복했다.

"중전마마, 어서 오십시오."

김옥균이 자영에게 인사를 했다.

"개척사도 입시했군요."

자영은 김옥균을 보자 잔잔한 미소를 얼굴에 담았다. 자영의 목소리가 옥을 굴리듯이 맑았다.

"황공하옵니다."

김옥균은 얼굴을 떨어뜨리고 대답했다.

"주상 전하께서 개척사에게 거는 기대가 큽니다."

"명심하여 분부 받들겠습니다."

자영이 흡족한 미소를 지으며 고개를 끄덕거렸다. 김옥균은 치맛자락을 끌면서 중희당 월대로 올라가는 자영의 뒷모습을 조심스럽게 응시했다.

***

민영익은 대조전 월대에 이르자 새삼스럽게 옷매무새를 가다듬었다. 요즈음에 이르러 심기가 날카로워진 자영에게 까탈을 잡히지 않기 위해서였다.

날씨는 쇳덩어리라도 녹일 듯이 뜨거웠다. 장마가 한바탕 두들기고 지나가자 언제 그랬느냐는 듯이 불볕더위가 계속되고 있었다. 대궐의 곳곳에 있는 수목들도 불볕에 지쳐서 나뭇가지를 길게 늘어뜨리고 있었다. 대궐 어디선가 불볕으로 인하여 보릿단을 태우는 것 같은 탄내가 풍겼다.

민영익은 걸음을 멈추고 뒤를 돌아다보았다. 바람 한 점 없는 날씨였다. 가만히 서 있어도 구슬 같은 땀방울이 흘러내리는 것을 보면 남쪽 어디에선가 비구름이 몰려오고 있는 모양이었다. 민영익은 숨이 턱턱 막히는 기분이었다. 민영익은 걸음을 돌려 월대를 밟고 대조전으로 가까이 갔다. 그러자 상궁 하나가 재빨리 월대로 내려서며 민영익을 맞이했다.

"어서 납시소서. 중전마마께서 기다리고 계십니다."

옥색 저고리에 남치마를 입은 지밀상궁의 몸에서는 연하게 지분 냄새가 풍겼다.

"어서 안내를 하시게."

민영익은 지밀상궁을 따라 대조전 고랑마루로 올라섰다. 불볕

속에 서 있다가 그늘로 들어서자 비로소 서늘한 기운이 감돌았다.
"중전마마. 재동 민 대감께서 입시하셨습니다."
날씨가 더운 탓인지 자영이 거처하는 서온돌의 장지문은 활짝 열려 있었다.
"들라 해라!"
자영은 서온돌의 보료 위에 단정한 자세로 앉아 있었다. 평상복 차림이긴 했으나 자영에게서는 왕비의 위엄이 천품처럼 흘렀다. 민영익은 잔뜩 긴장하여 문턱을 넘어서자 곧바로 절부터 올렸다.
"중전마마. 문안드리옵니다. 날씨가 더운데 혹여 더위라도 드시지 않았는지 궁금하옵니다."
"구중궁궐 깊은 곳에서 무슨 더위 먹을 일이 있겠는가?"
자영의 신색은 새치름하여 근심거리가 있는 얼굴이었다.
"신색이 어둡습니다. 무슨 근심거리라도 있으신지요?"
"옥균이 동대문 밖으로 퇴거하였다."
"전하께서 허락하셨습니까?"
"허락하셨으니 퇴거했지."
"무슨 연유라고 하옵니까?"
"연유는 특별히 없다고 하다마는 어쩐지 심사가 편치 않구나."
민영익은 재황이 총애하는 김옥균이 동대문 밖으로 나갔다는 사실이 얼핏 납득이 되지 않았다. 김옥균이 무엇인가 일을 꾸미고 있는 것이 아닌가 하고 있을 때 자영의 옥음이 떨어졌다.

"금릉위의 압구정 별장에 총과 탄약을 들여왔다고 한다."

"금릉위의 집에요?"

"일본에서 들여온 모양인데 왜학생도들이 김옥균을 따르고 있다고 하는구나."

"그 양이 얼마나 된다고 하옵니까?"

"장사 수십 명이 무장할 수 있는 양이라 하더라."

"과히 걱정할 일은 아닌 듯싶습니다."

민영익은 김옥균이 일본에서 들여온 총과 탄약이 수십 명이 무장할 정도밖에 안 된다고 하자 걱정할 필요가 없다고 생각했다. 그 정도의 병사들이라면 좌영, 우영 그리고 후영과 전영의 병사들이 얼마든지 제압할 수 있으리라고 본 것이다.

"하기야 옥균이 역모를 꾸밀 리는 없지."

자영이 탄식 비슷하게 내뱉었다.

"그보다 그놈의 의복제도를 고친 것은 웬 말들이 그리 많은가?"

자영이 혀를 찼다. 재황이 개화당의 의견을 받아들여 의복제도를 간편히 하라는 지시를 내리자 조정의 대신들과 유림이 일제히 상소를 올려 반발하고 있는 것이다.

"개혁에는 늘 반발이 있게 마련입니다."

"너무 좋게만 생각할 것이 아니다."

"기득권층도 일본과 미국, 독일, 영국 같은 나라들이 얼마나 발전했는지 조만간 알게 될 것입니다."

"내 생각에는 개혁을 더욱 서둘러야 할 것 같다. 청나라야 우리가 속국입네 하고 엎드려 있으면 그만이지만 일본은 그렇지가 않지 않느냐? 내가 듣기에는 일본이 조선을 정벌하려는 야욕을 버리지 않고 있다는데, 옥균이 일본과 밀접하게 지내는 것은 위험한 일이 아니냐?"

"옥균은 경조부박(輕佻浮薄)한 인물입니다."

"옥균이 일본 조야와 가깝게 지내는 것이 내 마음엔 어쩐지 꺼림칙하다."

자영은 민영익에게 자신의 불길한 생각을 털어놓았다.

"그렇기는 합니다만 일본에서도 옥균을 가벼운 인물로 보고 있습니다."

"좋지 않은 싹은 일찌감치 베어버리는 것이 화근을 제거하는 일이 될 것이다."

"중전마마, 옥균이 비록 경조부박하긴 하나 개화당의 두령 급이 아닙니까? 의복제도 하나만 가지고도 무지한 유림이나 원로대신들의 반발이 극심한 처지입니다. 이러한 시기에 개화당의 두령을 제거한다면 조선의 개화는 더욱 늦춰질 것입니다."

민영익은 김옥균을 두둔했다. 조정의 젊은 사대부들이 김옥균과 민영익이 정적 관계라고 수군거렸으나 민영익은 그런 말에 동요하지 않았다. 김옥균과 무리를 지어 다니는 홍영식, 박영효, 서광범, 서재필 그들 모두 민영익과 절친한 사이였다. 그들 쪽에서 민영익을 사대당이라고 은근히 거리를 두고 있었으나 민영익은 개화의 방법만 다를 뿐 같은 개화당이라는 인식을 갖고 있었다.

"옥균이 너를 경원하고 있지 않느냐?"

"사람과 사람 사이는 멀어지기도 하고 가까워지기도 하는 것입니다."

"네가 과연 우리 여흥 민문의 주춧돌이 될 만하구나."

자영은 흡족하여 고개를 끄덕거렸다.

"송구하옵니다."

"누구에게나 원한을 살 일을 해서는 안 된다. 네가 비록 내 친정 조카이고 세자빈의 오라비라고 해도 항상 겸손하고 온유해야 한다."

"중전마마의 분부, 명심하여 받들겠습니다."

"그건 그렇고…… 오늘도 미국을 견문한 이야기나 들려주게."

자영이 장침에 팔을 얹어놓았다. 자영은 요즈음 들어 민영익을 불러 미국과 유럽 여러 나라의 이야기를 듣는 것을 낙으로 삼고 있었다.

"황공하옵니다."

민영익은 자세를 바로 했다.

"영국이라는 나라는 여왕이 다스리고 있다지?"

"그러하옵니다."

"남자들이 여왕에게 잘 복종하는가?"

"예, 영국의 여왕은 빅토리아라고 하는데 대신들이 잘 따르고 있습니다."

"하긴 중국에는 측천무후가 있었고 우리나라도 신라시대에는 세 분의 여왕이 계셨지."

"그러하옵니다."

자영은 지적 호기심이 강한 여자였다. 민영익을 앉혀놓고 해가 질 때까지 미국과 유럽 여러 나라에 대한 얘기를 하고는 내보냈다.

***

김옥균과 박영효는 1884년 늦여름으로 접어들면서 더욱 빈번하게 일본인들과 접촉했다. 김옥균은 그 무렵 묄렌도르프가 자신을 모해하여 죽이려 한다는 소문을 전해 듣고 대책 마련에 부심하고 있었다.

민영익이 미국에서 돌아온 후에 김옥균은 가능한 민영익과의 대립을 피하고 있었다. 당오전 주조 문제로 묄렌도르프와는 사이가 벌어져 앙숙처럼 지냈으나 민영익과는 노골적으로 대립하지는 않았다. 민영익은 왕비의 인물이었으나 그래도 가장 개방적인 인물이었다. 김옥균 등이 청당이라고 부르는 인물들은 민태호, 민영목, 민응식 같은 척신들과 이조연, 한규직, 윤태준 같은 인물들이었다. 반대로 그들은 김옥균 등을 왜당이라고 불렀다.

김옥균의 집에는 개화파 동지들인 홍영식, 박영효, 서광범, 서재필 등이 매일 밤 모여서 거사를 의논했다. 거사는 이미 오래전부터 계획해온 것이었다. 그러나 그들 자체의 힘으로는 거사를 일으킬 수가 없었다. 그들은 일본의 지원을 받기로 합의하고 다케소에 일본 공사와 접촉했다.

"대감, 청국은 장차 망할 것이 틀림없습니다. 청나라는 땅덩어리만 컸지 병든 사자가 아닙니까? 조선이 개혁을 단행할 시기는 지금이 가장 적절합니다. 대감처럼 경륜이 높은 분이 이러한 적기를 놓친다면 그야말로 병법을 모르는 것이 아닙니까? 일본은 지금 청나라와 전쟁도 불사할 각오가 되어 있습니다."

다케소에는 23세의 청년인 박영효의 애국심에 불을 지르며 선동했다. 장안에는 이미 청당과 왜당이 결전을 벌일 것이라는 소문이 파다하게 나돌고 있었다. 서로에 대한 비방질과 세작질이 극심한 가운데 청당은 윤태준을 후영사, 민영익을 우영사에 앉혀 병권을 장악해버렸다. 이에 왜당은 병권을 장악하고 있는 4영사를 제거하고 재황의 내락을 얻어 친위정변을 일으킬 음모를 꾸미고 있었다.

김옥균이 탑골승방에 도착하자 박영효와 서광범이 이미 도착해 있었다.

"고균, 어째 늦었소?"

박영효가 온화한 음성으로 물었다. 김옥균은 탑골승방의 대웅전에 시선을 보냈다가 박영효에게로 모았다.

"미행자가 있을까 봐 길을 돌았습니다."

"아무래도 저쪽에서 눈치를 챈 것 같지 않습니까?"

"인명은 제천입니다. 이제는 돌이킬 수 없는 상황이 되었습니다."

김옥균은 단호하게 내뱉었다.

"거사를 앞당기는 게 좋겠습니다."

"언제쯤이면 좋겠습니까?"

"10월 17일이 어떻겠습니까?"

"10월 17일이면 여드레 남았는데……."

김옥균이 다시 대웅전 쪽으로 시선을 보냈다. 아직 재황으로부터 밀칙을 받아내지 못한 것이다.

"우정국은 이미 완공되었습니다."

서광범이 김옥균의 결단을 재촉했다.

"낙성식을 계속 미룰 수 없는 처지 아닙니까?"

"우리 쪽의 준비는 다 되었습니까?"

"장사들은 언제든지 소집하기만 하면 됩니다."

"폭약이나 무기도 넉넉합니까?"

"금릉위 대감의 압구정 별장에 있으니 가져오기만 하면 됩니다."

서광범의 대답이었다. 김옥균도 익히 아는 사실이었다.

"고균, 이제 실행에 옮깁시다."

박영효도 김옥균을 재촉했다. 김옥균은 잠시 생각에 잠겨 있다가 단안을 내렸다.

"좋습니다. 가까운 시일 내에 거사하기로 하고 부평에 있는 신복모를 불러옵시다."

신복모는 왜학생도들의 우두머리 급으로 민영목이 해방총관(海防總管, 해안방위사령관)에 임명되어 군사를 양성하기 시작하자 교관으로 활동하고 있었다. 왜학생도들에게 신망이 높았다.

"좋습니다."

"그렇게 합시다."

박영효와 서광범이 일제히 찬성했다.

김옥균은 박영효, 서광범과 함께 묘동의 이인종의 집으로 가서 거사에 대해서 좀 더 깊숙이 상의했다. 가장 문제가 되는 것은 장사들의 동원과 재황의 밀칙을 받는 것이었다. 재황의 밀칙을 받으면 민영익이나 청당 쪽에서 함부로 군사를 움직이지 못한다.

"주상 전하의 밀칙을 받는 것은 서 동지가 힘을 써야 할 것 같소."

김옥균은 동부승지 서광범에게 지시했다. 김옥균이 별입시를 해서 재황을 배알할 수도 있었으나 이목이 없을 때 배알해야 하는 것이다.

"그 일은 내가 맡겠소."

서광범이 그 일을 흔쾌히 맡고 나섰다.

"좋소. 그러면 나는 내일 서재필과 무라카미 대위를 불러 장사 동원 계획을 짜겠소."

김옥균은 결심을 굳혔다.

이튿날인 10월 10일, 서재필과 무라카미 대위를 오후 3시에 집으로 부른 김옥균은 장사 동원 계획을 세웠다. 무라카미 대위는 일본의 대정봉환운동을 본떠서 조선의 장사를 동원할 것도 없이 일본군이 조선인으로 변장을 하고 청당을 모조리 참살하면 간단한 일이라고 말했다. 이에 대해 서재필이 완강히 반대했다. 일본의 대정봉환운동은 명치 천황이 메이지유신을 단행하여 왕정복고를 이룩한 사건을 말하는 것으로, 그 와중에서 명치 천황의 아버지가 참살되고 수많은 정적들이 살해된 사건을 말하는 것이다.

메이지유신으로 일본이 근대국가로 탈바꿈하긴 했으나 일본인들의 피로 이룬 왕정복고였다. 서재필이 일본군 동원을 반대하는 것은 당연한 일이었다.

"일본군은 훈련이 잘되어 있어서 이 정변을 반드시 성공시킬 수 있을 거요."

"일본군이 전면에 나서는 것은 바람직하지 않소."

"조선군으로 이 정변을 성사시키기는 무리요!"

"그럼 우리의 역할은 무엇이오?"

"청군을 견제하는 것이오."

무라카미 대위와 서재필은 팽팽하게 대립했다. 김옥균은 무라카미 대위와 서재필을 달랬다. 큰 싸움을 앞두고 분열을 일으킬 수 없는 일이었다.

무라카미 대위는 화가 나서 하도감으로 돌아갔다. 하도감에는 청군과 일본군이 나란히 주둔하여 대치하고 있었다.

김옥균은 음력 10월 12일에 재황으로부터 소명을 받고 입대했다. 서광범이 재황을 움직여 김옥균을 입대하게 한 것이다. 서광범은 동부승지 직을 맡고 있어서 재황을 측근에서 모시고 있었다.

재황은 보료에 좌정해 있었다. 대조전 동온돌, 재황의 침전이었다. 마루 하나 건너 서온돌은 왕비 자영의 침실이었다. 서온돌은 지금 조용하기만 했다.

김옥균은 떨리는 가슴을 진정시키며 재황에게 옷깃을 여미고 숙배를 했다.

"전하, 신 김옥균 분부를 받자옵고 대령했습니다."

방 안에는 황초 타는 냄새가 자욱했다. 이미 을야(乙夜, 2경)를 넘긴 시간이었다. 불면증을 앓고 있는 재황은 한밤중인데도 눈빛이 또랑또랑했다.

"가까이 오라."

재황의 음성은 낮고 부드러웠다.

"예."

김옥균은 조심스럽게 재황의 앞에 가까이 가서 엎드렸다. 재황과의 입대는 자주 있었던 편이다. 그러나 침전에서 입대하기는 처음이라 김옥균은 바짝 긴장했다.

"동부승지로부터 경이 배알을 원하고 있다는 얘기를 들었다. 경이 과인을 보기를 원한 것은 무슨 연유인가?"

재황의 눈빛이 김옥균의 얼굴에 부드럽게 머물렀다.

"전하."

김옥균이 새삼스럽게 머리를 조아렸다. 재황은 멀뚱히 김옥균을 살피고 있었다. 대답을 재촉하는 듯한 눈빛이었다.

"전하. 지금 천하의 대세를 두루 살펴보면 나라 간에 갈등이 점점 심화되고 국내 정황이 위태로워지고 있다는 것은 전하께서도 알고 계시는 것이니 신이 군더더기로 아뢸 필요는 없습니다. 그러나 신이 다시 한 번 아뢰고자 하는데, 들으시겠습니까?"

김옥균의 목소리는 전에 없이 비장하기까지 했다.

"말하라."

재황은 선뜻 윤허했다. 김옥균은 달변이었다. 그의 얘기를 듣고 있노라면 시간이 가는 것도 잊어버릴 정도였다.

"시국이 이렇게 된 것은 청나라와 불란서가 전쟁을 해서가 아닙니다. 청나라와 일본은 오래전부터 불화하였고 러시아의 동방전략은 날이 갈수록 절박한 실정입니다. 서양 여러 나라의 동방정책은 10년이 못 되어 급변하고 동양을 침략하고 있습니다. 불란서가 안남 문제로 청나라와 전쟁을 하고 있는 것이 그 좋은 예입니다."

"……."

"지금 청나라는 재정이 궁핍해 나라의 근간이 흔들리고, 군병이 있기는 하나 군령이 무절제하기 짝이 없습니다. 청나라는 영불연합군에게 패하여 황제가 열하로 몽진(蒙塵)을 가는 변란을 겪었음에도 오늘 다시 이와 같은 곤경을 당하고 있으니 어찌 이러한 나라에 사대의 예를 바칠 수 있겠습니까?"

김옥균이 두 눈에 힘을 주고 재황을 쳐다보았다. 재황은 김옥균의 말을 새기고 있는지 고개를 떨어뜨리고 있다가 고개를 번쩍 들었다.

"경은 조선이 청나라에서 독립하기를 원하는가?"

재황은 김옥균이 주장하는 뜻을 파악한 것 같았다.

"그러하옵니다."

"독립이 그리 쉬운가? 한양에 주둔하는 청군은 어찌할 것인가?"

"일본군의 힘을 빌려 그들을 몰아내야 합니다."

"청나라가 그냥 있겠는가? 대군을 동원하여 조선을 침략하면 어찌하는가?"

"청나라는 불란서와 전쟁을 하느라고 조선에 군대를 파견할 여력이 없습니다."

김옥균의 말에 재황은 대답을 하지 않았다. 동온돌에 무거운 침묵이 흘렀다.

"독립을 한 뒤에 조선을 어떻게 할 것인가?"

"개혁을 할 것입니다."

"개혁이라 하면 어떤 개혁을 말하는 것인가?"

"우선 조정부터 혁신할 것입니다. 조정의 중신들은 서양 여러 나라의 형편에 대하여 몽매하기 짝이 없어서 명색이 나라의 녹을 받고 있는 중신들인데도 여전히 공맹의 도리만 찾고 있습니다. 이들에게 나라를 맡기시면 조만간 나라가 망할 것입니다."

"외국 견문을 한 청년 사대부들의 경륜이 일천하지 않은가? 백성들도 아직 서양에 대해서 아는 것이 전혀 없어."

"전하."

"개혁을 급진적으로 하는 것은 숙고해야 할 일이야. 백성들은 걷고 있는데 임금은 말을 타고 달리면서 따라오라고 한들 백성들이 어찌 따라오겠는가?"

"전하, 시운을 놓쳐서는 안 됩니다. 지금 일본은 청나라와 일전을 불사한다는 각오 아래 군비를 확장하고 있습니다. 러시아는 호시탐탐 조선 진출의 기회만을 엿보고 있습니다. 또 청나라는 불란서와의 전쟁으로 국력이 쇠진해 있습니다. 이 기회에 조선은 일대 개혁을 단행하여 청나라의 속박에서 벗어나 입국(立國, 독립)의 계책을 도모해야 할 것입니다."

"입국?"

"그러하옵니다. 조선은 병자년의 치욕을 잊고 청나라를 상국으로 받들어 모시고 있습니다. 이제는 그러한 폐단을 버리고 명실상부한 입국이 되어야 합니다."

"중신들의 반발이 만만치 않을 게야."

"전하, 아뢰옵기 송구하오나 나라에 왕법이 통하지 않은 지 오래입니다. 지방은 말할 것도 없고 도성까지 도둑의 무리가 극성을 부리고 있습니다. 군대는 허울뿐이고 세미가 제대로 걷히지 않아 나라의 재정이 궁핍해 있습니다. 실로 5백 년 종사가 누란의 위기에 처해 있는데 무엇을 주저하십니까?"

김옥균이 재황을 재촉했다. 그때 서온돌 쪽에서 얕은 기침소리가 나면서 중전 자영이 풍성한 치마를 끌며 동온돌로 건너왔다. 김옥균은 황망히 몸을 일으켜 자영에게 숙배를 했다. 자영은 재황 앞에서 옆으로 약간 비켜 앉았다. 만인지상의 몸인 국왕은 국가적인 대행사 외에는 왕비와도 나란히 동석을 하지 않는 것이 궁중의 법도였다.

"내가 경의 말을 처음부터 모두 들었소. 사세가 그처럼 절박하다면 조선은 어찌해야 하오?"

김옥균은 자영의 질문에 선뜻 대답을 하지 않았다.

"계책이 있으면 경은 숨기지 말고 말을 하라."

재황이 김옥균의 대답을 재촉했다.

"다케소에 일본 공사와 신이 뜻이 맞지 않아 조선의 개화를 사사건건 방해했습니다. 그러나 이번에 일본에 갔다가 돌아온 뒤에는 저의 계책을 적극적으로 돕겠다고 했습니다. 일본은 청나라와의 전쟁도 불사하겠다고 했습니다."

자영은 김옥균의 말을 조용히 듣고 있었다. 청나라로부터 독립을 해야 한다는 그의 주장이 옳다고 생각했다.

"그들은 무슨 연유로 남의 나라에 와서 으르렁거리고 있는고? 한심하기 짝이 없는 일이다."

재황이 짜증스럽게 내뱉었다.

"전하, 조선이 힘이 없기 때문이 아닙니까? 나라의 중신들이 일은 안 하고 뇌물에 눈이 멀어 제 안위만 생각하는 것이 작금의 현실입니다. 척신, 종친, 대신…… 하나같이 시세의 이(利)만 좇고 있으니 나라가 도탄에 빠지고 있는 것입니다."

김옥균의 목소리는 불만에 가득 차 있었다.

"먼저 나라의 독립에 대한 모책(謀策)부터 세워야 합니다."

"기어이 청나라를 몰아내겠다는 것이오?"

"그러하옵니다. 우리가 개혁을 단행하려고 해도 청나라가 사사건건 트집을 잡아 방해를 하고 있습니다. 원세개는 감국대신이라도 되듯이 조선의 내정을 간섭하고 있으니 참으로 통분하기 짝이 없습니다. 이제는 혁명을 해야 합니다."

김옥균의 말에 자영은 몸이 떨려왔다.

"혁명은 무엇을 말하는 것이오?"

"중전마마, 청당 대신들의 피를 보아야 합니다. 그래야 청나라와의 고리가 끊어집니다."

"일본이 청나라와 교전을 할 것 같소?"

"그러하옵니다. 일본은 이미 10년 전부터 군세를 확장해왔습니다."

"하면 조선이 독립을 한 뒤에 청당 대신들을 모조리 죽이겠다는 것이 아니오?"

"중전마마, 옳으신 하교이십니다. 조선이 독립할 수 있는 다시 없는 기회입니다."

김옥균은 자영을 향해 깊숙이 머리를 조아렸다. 자영은 이미 김옥균의 속뜻까지 간파하고 있었다. 정변을 일으킨 뒤에 청당 대신들을 살해하고 조정을 장악하려는 그의 계책을 꿰뚫어 본 것이다. 김옥균은 자영의 통찰력에 가슴이 서늘해졌다.

"일본과 청나라가 교전을 하면 어느 쪽에 승산이 있겠는가?"

이번에는 재황이 김옥균에게 하문했다. 그러잖아도 근심이 많은 재황은 새로운 걱정거리가 생긴 것이다.

"일본과 청나라가 교전을 한다면 최후 승패에 대하여는 짐작할 길이 없습니다. 그러나 일본과 불란서가 합세를 하면 승패는 결단코 일본에 있습니다."

"그러면 조선이 독립을 하는 계책이 여기에 있지 않은가?"

“황공하옵니다. 전하의 우악(優渥)하신 성교를 받들어야 마땅하오나 전하 폐부(肺腑)의 신(臣)들이 청나라에 붙어서 청나라를 위해 개와 양처럼 활동하고 있으니 일본이 조선의 독립을 도와주려고 해도 뜻을 이루기가 어렵습니다. 신이 이 말씀을 아뢰면 목숨이 위태로우나 나라의 위급이 조석(朝夕)에 달한지라 일신을 돌보지 않고 함부로 아뢰는 것입니다. 통촉하소서.”

김옥균의 얼굴빛은 창백하고 목소리는 격정을 이기지 못해 떨렸다. 그러나 김옥균은 불을 토하듯 뜨거운 눈길을 재황과 자영에게 보냈다.

자영은 잠깐 동안 생각에 잠겼다가 입을 열었다.

“경의 말이 나를 의심하는 듯하나 국가의 존망이 달린 일에 한낱 부녀자의 몸으로 어찌 대계(大計)를 그르치게 할 수 있겠소? 경은 숨기지 말고 모두 말하시오.”

자영의 얼굴은 한겨울 얼어붙은 달빛처럼 차고 맑았다.

김옥균은 잠시 입을 다물고 자영을 쳐다보았다. 옷차림은 분홍색 소고의에 남치마를 입고 옷고름에는 소삼작노리개가 달려 있었다. 저고리 위에는 초록색 견마기를 걸치고 있는데 머리에는 가르마를 타고 비녀를 꽂고 있었다. 여염 사대부가의 부인네들처럼 단출하고 수수한 차림이었으나 그녀의 전신에서는 왕비다운 기품이 은은하게 풍기고 있었다. 김옥균이 대답을 하지 않자 자영은 미간을 찌푸렸고, 재황은 목을 길게 빼어 김옥균의 안색을 살폈다.

"경의 마음속에 품은 생각을 과인이 어찌 모르겠는가? 무릇 나라가 위급한 때를 당하였으니 경은 의심하지 말고 아뢰라. 나라의 대계를 경에게 일임할 것이니라."

재황의 말은 진심에서 우러나온 것 같았다. 김옥균은 망설이지 않고 자신의 속내를 주청했다.

"신이 비록 감당할 수가 없으나 전하의 우악하신 성교가 신의 귓전에 남아 있는 한 어찌 감히 저버리겠습니까? 원하옵건대 전하의 친수밀칙(親手密勅, 손수 쓴 밀지)을 얻어 항상 몸에 지니고자 합니다."

재황이 자영에게 눈길을 던졌다. 자영의 의향을 묻는 듯한 눈빛이었다. 김옥균이 원하는 친수밀칙은 엄청난 파장을 일으킬 수도 있었다. 김옥균이 단순하게 청나라로부터의 독립만을 원하고 있는지, 아니면 그 어떤 거사를 도모하기 위해 친수밀칙을 원하는지 알 수가 없었기 때문이다.

***

바람도 없는데 촛불이 일렁거렸다. 침전 밖에서 찬바람이 불고 우수수 떨어진 나뭇잎이 쓸려 다녔다. 가을이구나. 나뭇잎이 모두 떨어지면 춥디추운 겨울이 오겠구나. 자영은 김옥균을 살피면서 조선에 무서운 피바람이 불어오는 것을 느꼈다.

'청나라에서 독립하여 조선이 입국하는 것은 옳다. 조선이 언제까지 청나라의 속국이 될 수는 없지 않은가?'

재황의 침전에는 무거운 침묵이 흘렀다.

'그러나 혁명을 하겠다는 것은 청당 대신들을 모두 죽이려는 것이 아닌가?'

자영은 김옥균이 비상한 계획을 세우고 있다고 생각했다. 그러나 개화를 반대하는 수많은 대신들에게 일대 경종을 울릴 필요가 있다고 생각했다. 조정의 많은 대신들이 유학을 최고로 알고 개화와 개혁을 사사건건 반대하고 있었다. 조선을 개화시키기 위해서는 특단의 조치가 필요했다. 그러나 김옥균이 정권을 잡으면 민문을 몰살시키려고 할지도 몰랐다.

"다케소에 공사와 상의했소?"

"예."

"다케소에 공사로부터 살생부도 받았소?"

자영의 질문에 김옥균은 흠칫했다.

"전하, 국가의 대계를 위한 일인데 위임하셔야 할 것 같습니다."

재황은 자영의 내락이 떨어지자 지체하지 않고 연상을 끌어당겼다. 연상에는 언제나 지필묵이 준비되어 있었다.

재황은 연상 위에 선지(宣紙)를 펼치고 곤룡포의 소매를 걷어 올린 다음 붓을 잡아 먹을 찍었다. 김옥균은 꿇어 엎드린 채 재황을 응시했다. 재황은 체수가 작았다. 얼굴은 둥글어서 동안(童顔)인 데다 눈매가 소년처럼 부드러워 어질면서도 흐리멍덩해 보이기까지 했다. 그러나 지금 결단을 내리는 재황의 얼굴은 자못 엄숙하기까지 했다.

協辦 玉均 大計一任(협판 옥균 대계일임)

'모든 계책을 김옥균에게 맡긴다'는 뜻이다. 재황은 그 여덟 글자를 한참 동안이나 들여다보다가 세필(細筆)을 바꾸어 잡았다.

甲申年 十月 十二日 朝鮮國王 贈(갑신년 10월 12일 조선 국왕 증)

재황은 빠르게 붓을 놀린 뒤 옥새까지 찍어서 김옥균에게 내렸다. 김옥균이 공손히 절을 하고 머리 위로 친수밀칙을 받았다.

"이제 나라의 대계를 경에게 일임하였으니 경은 신명을 다하라."

"황공하옵니다. 신이 어찌 성상의 망극하신 은혜를 저버리리까? 성상께서는 안심하십시오."

"경은 들으시오. 내 일찍이 경이 청년재사임을 알고 있었소. 이제 전하의 친수밀칙을 받아 나라의 독립에 신명을 바치는 경에게 어찌 술 한잔을 내리지 않을 수 있겠소? 경은 잠시만 지체하오."

자영이 김옥균을 향해 말했다

"중전마마, 신이 어찌 감히 어전에서 주찬을 대접받을 수 있겠습니까? 분부 거두어주십소서."

"경은 사양치 마오."

"황공하옵니다."

김옥균은 새삼스럽게 머리를 깊숙이 조아렸다. 세간에 파다한 풍문처럼 중전 자영은 확실히 국모로서의 재색을 겸비하고 있었다. 게다가 신하를 부리는 용인술까지 터득하고 있는 것이다. 김옥균은 자영에게서 주찬을 대접받고 새벽에야 퇴궐했다.

'아아, 마침내 친수밀칙을 받았다!'

김옥균은 가슴이 뻐근했다. 이제 남은 것은 횃불을 들고 일어서는 것뿐이었다.

재황으로부터 친수밀칙을 받은 김옥균의 행보는 더욱 빨라졌다.

***

10월 13일에 김옥균은 동교(東敎) 별장에서 거사 계획을 세웠다. 그 계획이란 별궁에 불을 지르는 것이다. 10월 14일에는 영국 영사 애스턴과 회식하기로 약속이 되었다. 회식 시간은 저녁 7시였다.

저녁 6시 30분에 집을 나서는데 우정국 총판인 홍영식이 다급한 서신을 보내왔다.

"조금 전에 일본 공사관의 시마무라가 나에게 와서 말하기를, 다케소에 공사가 오늘 저녁에 우리를 다시 만나보고자 한답니다."

서신의 내용은 간단했다. 김옥균은 다시 사랑으로 돌아와 편지를 써서 홍영식에게 보냈다.

'지금 영국 영사 애스턴과 약속이 있어서 박영효, 서광범 양인과 함께 거기 가려는 참이니 그대가 일본 공사관에 먼저 가 있으면 9시 전후에 우리 세 사람이 같이 가겠소.'

영국 영사 애스턴과의 회식은 9시 반이 되어서야 끝났다. 김옥균이 박영효, 서광범과 함께 종로 4거리에 이르자 달빛이 휘영청 밝아 온 세상이 하얗게 눈을 뿌린 것 같았다. 김옥균은 수종들을 모두 돌려보내고 일본 공사관으로 들어갔다. 공사관에는 이미 홍영식이 도착하여 앉아 있었다.

다케소에 공사는 보이지 않고 통역인 이사야마가 합석해 있었다. 김옥균은 다케소에가 나오지 않은 것이 불쾌했다.

"거사 기일을 10월 20일로 정하였소."

김옥균이 시마무라에게 말하였다. 그날은 거사 날이 아니었으나 누설되는 것을 막기 위하여 그렇게 말했다.

"어찌 그렇게 늦습니까?"

시마무라가 의심스러운 기색으로 물었다.

"20일 이전은 달이 밝아서 좋지 않소."

"과연 그렇겠습니다. 달이 밝으면 무사들이 잠복해 있을 수가 없지요."

시마무라는 더 이상 의심하지 않았다.

"대가(大駕)는 어떻게 하기로 하였소?"

"대가는 다케소에 공사의 염려가 있는 만큼 경우궁으로 옮기기로 하였소."

대가는 임금이 타는 가마를 말하는 것이다.

"어디에 있습니까?"

"계동에 있습니다."

"우리에게 위치를 알려주십시오. 주변을 살펴보겠습니다."

"그것은 어려운 일이 아닙니다."

김옥균과 박영효, 서광범이 일본 공사관을 나온 것은 새벽 2시가 되어서였다. 김옥균 등은 이동에 있는 박영효의 집으로 몰려갔다. 박영효의 집에는 이인종, 이규정, 황용택, 이규완, 신중모, 박은명, 김봉균, 이은종, 윤경순 등이 모여 있었다.

"마침내 때가 온 것 같소."

김옥균은 자리에 앉자 무겁게 입을 열었다. 박영효의 집에는 거사 계획을 세운 이래 처음으로 장사들과 개화당 동지들이 함께하고 있었다.

"동지들이 알고 있다시피 일본은 메이지유신을 단행한 지 불과 20년이 못 되어 엄청난 발전을 이루었소. 그런 일본의 국력 신장이 어찌 저절로 이루어졌겠소? 일본의 메이지유신은 요시다 쇼인과 같은 지사(志士)의 피가 있었기 때문에 가능했던 것이오."

김옥균의 날카로운 눈매가 좌중을 한눈에 쓸어보았다. 1등대신 금릉위 박영효, 영의정을 지낸 홍순목의 아들 홍영식까지 좌정해 있었으나 김옥균의 기개는 그들을 압도하고 있었다.

"우리가 목숨을 하늘에 맡기고 일어선 것은 일신상의 영달을 위해서가 아니라 오직 애국애족하기 위해서요!"

좌중은 물을 끼얹듯이 조용했다.

"나는 국왕 전하의 친수밀칙을 받았소."

"……."

"이는 국왕 전하께서도 우리의 거사를 성원하신다는 뜻이 아니고 무엇이겠소?"

"……."

"그러니 이번 거사는 왕명에 의한 거사라는 것을 명심하기 바라오!"

김옥균의 말을 끝내고 품속에서 고종의 친수밀칙을 꺼내어 좌중에게 보였다. 좌중은 마른 침을 삼키며 '협판 옥균(協辦 玉均) 대계일임(大計一任)' 이라는 여덟 글자를 뚫어질 듯이 들여다보았다.

"거사는 오는 17일 별궁에 불을 지르는 것을 시작으로 일제히 봉기할 것이오."

"만약에 비가 오면 어찌하겠소?"

홍영식이 이의를 달았다.

"이런 가을에 무슨 비가 오겠소?"

김옥균의 대꾸는 퉁명스러웠다. 홍영식은 완고한 부친 홍순목의 영향을 받아서인지 거사에 대한 결심이 자주 흔들리고 있었다. 허우대가 커서 모질지 못한 것도 원인이었다.

"혹시라도 몰라서 하는 소리요."

"비가 오면 18일로 연기하기로 하오."

박영효가 온화한 목소리로 중재했다.

"이제부터 각자 할 일을 지시하겠소. 명심하기 바라오."

김옥균은 박영효의 말에 대꾸하지 않고 장사들에게 단호한 목소리로 내뱉었다.

"이인종 동지."

"예."

이인종은 판관 출신이라 김옥균과도 허교하고 지내는 사이였다.

"별궁에 불을 지르는 것은 이인종 동지가 전적으로 맡아야겠소. 이인종 동지의 지휘 아래 이규완, 박은명, 윤경순, 최은동 4인은 포대(布袋) 수십 개를 만들어 그 안에 불이 잘 붙는 마른 장작을 넣어 별궁 정전(正殿) 안에 쌓아두시오. 또 석유를 30개 한정하고 작은 병 속에 담아 때가 되면 정전에 쌓아둔 포대에 뿌려 불이 쉽게 붙도록 하시오."

"예."

이인종이 긴장한 얼굴로 대답했다.

"동서 행랑에는 화약을 묻어서 불길이 번지면 일시에 터지도록 하시오!"

"알겠습니다."

이인종이 고개를 꾸벅하고 대답했다. 화약은 이미 일본을 통해 준비되어 있었다.

"불이 일어나면 각 영사(營使, 군대의 대장)는 불을 끄러 달려와야 하지만 혹 의심을 하여 오지 않을 수도 있으니까 우정국 연회가 시작된 뒤에 하기로 하겠소. 홍 동지는 연회가 시작되기 전에 4영사의 무고(無故) 또는 유고(有故)를 잘 탐지하여 연회를 주최하도록 하시오."

좌중의 시선이 일제히 홍영식에게 쏠렸다.

"잘 알겠습니다."

홍영식이 어두운 얼굴로 대답했다.

"불이 일어나면 우정국에 모인 사람들은 반드시 불을 끄러 가야 하니 곧 화재 현장에서 4영사를 죽이시오. 장사들은 단검 한 자루, 단총(短銃, 권총) 한 자루씩을 무장하여 두 명이 영사 한 명을 하수하시오. 장사들이 혹 실수할 염려가 있을지도 모르니 일본인 한 명씩을 별도로 배치하겠소."

"일본인이오?"

박영효가 김옥균에게 물었다.

"낭인입니다."

"낭인이라면 사무라이?"

"오카모토 유노스케란 자가 지휘할 것입니다."

"일본인이라면 조선 사람들을 수상하게 여길 것이 아니오?"

"우리 옷으로 변장시키겠습니다."

김옥균은 박영효에게 조용히 대답했다.

"4영사는 다음과 같이 장사들이 맡아주시오."

장사들이 김옥균의 입을 주시했다.

"민영익은 이은종, 윤경수 동지가 맡으시오."

"예."

이은종과 윤경순이 입을 모아 대답했다.

"윤태준은 박삼룡, 황용택 동지가 맡으시오."

"예."

"이조연은 최은동, 신중모 동시가 맡으시오."

"예."

최은동 신중모가 상기된 얼굴로 대답했다.

"한규직은 이규환, 박은명 동지가 맡으시오."

"예."

4영사에 대한 주살 명령이 모두 끝났다. 그러나 김옥균의 지시는 계속되었다. 이미 오래전부터 박영효, 서광범, 홍영식, 이인종 등과 합의한 계획이었다.

"이인종, 이규정 동지는 나이가 많으니 호령(號令)의 소임만 맡으시오."

장사들을 지휘하라는 지시였다.

"연락은 유혁로, 고영석 동지가 맡으시오."

"예."

고영석이 대답했다. 유혁로는 자리에 참석하지 않고 있었다.

"신복모 동지는 전영 장사 43명을 거느리고 이동에 매복해 있다가 별궁에 불이 나면 즉시 금호문으로 달려가서 파수하시오. 그리하여 민태호, 민영목, 조영하가 입궐하기 위해 나타나면 곧장 하수하시오."

"예."

대궐에 화재가 일어나면 근시(近侍)나 승후관(承逅官)은 즉시 입궐하여 임금에게 문안을 드려야 하는데 대신들의 입궐은 반드시 금호문을 통해야 했다.

"전영 소대장 윤경완 동지는 거사 날에 합문의 파수를 자원해서 맡으시오."

합문은 편전의 정문을 말하는데 일반적으로 국왕 침전의 정문을 말한다. 합문은 각 영의 중대장과 소대장이 병사 50명을 거느리고 번갈아 파수를 보고 있었다.

"예!"

윤경완이 절도 있게 대답을 했다.

"그리하여 외간(外間)에 불이 일어나는 것을 신호로 금호문에서 살아남아 궐내로 들어오는 자가 있으면 처치하시오."

"알겠습니다."

김옥균은 윤경완의 씩씩한 대답에 빙그레 미소를 지었다. 윤경완은 윤경순의 아우로서 나이가 어려 거사에 참여하지 않고 있었으나, 전영의 소대장을 맡으면서 김옥균이 발탁한 것이다.

"대궐에서는 궁녀 고대수(顧大嫂)가 통명전에 묻은 화약을 폭발시킬 것이오."

궁녀 고대수는 김옥균과 가까운 사이였다. 화약은 2년 전 김옥균이 탁정식을 시켜 일본에서 서양인들에게서 구한 것이었다.

"김봉균, 이석이 동지도 미리 궁궐에 들어가 인정전 행랑 몇몇 곳에 화약을 숨겨두었다가 우리가 들어갈 때 폭발시켜 대궐을 혼란에 빠트리시오."

"예!"

김봉균이 망설이지 않고 대답했다.

김옥균은 잠시 입을 다물었다. 좌중에는 주안상이 차려져 있었으나 누구 하나 술잔을 입에 대는 사람이 없었다.

"일본인 넷은 화재 현장에서 놓친 자가 있으면 뒤따라가 자격을 하게 하겠소."

김옥균의 그 말에는 아무도 대꾸하지 않았다. 일본인 낭인들을 상대하는 것은 김옥균의 몫이라는 묵시적인 합의가 그들 사이에 흐르고 있었다.

"별궁에 불이 일어나면 일본 공사관에서 병사 30명을 동원하여 금호문과 경우문을 왕래하며 돌발적인 사태에 대처하도록 하겠소."

"……."

"일이 일어나면 우리 사이에 혼란이 있을 수가 있습니다. 이럴 때는 군호(軍號)가 있는 것이 좋겠습니다."

이인종의 제안이었다.

"그것 참 좋은 생각이오."

김옥균이 무릎을 치고 박영효를 쳐다보았다. 박영효의 동의를 구하는 눈빛이었다.

"천(天)이 어떻겠소? 우리의 거사는 천명(天命)이요, 우리의 목숨을 하늘에 맡긴다는 뜻이 있으니 이 아니 좋겠소? '천'을 외치면 '요로시' 하고 대답을 하는 걸로 합시다."

박영효의 말이었다.

"요로시!"

김옥균이 흔쾌히 맞장구를 쳤다. 요로시는 일본말로 '좋다'는 뜻이었다.

"그럼, 우리 쪽은 '천'으로 하고 일본은 '요로시'로 합시다."

홍영식이 흔쾌히 동의했다. 서광범도 이의가 없다는 듯이 고개를 끄덕거렸고, 장사들은 천과 요로시를 외우기에 여념이 없었다.

김옥균은 청당의 경계를 느슨하게 하고 장사들끼리 낯을 익히게 하기 위하여 다음 날 압구정 박영효의 별장 근처에 있는 산으로 장사들을 사냥 가게 하였다. 그 자리에는 일본인 낭인들까지 합세하게 했다. 지휘는 이인종이 맡았다.

그들이 헤어진 것은 먼동이 틀 무렵이었다. 밤을 꼬박 새워 눈이 충혈되었으나 혁명의 진영이 갖추어졌다는 생각에 쉬이 잠이 올 것 같지 않았다. 이제 남은 것은 결행뿐이었다.

***

홍영식은 우정국 낙성식 축하연을 음력 10월 17일(양력 12월 4일) 오후 7시로 잡았다. 우정국은 견지동에 완공되어 낙성식만을 기다리고 있는 처지였다. 10월 17일에는 후영사 윤태준만 번을 서게 되어 있어 민영익, 이조연, 한규직은 낙성식 축하연에 참석할 수 있었다.

홍영식은 일일이 초대장을 써서 보냈다. 김옥균의 지시에 따라 4영사를 초대하는 것이었으나 홍영식은 4영사를 동시에 자격하는 일이 꺼림칙했다. 특히 우영사 민영익은 홍영식과 교분이 두터웠고 왜당, 개화당, 독립당으로 불리는 그들과 늘 같이 어울려 지냈었다. 그러나 민영익이 묄렌도르프를 두둔하면서부터 김옥균과 틈이 벌어졌고, 결국은 개화당과 결별하게 된 것이다. 그를 죽이는 것은 아까운 일이었다.

김옥균은 일본과 유사한 개화 정책을 원했다. 그것은 좀 더 혁신적이고 가시적이어야 했다. 그러나 재황의 우유부단한 성격, 청나라의 내정간섭은 일본식 개화를 원하는 김옥균에게 커다란 걸림돌이었다. 김옥균은 그 걸림돌을 제거하기 위해 정변을 도모하고 있는 것이다.

"너는 요즈음 왜당들과 어울려 다닌다는 말이 파다한데, 어찌된 일이냐? 김옥균은 비록 주상의 총애를 받고 있으나 거조가 방정하지 못하고 금릉위 또한 재기가 승하나 상종할 인물은 못 된다. 교분이란 매일같이 무리를 지어 몰려다니는 것이 아니라 삼가하고 또 삼가야 올바른 교분을 나누게 되는 법이다."

홍영식은 며칠 전 부친 홍순목에게 들은 말이 생각나서 얼굴을 찡그렸다. 홍순목은 봄에 일어난 의복제도 변경에 대한 반대상소를 올렸다가 사판(仕版, 관리대장)에 이름이 깎이었다. 그의 형 홍만식도 이조참판의 자리에 있었으나 의복제도 개정을 반대하다가 관리대장에서 삭직(削職)되었다. 형이나 아버지는 완고한 유학자일 뿐만 아니라 철저한 근왕주의자였다. 그들에게 불충이란 상상도 할 수 없는 일이었다.

홍영식 역시 그들의 영향을 받아서 거사를 하는 것이 못내 찜찜했다. 최근에 홍영식의 심사가 울적한 것은 그런 까닭이었다.

"아버님, 저희들이 일본과 교유하는 것은 그들의 개명한 정치를 배우고자 함입니다."

홍영식은 자신감 없는 목소리로 대답했다. 자신들이 하는 일이 올바른 일이라는 확신이 서지 않았다.

"개명한 정치를 배우려다가 왜인들의 앞잡이가 되는 것이 아니냐?"

홍순목이 홍영식에게 다짐을 받는 것은 노파심 때문만이 아니었다.

"아버님, 그럴 리가 있겠습니까? 저희들은 조선의 신민입니다. 조선을 위하여 이 한 목숨을 바칠 각오가 서 있습니다."

"기군(欺君)하는 죄를 지어 가문에 앙화를 불러들여서는 안 된다!"

"저희들은 우국충정할 뿐입니다."

홍영식은 단호하게 결심을 밝혔다. 그 순간 홍영식은 갑자기 목이 꽉 메었다. 홍순목은 이미 68세의 노인이었다. 수염은 은빛으로 하얗게 희었으나 눈빛은 정기가 넘쳤다. 의복제도로 인해 삭직되고 사판에서까지 깎이는 신세가 되었으나 학문과 경륜 어느 쪽으로도 일세를 풍미한 꼬장꼬장한 노인이었다.

홍영식은 아버지 홍순목을 생각하자 심란하기 짝이 없었다. 정변에 성공하면 몰라도, 실패를 하면 일가가 멸문지화를 당하는 것이다. 홍영식에겐 열 살 난 아들이 하나 있었다. 정변에 실패하면 그 아들까지 죽임을 당하리라는 생각을 하자 가슴이 아팠다.

그날은 음력 10월 15일이었다. 10월 보름이라 밤이 되자 달이 휘영청 밝았다. 갑신정변의 주역들은 사동 서재창의 집에 모여 술을 마셨다. 거사 계획을 확인하고 또 확인하기 위한 자리였다. 서재창은 서재필의 아우로, 역시 왜학생도였다.

홍영식은 그 자리에서 묵묵히 술을 마셨다. 김옥균, 박영효 등이 연신 거사 계획과 장사 동원을 확인하고 있는데도 홍영식은 묵묵히 술만 마시고 있었다. 그때 고영석이 다케소에 공사가 경우궁을 정찰하고 돌아갔다는 보고를 해왔다.

"일본이 출동 준비를 하고 있는 모양이오."

박영효는 기분이 좋아서 김옥균에게 말했다.

"탄약도 진고개 둔병소(屯兵所)에서 암암리에 교동 공사관으로 옮겼습니다."

"탄약까지?"

"병사들을 직공처럼 위장해서 운반했다고 합니다."

"잘되었소. 일본이 출병하는 것이 확실하니 우리의 거사는 결단코 성공할 것입니다."

김옥균도 기뻐했다. 그들은 다시 화동 김옥균의 집으로 몰려갔다. 그러나 작은 사고가 일어나 거사에 참여한 사람들을 불안하게 했다. 서재창의 집에서 거사 모의가 한창인데도 술만 마시던 홍영식이 기어이 대취하여 말에서 떨어진 것이다.

"아니!"

"이, 이런 변고가 있나!"

장사들이 재빨리 홍영식을 부축했다.

"어디 다친 곳은 없소?"

박영효가 말에서 내려 홍영식을 근심스럽게 살폈다.

"괜찮습니다."

홍영식은 계면쩍은 표정으로 공손히 대답했다.

"낙마를 했는데 다친 곳이 없을 수가 있겠소? 취중이라 모를 수가 있으니 잘 살펴보시오."

"팔을 조금 다친 것 같습니다."

"어느 쪽이오?"

"왼쪽입니다. 조금 시큰거리기는 해도 괜찮습니다."

"대사를 앞두고 횡액을 당했으니 불길하구려."

"모두 내 불찰입니다."

홍영식은 자신의 부주의를 사과했다. 김옥균은 말에서 내리지 않고 홍영식을 마뜩잖은 기색으로 쏘아보고 있었다.

"뼈가 접질렸으면 다시 맞추어야 하니 서둘러 김 공의 집으로 갑시다."

홍영식은 장사들의 부축을 받아서 김옥균의 집에 도착했다.

"팔은 좀 어떻소?"

김옥균은 그제야 홍영식에게 물었다.

"괜찮은 것 같습니다."

홍영식은 웃으며 김옥균에게 종이와 붓을 청하더니 단숨에 한시(漢詩) 한 수를 썼다.

내가 말에서 떨어졌을 때에
내 피가 땅에 스미었네.
내가 죽을 때에
하늘은 내 마음을 굽어보리.
나와 같은 마음을 품고 있다면
나와 같이 맹세하라.
만약에 이 마음을 배신하면
하늘이 반드시 벌을 내릴 것이다.

김옥균은 홍영식이 쓴 한시를 보고 몹시 언짢았다. 박영효도 홍영식이 쓴 한시의 내용에 충격을 받은 표정이었다. 홍영식의 한시는 죽음의 냄새를 풍기고 있었다.

좌중의 모든 사람들도 홍영식의 한시를 돌아가면서 읽으며 침울한 표정을 지었다. 모두가 내색하지 않았던 죽음에 대한 두려움이 갑자기 뒤통수를 둔기처럼 후려치고 있었다.

26
피를 부르는 불꽃놀이

민영익은 홍영식으로부터 받은 우정총국 낙성식 축하연 초대장을 앞에 놓고 잠시 곤혹스러운 표정을 지었다. 왜당의 무리들이 또 외국인들을 초대해놓고 술이나 마시려는 것인가 하는 불쾌한 생각이 인 것이다.

우여곡절 끝에 굳게 문을 닫아걸었던 쇄국의 문이 열려 외국인들이 물밀듯이 밀려들어오자 새로운 풍조가 만연했는데, 그 하나가 외국인들과의 만찬이니 연회니 하는 어쭙잖은 술자리였다.

외아문(外衙門)의 관리들이 외국인과 빈번하게 접촉하면서 연소한 나이에 당상관이 되고 국왕의 별입시까지 허락되자 너도나도 다투어 외국인들과 접촉하려는 망국병이 생긴 것이다. 한쪽에서는 아직도 외국인들과의 교류를 곱지 않은 시선으로 보고 있었으나 만찬과 연회는 아랑곳하지 않고 여기저기에서 열렸다.

지방에서는 명망 있는 산림(山林, 재야)과 청관들이 나라의 재용을 절약하라고 계속해서 상소를 올리고 있었으나 이들에게는 들리지 않는지 자중할 줄을 몰랐다. 그러한 상소가 빗발치듯이 올라오는 것은 오히려 민문의 부패 때문이라고 치부해버리는 것이 고작이었다.

민영익은 그러한 상소문이 올라올 때마다 씁쓸했다. 임오군란 때 부정부패의 원흉으로 몰려 여흥 민씨 일족이 쑥대밭이 된 것이 아직도 뇌리에 생생하게 남아 있었다.

초대장은 정중했다. 초대장은 민영익에게만 온 것이 아니라 4영사 모두에게 배달되었다. 4영은 도성 방위와 대궐 수비의 중책을 맡고 있었다. 그런 4영사들을 낙성식 축하연에 초대하는 것은 전례가 없는 일이었다.

'홍영식이 왜 이런 초대장을 보낸 것일까?'

민영익은 홍영식의 인후한 얼굴을 머릿속에 떠올리며 골똘히 생각에 잠겼다. 민영익의 사랑에 출입하던 젊은 사대부들 중에 홍영식의 인물됨이 가장 원만하여 민영익은 속으로 은근히 흠모하는 처지였고, 홍영식 쪽에서도 민영익의 재주를 남달리 아끼었다.

홍영식은 민영익의 부사로 미국에 다녀온 후 우편제도 실시를 재황에게 주청했고 김옥균, 박영효, 민영익을 비롯한 개화당뿐만 아니라 김홍집, 김윤식 등이 적극적으로 밀어서 성취시켰다. 조선의 우편제도는 기껏해야 역참뿐이었다. 역참은 봉화와 역마를 말하는 것으로 통신수단으로서는 가장 원시적인 수준이었다. 서양을 비롯한 일본까지 전신을 사용하고 있는 현실에 비추어 볼 때 오히려 우편제도의 실시는 비록 경성과 경인 지역에 한정된 것이었으나 괄목할 만한 것이었다.

소선은 이미 우정총국 총판에는 당상관 홍영식이, 인천분국 분국장에는 이상재를 임명하고 음력 10월 1일부터 업무를 보고 있었다. 우정국의 낙성식 축하연은 보름이나 늦게 열리는 것이었다. 민영익은 새삼스럽게 그 사실도 신경이 쓰였다. 사실 낙성식 축하연이라기보다 개국 축하연이라고 하는 것이 타당했다. 우정국은 전의감으로 쓰던 건물을 개수한 것에 지나지 않았기 때문이다.

'낙성식 축하연이니 외국인들과 저녁을 먹고 술을 마시는 자리인데…….'

민영익은 홍영식의 초대장을 내려다보면서 입맛을 다셨다. 정국은 살얼음판을 걷듯 위태로웠다. 시정에서는 이미 정변이 일어날 것이라는 소문이 파다하게 나돌고 있었다.

김옥균이 재황의 친수밀칙을 받았다는 소문은 민영익에게도 들려왔다. 왜당의 빈번한 회합도 청나라를 자극하여 청나라도 진중(陣中)에 계엄을 실시하고 있었다.

청나라의 원세개는 타고난 무인이자 지략가였다. 그는 다케소에 일본 공사가 진수당을 뼈 없는 해삼으로 조롱했을 때 이미 일본이 청나라에 노골적으로 도발하고 있다는 사실을 즉각 알아챘던 것이다.

민영익은 난감했다. 청나라와 일본은 조선에서 무력행사를 할 기세였다.

'김옥균이 받은 친수밀칙의 내용은 무엇일까?'

민영익은 그 점도 궁금했다. 친수밀칙의 내용이 대계일임(大計一任)이라는 소문도 있고, 개명정치일임(開明政治一任)이라거나 혁명, 또는 유신이라는 말도 있었으나 어느 것도 확실하지 않았다.

'어쨌거나 조선 군사들의 모든 병권은 내가 장악하고 있으니까…….'

민영익은 불길할 생각을 떨쳐버리듯이 고개를 흔들었다. 왜당의 준동은 탁상공론에 지나지 않을 것이라는 결론을 내렸다. 게다가 우정국 낙성식 축하연에는 외국 공사들도 다수 참석할 예정이었다. 외국 공사들이 있는 자리에서 정변을 도모한다면 어리석기 짝이 없는 짓이 될 것이다.

"최 녹사 있는가?"

민영익은 집사 최 녹사를 불렀다. 고영근이 장단 군수로 부임한 이래 집안의 대소사를 최 녹사에게 일임하고 있었다.

"예, 대감마님."

사랑 뜰에서 최 녹사의 조심스러운 목소리가 들렸다.

민영익은 사랑채 남행각의 누마루 쪽 문을 열고 최 녹사를 쳐다보았다. 최 녹사의 비쩍 마른 몸이 구부정했다.

"요즈막에 다방골에 나간 일이 있는가?"

민영익은 최 녹사의 어깨 너머로 하늘을 쳐다보았다. 눈발이라도 뿌리려는지 하늘이 잔뜩 흐려 있었다.

"어젯밤에 잠시……."

최 녹사가 말끝을 흐렸다. 최 녹사는 투전판이며 다방골에 출입하는 것을 낙으로 삼고 있었다. 몇 년 전에 창궐한 호열자에 마누라와 자식을 모두 여의고 혈혈단신이 된 최 녹사는 잡기와 계집질에 정을 붙이고 있었다.

"다방골에서 주워들은 소문은 없는가?"

"스무날께 큰 변사가 있을 것이라는 소문이 파다하게 퍼져 있었습니다."

"변사?"

"왜당이 조만간 거사를 할 것이라는 소문이었습니다."

"거사라니? 무슨 거사인가?"

"혁명이라는 말도 있고 유신이라는 말도 있었습니다. 김 협판이 상감마마의 친수밀칙을 받아 거사를 도모한다는 소문입니다."

민영익은 고개를 끄덕거렸다. 김옥균이 스무날께 거사를 한다면 국왕에게 알려 막아야 했다.

"스무날께 거사를 한단 말이지?"

"그렇습니다."

“7시에 전동의 우정총국 낙성식 축하연에 갈 것이다. 무술 잘 하는 장사 둘에게 단총과 단검을 소지하여 나를 따르게 하라.”

“예.”

최 녹사가 허리를 깊숙이 숙여 보였다. 민영익은 누마루 쪽의 문을 닫았다. 바람이 차가웠다. 이제 점심때를 조금 지났을 뿐인데 방 안은 어슴푸레했다.

***

음력 10월 17일, 운명의 날이 왔다. 김옥균은 아침 내내 정신없이 바빴다. 어젯밤에 이번 거사에 동원하기로 한 일본인 4명을 불러 확정된 계획을 자세히 일러주고 술까지 대접하느라고 숙취가 남아 있었으나, 여러 곳에 흩어져 있는 장사들에게 밀령을 보내 은신하게 하는 한편 청당과 4영의 동정을 빠짐없이 염탐했다. 아침에 일본 공사관으로 박영효를 보내 다시 한 번 다케소에 공사의 다짐도 받았다.

점심때가 되자 대궐을 출입하는 변수가 찾아왔다. 변수는 재황이 어젯밤을 꼬박 새우고 아침에도 정무를 보고 있다고 보고했다. 재황은 낮에는 자고 밤에 일을 하는 습관이 있었다. 성격이 꼼꼼하여 승정원에서 올라오는 문서와 의정부, 통리아문에서 올리는 서류들을 일일이 읽어보고서야 재가를 했다. 근신들은 재황의 불면증 때문에 밤에 입궐하고 아침에 퇴궐하는 일이 흔했다.

'임금이 밤에 정사를 보니 조정 대신들도 덩달아서 밤에 정사를 보는 거야.'

재황의 불면증은 김옥균도 몇 번이나 경험한 일이 있었다. 재황과의 독대도 대부분 한밤중에 이루어져 먼동이 밝아야 끝나기 일쑤였다. 그러나 이날 아침은 재황이 밤을 새우고도 계속해서 정무를 보고 있었다.

승정원에서 밀린 서류들을 결재해달라고 아침부터 재황에게 올린 것이다. 승정원의 그 원리(院吏)는 김옥균에게 매수된 자였다. 김옥균은 재황이 초저녁부터 깨어 있으면 거사가 위험할지도 모른다는 생각에 아침에도 정무를 계속해서 보게끔 서류를 잔뜩 올려 초저녁에 잠들게 하려는 계획을 세운 것이다. 그런데 재황이 김옥균의 계획대로 움직이고 있었다.

'하늘이 나를 돕는 거야.'

김옥균은 만족했다. 거사가 성공하려면 천명이 있어야 하는데, 천명이 자신에게 내린 것이라고 생각하였다. 청군도 안남(베트남)에서 벌어지고 있는 불란서와의 전쟁으로 조선에 주둔하고 있던 병사 1500명을 철수시켰다. 절호의 기회가 아닐 수 없었다.

김옥균은 오후 4시에 축하연 준비 상황을 알아보기 위하여 전동의 우정국으로 나갔다. 홍영식은 우정국에 나와 준비에 여념이 없었다. 초청을 받은 사람들 중에 다케소에 공사와 독일 영사만

병으로 참석하지 못한다고 통보가 왔을 뿐 대부분 참석하겠다는 통보를 해왔다.

'다케소에가 얼굴을 내밀지 않으려는 수작이군.'

김옥균은 불쾌했다. 후영사 윤태준도 궁중의 숙직이라 참석을 하지 못한다고 했다. 후영에 소속된 군사들을 오합지졸로 만들기 위해 죽음의 축하연에 초대된 사람이었다. 그러나 그들이 오지 않는다고 해서 그다지 근심스러운 일은 아니었다.

대궐에서 다시 변수가 나온 것은 김옥균이 집으로 돌아왔을 때였다. 변수는 재황이 승후관들을 오후 2시에 입대하게 한 뒤 곧 물러가게 하였다고 보고했다.

김옥균은 서재필의 집으로 갔다. 서재필의 집에는 일본인들과 장사들이 모두 모여 있었다. 김옥균은 장사들에게 행동요령을 지시하고 집으로 돌아왔다. 벌써 날이 어두워져 있었다.

***

김옥균이 옷을 갈아입고 나서려는데 내당에서 부인 유씨(兪氏)가 일곱 살 된 딸을 데리고 나오다가 중문 앞에 멈추어 섰다. 김옥균은 부인을 보자 가슴이 싸하게 저려왔다. 어쩌면 살아서 돌아올 수 있을지 알 수 없는 일이었다. 살아서 돌아오지 못한다면 지금이 부인과 아이의 얼굴을 마지막으로 보는 순간인 것이다.

"어디 외출하오?"

김옥균은 유씨의 행색이 외출하는 차림이 아니라는 것을 뻔히 알면서도 그렇게 물었다. 유씨가 고개를 흔들었다. 아이는 선연하게 맑은 눈으로 김옥균을 쳐다보았다.

"다녀오겠소."

김옥균이 휑하니 몸을 돌려 대문을 향해 걸음을 재촉했다. 대문 앞에 서재필과 장사들이 도열해 있다가 김옥균을 에워쌌다. 김옥균은 서둘러 걷다가 골목을 벗어나기 전에야 뒤를 힐끗 돌아보았다. 무엇인가 뒷덜미를 당기는 듯한 기분이었다. 유씨와 어린 딸은 대문 앞에까지 나와 오도카니 서 있었다.

'미안하오.'

김옥균은 또다시 가슴이 묵직하게 저렸다. 그러나 날이 이미 캄캄하게 어두워져 있었으므로 골목을 벗어나 뛰듯이 빠르게 전동으로 행했다.

우정국은 이미 휘황한 불빛에 둘러싸여 있었다. 총판 홍영식은 우정국 청사 앞에 나와서 손님들을 맞이하고 박영효는 안에서 손님들을 접대하고 있었다. 김옥균은 요리사에게 부탁하여 천천히 음식을 차리도록 했다.

손님들이 모두 도착한 것은 7시가 조금 지났을 때였다. 홍영식이 주인의 입장에서 기다란 탁자의 중앙에 앉고, 박영효가 왕족의 신분이라 홍영식의 맞은편 의자에 앉았다. 홍영식의 오른편에는 푸트 미국 공사, 통역 윤치호, 시마무라 서기관, 김옥균, 가와카미 통역, 승지 민병석, 청나라 영사 진수당, 애스턴 영국 영사가 착석했다. 홍영식의 왼쪽으로는 예조판서 겸 외무독판 김홍집, 미국 공사관 서기관 스커덜, 신낙균, 좌영사 이조연, 해관총관 묄렌도르프, 청나라 서기관 담갱요, 우영사 민영익, 전영사 한규직이 착석했다. 모두 18명이었다. 김옥균은 간간이 민영익과 이조연, 한규직을 살폈다. 민영익도 틈틈이 김옥균을 살피고 있었다. 이내 홍영식이 긴장된 얼굴로 인사말을 하기 시작했다. 의례적인 담소를 주고받던 좌중은 일시에 조용해졌다.

홍영식은 말을 더듬기까지 하면서 우정국이 설치된 경위와 우정국이 조선인들의 생활에 미칠 영향을 나열한 뒤 우정국을 설립할 수 있게 물심양면으로 도와준 외국 사절들을 치하하는 내용으로 인사말을 끝맺었다. 이내 박영효가 건배를 제안했다. 좌중은 모두 일어나서 우정국의 앞날을 축원하는 건배를 들었다.

술잔이 돌면서 연회장의 분위기는 무르익어갔다. 손님들은 옆 사람들과 즐거운 담소를 나누면서 술을 마셨다. 김옥균도 옆에 앉은 시마무라 서기관과 일본말로 얘기를 했다. 민영익은 이조연과 심각한 표정으로 귓속말을 주고받고 있었다.

김옥균은 대화 도중에 불쑥 시마무라를 시험하고 싶어졌다.

"그대는 천(天)을 아는가?"

시마무라가 얼굴이 핼쑥하게 변했다.

"요로시."

시마무라가 목소리를 낮추어 대꾸했다. 김옥균은 빙그레 웃었다. 시마무라가 암호를 알고 있다고 생각하자 안심이 되었다. 민영익이 김옥균의 얼굴을 힐끗 쳐다보았다.

"무슨 얘기요?"

"시마무라 서기관에게 하늘을 아느냐고 물어봤소. 민 대감께서는 인후통이 심하다고 하던데 차도가 있습니까?"

김옥균은 재빨리 화재를 바꾸었다.

"견딜 만합니다. 내일부터는 출사하여 업무를 볼 참이오. 시정에 해괴한 소문도 나돌고 있고 해서……."

"해괴한 소문이라니요?"

"고균은 듣지 못했소?"

"무슨 소문이오?"

"마당발이라는 별호까지 붙어 있는 고균이 듣지 못한 소문이 있다니, 그야말로 해괴한 일이구먼."

민영익은 빙글빙글 웃고 있었다. 김옥균은 손바닥에서 진땀이 솟아나오는 것 같았다.

"민 대감께서 말씀을 해주시면 귀를 씻고 듣겠소이다."

"허허, 고균도 훤히 아는 일을 말해서 무얼 하겠소?"

민영익은 뜸만 들이고 청나라 서기관 담갱요와 술잔을 부딪쳤다. 김옥균을 철저히 무시하는 태도였다.

'교활한 놈!'

김옥균은 정신이 바짝 긴장되는 것을 느꼈다. 그때 우정국의 급사가 김옥균에게 다가와서 김옥균의 집에서 사람이 찾아왔다고 말했다. 김옥균은 급사를 따라 밖으로 나왔다. 그러자 박제형이 달려와 숨을 헐떡거리고 있었다.

"무슨 일인가?"

"낭패가 생겼습니다. 별궁 발화가 실패했습니다."

박제형이 주위를 살피며 조심스럽게 말했다.

"뭐야?"

김옥균은 가슴이 철렁했다. 별궁에 불을 지르는 것은 혁명의 신호탄이었다. 그 신호에 차질이 생긴 것이다.

"온갖 방법을 다 써보았으나 불이 나지 않았습니다. 대감, 사세가 다급하니 어찌해야 좋을지를 가르쳐주십시오."

"무슨 소리야? 별궁이 안 되면 근처에 있는 초가집이라도 한 채 불태워야 할 것이 아닌가?"

"어느 집 말입니까?"

"어느 집이건 가릴 것 없다! 속히 불을 지르도록 해!"

김옥균이 긴장된 목소리로 소리를 질렀다. 이마로 구슬 같은 땀방울이 흘러내렸다.

"알겠습니다!"

박제형이 황급히 어둠 속으로 내달렸다. 김옥균은 소맷자락으로 이마의 땀을 씻고 연회장으로 들어가 앉았다.

"무슨 일이 있습니까?"

시마무라가 김옥균의 안색을 살피며 물었다.

"별궁 방화가 실패한 모양이오."

김옥균은 술잔을 들어 단숨에 입에 털어 넣었다. 시마무라의 얼굴이 창백하게 변했다.

"그럼 어떻게 할 작정입니까?"

"또 다른 방법이 있으니 걱정하지 마시오."

김옥균은 차갑게 내뱉었다. 박영효와 홍영식이 긴장된 눈빛으로 김옥균을 살피고 있었다. 그러나 김옥균은 태연하게 옆에 앉은 가와카미 통역에게 청불전쟁에서 어느 쪽이 이기겠느냐고 질문을 던졌다. 가와카미는 느닷없는 질문에 당황한 표정을 지었으나 유창한 조선말로 청불전쟁을 얘기하기 시작했다. 좌중의 시선과 귀가 일제히 가와카미에게 쏠렸다.

다시 30분이 지났다. 음식은 거의 다 들어와 좌중은 후식만 나오면 해산할 참이었다. 김옥균은 초조하여 밖으로 나왔다. 홍영식과 박영효는 시간을 끌기 위해 진땀을 흘리고 있었다. 그때 연락을 담당한 유혁로가 숨이 턱에 차서 달려왔다.

"어떻게 되었나?"

김옥균은 다급하여 물었다.

"방화가 여의치 않습니다. 별궁에 방화하기로 한 이인종 동지의 별동대가 담을 넘어 들어가 불을 붙였으나 폭약만 폭발했을 뿐 불이 일어나지 않았습니다. 순라군들이 달려와 순식간에 불을 껐습니다. 동지들이 모두 이리로 달려오려고 합니다."

"다른 곳을 방화하라고 하지 않았나?"

"그것이 여의치가 않습니다. 순라군들이 쫙 깔려 있습니다."

"그렇다면 도리가 없다. 장사들이 이리로 몰려오면 큰 혼란이 일어날지도 모르니 이 근처 어디에라도 불을 지르도록 하게. 서둘러야 할 것이야!"

"알겠습니다."

김옥균은 다시 연회장으로 들어왔다. 사람들이 모두 일어설 차비를 하고 있었다. 그러나 다행히 후식으로 다과가 들어오자 사람들은 다시 주저앉았다.

그때 밖이 소란해지면서 '불이야!' 하는 소리가 잇따라 들려왔다. 김옥균은 재빨리 북쪽 창문을 열어젖혔다. 우정국의 바로 지척에서 화광이 시뻘겋게 치솟고 있었다. 좌중이 어수선하여 앉았다 일어났다 하면서 웅성거렸다. 민영익은 사태가 심상치 않다고 생각했다. 무엇보다도 김옥균이 몇 번씩이나 들락거리는 것이 수상했다.

'불길해!'

민영익은 자리를 박차고 일어나 밖으로 뛰어나갔다. 불은 우정국 코앞의 초가를 태우고 있었다. 민영익은 청사 앞으로 뛰어나갔다. 그 순간 어둠 속에서 검은 물체가 우정국 담 밑에서 뛰쳐나오더니 싸늘한 검기가 얼굴을 향해 뻗쳐왔다.

'아!'

민영익은 머리끝이 곤추서는 것을 느꼈다. 우정국 담 밑에서 뛰쳐나온 검은 물체는 일본인이었다. 김옥균이 일본인들까지 동원한 것이 분명했다.

"탓!"

일본인의 짧은 기합 소리와 함께 일본도가 민영익을 향해 날아왔다. 민영익은 재빨리 눈을 감았다. 그 순간 오른쪽 얼굴이 화끈하면서 피가 주르르 쏟아졌다.

"악!"

민영익은 얼굴을 감싸 쥐고 우정국 안으로 뛰어 들어갔다.

"우리는 장수의 소임을 맡고 있으므로 불을 끄러 가야겠소."

한규직은 서둘러 연회장을 나가려는 참이었다. 그러나 민영익이 피투성이가 되어 뛰어 들어오자 연회장은 아수라장이 되었다. 밖에서도 순라군과 거사를 하는 장사들이 뒤섞여 떠드는 소리가 들끓었다. 김옥균은 연회장의 분위기를 살피다가 박영효, 서광범과 함께 창문을 넘어 우정국 앞문으로 나갔다. 장사들이 월등히 많았다고 생각했는지, 아니면 축하연에 참석했던 주인들을 모시고 그새 달아났는지 순라군과 대신들을 수행하는 종들은 하나도 보이지 않았다.

김옥균이 우정국 앞문으로 나오자 한 떼의 장사들이 재빨리 달려와 김옥균을 에워쌌다.

"빨리 가자."

김옥균이 교동 못미처에 이르자 한 떼의 장사들이 골목에서 우르르 쏟아져 나와 김옥균 일행을 맞이했다. 별궁 방화에 실패한 이인종과 왜학생도들을 거느린 서재필이었다. 김옥균은 그들을 경우궁에 가서 잠복하게 했다.

김옥균은 박영효와 서광범을 재촉하여 이동으로 향했다. 이동에는 이미 김봉균, 이석이 등이 대기하고 있었다. 김옥균이 그들을 이끌고 창망하게 창덕궁 금호문으로 달려가자 신복모가 장사 43명을 거느리고 매복하고 있었다. 금호문에는 문이 잠겨 있었다. 김옥균은 큰 소리로 파수 군사를 불러 문을 열라고 호통을 쳤다.

"열쇠가 승정원에 있어서 열 수 없습니다!"

파수 군사가 문 안에서 대답했다.

"닥쳐라! 금릉위께서 입시하신다! 어서 문을 열어라!"

김옥균은 목청을 높여 파수 군사를 꾸짖었다.

"문을 열 수가 없습니다!"

"지금 큰 사변이 일어났으니 어서 문을 열어라!"

김옥균이 계속 소리를 지르자 수문장이 달려 나와 금호문을 열었다. 수문장도 김옥균의 심복이었다. 김옥균 일행은 재빨리 금호문 안으로 들어가 금천교를 건넜다. 대궐은 적막했다. 빽빽한 침전과 누각 위에 달빛만 대낮처럼 밝은데 이따금 군사들이 순라를 돌고 있을 뿐이었다. 그러나 김옥균 일행을 가로막지는 않았다. 김옥균은 숙장문 안으로 들어가 김봉균, 이석이에게 인정전 옆에 묻은 화약을 30분 후에 터뜨리라고 지시했다. 그러고는 곧바로 협양문으로 달려가자 파수를 보던 무예별감이 달려와 앞을 가로막았다.

"비켜라! 너희는 대궐 밖에서 무슨 일이 일어나고 있는지 모른다는 말이냐?"

"모르오. 여기는 지엄한 내전인데 어찌 평복으로 입궐을 한다는 말이오."

"지금 평복 관복을 따질 계제가 어디 있느냐?"

"비키시오!"

장사들이 무감을 밀치며 길을 텄다. 무감은 장사들의 기세에 놀라 황급히 길을 비켰다. 합문(閤門) 앞에서 윤경완이 병사 50명을 거느리고 김옥균을 기다리고 있었다.

"윤 동지는 병사들을 잘 단속하고 기다리시오!"

김옥균은 그제야 이마의 땀을 도포 소맷자락으로 씻으며 가쁜 호흡을 진정시켰다. 그는 비로소 자신이 숨을 헐떡거리며 정신없이 달려왔다는 사실을 깨달았다. 그러나 머뭇거릴 시간이 없었다. 김옥균은 재황이 잠들어 있는 대조전 월대로 달려 올라가 숙직을 하는 내시에게 재황을 깨우라고 크게 소리를 질렀다.

***

재황과 자영은 대조전 밖에서 소란스러운 소리가 들리자 벌떡 일어났다. 사방이 칠흑처럼 캄캄한 가운데 궁녀들이 웅성거리는 소리와 장사들의 왁자한 소리가 섞여 대전 밖이 시끌벅적했다.

"전하, 변사가 있는 모양입니다."

자영은 오봉 촛대에 불부터 밝혔다. 재황이 자리에서 일어나 주섬주섬 의대를 걸치기 시작했다. 밖에서는 장사들과 내시들이 큰 소리로 옥신각신하고 있었다. 그중에서 내시감 유재현과 김옥균의 목소리가 유난히 크게 들렸다.

"내시감은 무엇을 하느냐? 어서 전하를 기침하시게 하여라."

유재현을 몰아치고 있는 것은 김옥균의 호통이었다.

"김 협판, 밤이 야심한데 무슨 일로 주상 전하를 뵈려 하오?"

"주상 전하의 친수밀칙을 받았다. 어서 침전에 들어가서 주상 전하를 기침하시게 하라!"

"평복 차림으로 어찌 주상 전하를 배알할 수 있다는 말이오? 영공은 속히 돌아가서 관복을 입고 와서 주상 전하의 입대를 청하시오!"

"내시감, 지금 나라가 위태로운데 어찌 감히 환관의 무리가 중신의 앞을 가로막느냐?"

"대감, 궁중의 법도가 아니올시다."

"닥쳐라! 이놈!"

김옥균은 금방이라도 유재현을 때려죽일 듯이 사납게 몰아붙이고 있었다.

'옥균이 무엇 때문에 장사들을 끌고 와서 소란을 피우는 것일까?'

대전 밖은 더욱 소란해지고 있었다. 궁녀들이 황망히 오가는 소리, 수군대는 소리가 들렸다. 궁녀들은 모두 서온돌로 모여들고 있었다.

"옥균을 들게 하라!"

그때 동온돌에서 재황의 옥음이 들렸다. 김옥균은 박영효와 서광범과 함께 대조전 대청으로 올라섰다. 숙직을 하던 지밀상궁들이 황급히 옆으로 물러섰다. 김옥균은 재황 앞에 부복했다.

"전하!"

"밤이 깊었는데 궐 안이 왜 이리 소란한가?"

재황은 당황하여 우두망찰해 있었다.

"우정국에서 큰 변사가 일어났습니다. 속히 정전을 떠나 경우궁으로 출어하셔야 하옵니다."

"경우궁으로?"

재황이 놀라서 묻는데 찬바람이 일며 자영이 서온돌에서 나와 동온돌로 들어섰다. 금방 잠자리에서 일어난 듯 얼굴이 부석부석했으나 당황하는 기색은 전혀 없었다. 김옥균은 자영이 나타나자 전신이 바짝 긴장되었다.

"김 협판, 변사라니 무슨 변사요?"

자영이 대뜸 김옥균에게 질문을 던졌다.

"중전마마, 우정국에 자객이 들고 불이 일어났습니다. 속히 출궁하셔야 하겠습니다."

김옥균은 황급히 대답했다.

"이 변사는 청나라에서 불러일으킨 변사요? 일본에서 불러일으킨 변사요?"

자영의 서늘한 눈이 날카롭게 김옥균을 쏘아보았다. 김옥균은 자영의 서릿발 같은 질문에 말문이 꽉 막혔다. 자영은 벌써 정변의 핵심을 파악하려고 하고 있었다.

그때 통명전 쪽에서 요란한 폭음이 들리며 대조전이 우르르 흔들렸다. 고대수가 화약을 터트린 모양이었다. 재황과 자영은 얼굴이 창백하게 질려서 대조전 뒷문으로 뛰쳐나갔다. 지축을 흔드는 폭음이 잇따라 울리면서 궁녀들과 화관들이 이리 뛰고 저리 뛰면서 비명을 질러댔다. 궁궐은 순식간에 아수라장이 되었다.

"대왕대비마마를 모셔라!"

"세자를 이리 데리고 오너라!"

재황과 자영이 번갈아 궁녀와 환관들에게 명을 내렸다. 김옥균은 전영 소대장 윤경완을 불러 재황과 자영을 호위하게 했다. 그러나 폭음에 놀란 궁녀들과 환관들이 다투어 재황과 자영을 에워싸는 바람에 호위가 제대로 되지 않았다.

"전하, 변란이 대궐에까지 미치고 있으니 일본군을 요청해서 호위를 맡기셔야 합니다."

김옥균은 궁녀들을 물러서게 하고 재황에게 일본군을 부르도록 요청했다. 김옥균은 언제 청나라가 들이닥칠지 알 수 없어서 초조했다.

"일본군을?"

재황이 몸을 떨면서 김옥균을 쳐다보았다.

"전하, 서두르셔야 합니다. 일각이라도 지체하면 큰 변을 당할까 우려됩니다!"

"중신들을 들게 하라!"

"전하, 안 됩니다. 촌각을 지체할 수가 없습니다."

"중신들을 들라고 하지 않느냐?"

"전하, 전하께오서 신에게 대계를 일임하시지 않았습니까?"

"대계?"

"그러하옵니다."

"그럼 이 일이 경의 대계에 의한 것인가?"

재황은 사태를 알 수 없어 당혹스러워 하고 있었다.

"그러하옵니다. 어서 일본군을 부르십시오."

김옥균은 재황을 재촉했다. 등에서 진땀이 흐르고 있었다.

***

자영은 김옥균의 대계가 이것이었던가 하고 생각했다. 아직 김옥균이 무엇을 하고 있는지 파악할 수 없었다. 그러나 상황이 긴박한 것은 분명했다.

'대계를 위해 피를 보겠다고 했는데 누구를 죽이려는 것인가?'

자영은 김옥균이 왕실을 해치는 것이 아닌가 하는 의심이 들었다.

'옥균이 대역죄를 저지르지는 않을 것이다.'

자영은 일단 김옥균을 믿기로 했다. 조선을 독립국으로 만들기 위해 김옥균에게 대계를 위임하지 않았던가.

"김 협판, 만약 일본군이 몰려와서 호위를 하면 장차 청군은 어찌할 것이오?"

자영이 미간을 잔뜩 찌푸리며 김옥균에게 물었다. 일본과 청나라가 대립해 있는 상태에서 일본군만 부르는 것은 청나라로부터 반발을 사게 될 것이 뻔하기 때문이었다.

'중전마마가 나의 계획을 눈치챘구나.'

김옥균은 가슴이 철렁했다.

"청나라 군대도 불러서 호위하게 하는 것이 좋겠습니다."

김옥균은 황급히 대답했다. 사세 판단이 빠른 자영에게 그대로 보고할 수가 없었다.

"상선 유재현은 속히 일본 공사관에 가서 호위 군사를 데려오도록 하라. 주상 전하의 안위가 위급하니 서둘러 달려가서 공을 세우도록 하라."

김옥균은 숨 돌릴 틈도 주지 않고 유재현을 몰아쳤다. 혁명을 주도한 김옥균에게는 어느덧 무시무시한 살기가 뻗치고 있었다. 그러자 유재현이 눈을 데룩데룩 굴리다가 달려 나갔다. 그때 신정왕후가 옥교를 몰아 들이닥치고, 명헌왕후(홍대비)와 세자 내외가 사색이 되어 달려왔다. 재황과 자영은 이들을 맞이하느라고 부산을 떨었다. 신정왕후는 왕실의 가장 어른이고, 세자는 왕실의 종사를 이어야 할 막중한 몸이었다. 박영효와 서광범은 법석을 떨고 있는 궁녀들과 내시들을 진정시키며 어가를 경우궁으로 인도하려고 정신없이 뛰어다녔다.

"어가를 경우궁으로 모셔라! 장사들은 어가를 호위하지 않고 무엇을 하느냐?"

박영효와 서광범은 칼까지 뽑아들고 호통을 쳤다. 마침내 재황의 어가를 선두로 어가의 긴 행렬이 대조전을 떠나 경우궁을 향해 출발했다.

박영효가 허겁지겁 김옥균에게 달려왔다.

"대감, 일본군을 부르려면 친서가 있어야 하지 않습니까?"

김옥균은 그제야 아차 하는 생각이 들었다.

"알겠습니다."

김옥균은 요금문 앞에서 재황의 어가를 세웠다.

"전하, 이미 다케소에 공사를 불렀습니다마는 친수(親手) 친서를 내리지 않으면 다케소에 공사가 오지 않을지 모릅니다. 친서를 내려주십시오."

"어떻게 하면 되겠는가?"

"전하께서 손수 친서를 쓰셔야 합니다.

"지필묵은 준비하였는가?"

"신에게 연필이 있습니다."

김옥균은 재빨리 연필을 바쳐 올렸다. 그러자 박영효가 종이를 바쳤다. 재황은 요금문 노상에서 김옥균과 박영효가 바친 연필과 종이로 일본군을 부르는 친서를 썼다.

박영효가 재황의 친서를 가지고 일본 공사관으로 달려가자 어가는 요금문을 빠져나가 경우궁에 이르렀다. 그러나 경우궁은 겹겹이 잠겨 있었다. 김옥균은 전영 소대장 윤경완을 시켜 대문의 자물쇠를 부수게 했다.

경우궁의 대문은 모두 여섯 겹으로 잠겨 있었다. 어가가 경우궁으로 들어섰다. 이때 한규직과 심상훈이 변을 듣고 황급히 달려왔다. 한규직은 이미 우정국에서 도망친 뒤 부랴부랴 군복을 갈아입고 달려왔으나 병사들을 인솔하지 않고 있었다.

"궐 밖의 동정이 어떠한가?"

자영은 궁녀들을 시켜 방에 불을 지피게 하는 한편 일본 공사관에 갔다가 돌아온 내시 유재현에게 바깥 동정을 하문했다.

"밖은 조용합니다. 만호장안이 모두 잠이 들어서 이따금 개 짖는 소리만 들립니다."

"바깥이 조용하다고?"

"예, 중전마마."

"우정국 축하연에 자객이 들고 큰불이 났다고 하지 않았느냐?"

"우정국의 변사는 신이 알 수 없사오나, 불은 민가가 한 채 탔을 뿐입니다."

유재현의 보고에 자영은 눈썹을 파르르 떨었다.

'김옥균이 변란이 일어났다는 핑계를 대고 권력을 장악하려는 거야.'

자영은 깊은 생각에 잠겼다. 김옥균에게 대계를 위임했으나 이대로 물러갈 수 없다고 생각했다.

"전영대장!"

자영이 전영대장 한규직을 매서운 눈빛으로 쏘아보았다.

"예, 중전마마."

"이 사변이 대체 어찌 된 일이냐? 누가 기군망상을 하고 있느냐?"

누가 임금을 속이고 있느냐는 질문이었다. 한규직의 다리가 후들후들 떨렸다.

"황공하옵니다. 중전마마, 신이 입궐하는 도중에 궐 밖을 세세히 살폈으나 아무 변고가 없었습니다. 이는 필시 누군가 음모를 꾸민 것으로 여겨집니다."

"누군가 음모를 꾸민 것이라고?"

자영이 몸을 부르르 떨었다. 자영의 칼날 같은 눈빛이 김옥균에게 퍼부어졌다. 김옥균은 얼굴이 벌겋게 상기되었다. 뒤늦게 들이닥친 홍영식과 서광범도 안절부절못하고 있었다.

"김 협판, 들었는가? 김 협판은 사건의 전말이 어찌 된 것인지 소상히 아뢰라! 김 협판은 알고 있을 것이 아닌가?"

자영은 여인이었다. 여인인데도 전신에서 풍기는 기도(氣度)는 김옥균을 압도하고 목소리는 천둥처럼 김옥균의 귀전을 때렸다. 김옥균은 가슴이 철렁했다. 이제는 사실대로 보고할 수밖에 없다고 생각하는데 인정전 쪽에서 요란한 폭음이 터졌다. 경우궁의 정전까지 흔들릴 정도로 엄청난 폭음이었다.

김옥균은 재황과 자영이 깜짝 놀랄 정도로 한규직을 몰아세우기 시작했다.

"너는 군사를 통솔하는 장수의 소임을 맡고 있으면서도 어찌 불경한 복장을 하고 와서 주상 전하의 심기를 어지럽히고 있느냐? 도대체 이런 불충이 어디 있느냐? 오늘 이 사변이 어디서 일어났는지 너는 마땅히 알고 있어야 할 것이다!"

한규직은 감히 대꾸를 하지 못하고 있었다. 한규직이 맡고 있는 전영의 군사들은 대부분 박영효가 광주 유수로 있을 때 조련한 군사들이라 김옥균 쪽으로 이탈해 있었다. 김옥균은 한규직이 주춤하자 내시 유재현에게 화살을 돌렸다.

"너 따위 쥐새끼 같은 무리가 대세를 깨닫지 못하고 오히려 변란 중에 아녀자의 짓을 하고 있으니 목이 열 개라도 되는 모양이구나! 네놈이 정녕 죽고 싶으면 썩 나서라!"

김옥균의 눈에서 살기가 폭사되었다. 그러자 내시 유재현의 얼굴이 창백해지면서 몸을 부들부들 떨었다.

"전영 소대장!"

"옛!"

"앞으로 해괴한 말을 지껄여 주상 전하의 심기를 어지럽히는 자가 있으면 누구든지 가차 없이 참하라!"

"옛!"

윤경완이 김옥균의 지시를 알아듣고 칼을 뽑아 들었다. 전영 대원 50명도 일제히 칼을 뽑았다. 경우궁에 터질 듯한 살기가 감돌았다.

"병사들은 듣거라! 방금 김 영공의 말을 들었으니 누구든지 주상 전하에게 해괴한 보고를 하는 자는 가차 없이 목을 베라!"

"옛!"

전영 소대장 윤경완의 지시에 병사들은 일제히 고개를 숙이며 대답했다. 좌중은 찬물을 끼얹은 듯이 조용했다. 자영은 입을 다물었다. 병사들이 김옥균의 지시에 복종하겠다고 대답을 하는 순간 생살권이 김옥균에게 넘어갔다는 것을 깨달은 것이다. 때마침 경우궁 정전 뜰로 다케소에 일본 공사와 박영효가 일본군 1백여 명을 거느리고 들이닥쳤다. 김옥균은 그제야 안도의 한숨을 내쉬고 병사들을 배치하기 시작했다.

재황과 세자, 대왕대비, 홍대비, 자영과 세자빈은 정전에 좌정하고 김옥균, 박영효, 서광범, 다케소에 일본 공사는 좌우에 시위했다. 일본군 병사들은 경우궁 밖을 경비하고 전영 소대장 윤경완은 당직 병사들을 지휘하여 전정(殿庭) 안팎을 철통같이 에워쌌다. 서재필은 장사들을 거느리고 삼엄한 경비망을 구축했다.

'아아, 이제야말로 혁명을 완수했다!'

김옥균은 자신도 모르게 가슴속에서 뜨거운 것이 솟아오르는 것을 느꼈다.

***

다케소에 일본 공사가 거느리고 온 일본군이 물샐틈없이 경우궁을 에워싸자 김옥균은 재황에게 침소에 드실 것을 주청했다. 궁녀들이 서둘러 군불을 지핀 탓에 경우궁의 방바닥이 그제야 미지근해졌다. 그러나 방 안에는 매캐한 청솔 연기가 배어 있었다. 재황과 자영은 대왕대비와 홍대비를 모시고 정전으로 들었다. 세자와 세자빈도 따라 들어갔다.

"이제는 4영사와 간신배들을 죽여야 하지 않습니까?"

왕실이 정전으로 들어가자 박영효가 섬돌로 내려서는 김옥균을 따라와 귓속말로 소곤거렸다. 경우궁에는 이조연, 한규직, 윤태준까지 4개 부대의 세 대장이 들어와 있었다. 민영익도 대장이었으나 우정국에서 칼을 맞았기 때문에 올 수 없었다.

"옳습니다."

김옥균은 허공을 응시하며 대답했다. 혁명은 이제부터 시작이었다. 장사들의 칼에 피를 묻혀야 한다고 생각하자 가슴이 방망이질을 쳤다

김옥균은 전영 장사들 10명을 따로 불러 경우궁 정문을 지키게 하였다.

"너희들은 외문(外門) 밖을 지키고 있다가 변을 듣고 달려오는 재신(宰臣)들이 있으면 명찰(名札)을 먼저 들여보내서 허락을 받은 다음 홍영식 대감에게 보내도록 하라!"

홍영식은 경우궁 외청에서 조각 준비를 하고 있었다. 김옥균도 서재필을 불렀다. 서재필은 전상 위에 시립해 있던 왜학생도들을 거느리고 정전 뜰로 달려와 김옥균을 에워쌌다.

"3영사를 처치해야겠소."

"이 자리에서 처치합니까?"

서재필이 3영사 쪽을 힐끗 쳐다보고 김옥균에게 물었다. 한규직, 이조연도 내시 유재현과 함께 한쪽 구석에서 수군거리고 있었

다. 윤태준은 어느 쪽도 가까이하지 않고 우물쭈물하다가 슬금슬금 한규직이 있는 곳으로 가까이 갔다.

"여기서는 곤란하니 후문 밖으로 나가게 해서 죽이시오."

그때 무라카미 중대장이 달려왔다.

"무슨 일이요?"

"청군이 경우궁 앞에까지 왔다가 물러갔소."

"청군이?"

김옥균은 가슴이 철렁했다.

"핫핫! 걱정하지 말고 그대들 일이나 잘하시오. 청군은 오합지졸이오. 나는 청군이 왔었다는 것을 그대들에게 알려주는 것뿐이오."

김옥균이 걱정하는 기색을 보이자 무라카미 중대장이 호탕하게 웃었다.

"수고스럽겠지만 무라카미 중대장이 철통같이 경계를 해주시오. 이 은혜는 잊지 않을 것이오."

김옥균은 무라카미 중대장에게 정중하게 부탁했다.

"3영사는 내가 밖으로 내쫓겠소."

무라카미 중대장이 밖으로 나가자 박영효가 3영사 쪽으로 걸음을 성큼성큼 내디뎠다. 박영효가 가까이 오자 3영사와 유재현은 재빨리 입을 다물고 고개를 숙였다.

"그대들 삼영의 영사들은 여기서 무엇을 하고 있소? 지금 변란이 닥쳐 일본 공사까지 군사들을 거느리고 와서 호위를 하고 있는

데 명색이 장수라는 자들이 서로 얼굴만 쳐다보고 있으니 어찌 된 일이오? 속히 나가서 군사들을 끌고 와서 대전을 호위하시오!"

박영효의 호통은 추상같았다. 그리고 그것은 너무나도 이치에 맡는 말이라 아무도 항변하지 못했다.

"옳은 말씀이오. 나는 밖에 나가서 군사들을 모아 다시 오겠소."

후영사 윤태준이 슬금슬금 밖으로 나갈 채비를 했다.

"후영사 윤태준 대장께서 나가신다. 속히 뫼셔라."

"예."

박영효의 지시에 이규완, 윤경순이 재빨리 대답을 하고 윤태준을 좌우에서 호위하여 밖으로 나갔다. 그러나 윤태준은 소중문(小中門)을 나서자마자 이규완, 윤경순의 칼에 비명 소리도 지르지 못하고 살해되었다. 무서운 피바람이 불기 시작한 것이다.

"뫼셨느냐?"

이규완, 윤경순이 돌아오자 박영효가 서릿발처럼 차가운 목소리로 물었다.

"뫼셨습니다."

이규완의 대답에 서재필은 얼굴을 잔뜩 찌푸렸다. 이규완, 윤경순이 들고 있는 칼에서 피가 뚝뚝 떨어지고 있었다. 윤태준은 김옥균의 이모부였다. 그가 비록 청당이라고는 하지만 어머니의 얼굴을 생각하자 가슴이 아팠다.

"이 영사와 한 영사는 어찌 그곳에 머물러 있소?"

박영효가 이조연과 한규직을 쏘아보며 윽박질렀다.

"김 협판에게 말하고자 하오!"

이조연이 박영효의 말에 대꾸하지 않고 김옥균에게 가까이 가려고 했다. 그들은 무엇인가 수상한 낌새를 눈치 챈 것 같았다. 김옥균은 재빨리 박영효가 한 말을 되풀이하여 이조연을 힐책했다.

"그대들은 좌영의 대장과 전영의 대장이 아니오? 장수들이라면 마땅히 군사들을 거느리고 움직여야 하거늘, 나라의 중대한 변을 당한 지금도 군사들을 부릴 생각을 하지 않고 무엇을 하는 게요?"

그러나 이조연은 만만치 않았다.

"내가 주상 전하를 입대하고자 하니 문 안으로 들여보내주시오!"

"안 되오!"

"김 협판이 무슨 권한으로 나를 막는 거요? 오늘의 사변은 김 협판이 도모한 것이 아니요?"

"어서 나가시오!"

"못 나가겠소! 주상 전하를 입대하고서야 나가겠소!"

이조연은 눈에 핏발을 세우고 정전으로 들어가려고 하였다. 그러자 서재필이 칼을 뽑아 들고 앞을 가로막았다.

"내가 전문(殿門)을 호위하라는 어명을 받았으니 누구든지 명이 없으면 들어갈 수 없소!"

"서 조련관! 그대가 이럴 수 있는가?"

"어서 물러가시오! 내 칼에 피를 묻히고 싶지 않소!"

이조연과 한규직은 서재필의 어깨 너머로 김옥균을 쏘아보고 있었다.

"이 영사와 한 영사께서 나가신다."

김옥균은 후문을 향해 소리를 질렀다. 이조연과 한규직이 불쾌한 얼굴로 침을 뱉고 경우문 후문을 향해 걸음을 재개 놀렸다. 그러나 그들도 경우문 후문 밖으로 나가자마자 매복하고 있던 황용택, 이규완, 고영석에게 참살되고 말았다. 김옥균은 왜학생도들을 시켜 민영목, 조영하, 민태호에게 입대하라는 거짓 왕명을 보냈다. 민영목이 제일 먼저 가마를 타고 정문에 도착했다. 그러나 일본군이 들여보내주지 않자 통역을 불러오라고 호통을 쳤다. 그 소식은 정전 뜰에 있는 김옥균에게 전해졌다. 김옥균은 이규완과 고영석을 보내 처치하게 하였다.

민영목은 일본군이 지켜보는 가운데 이규완, 고영석에게 비참하게 살해되었다. 민태호와 조영하도 창덕궁 정문 앞에서 살해되었다.

밤이 깊어지자 빗발이 뿌리기 시작했다. 혁명은 순조롭게 진행되고 있었다. 비는 날이 밝자 그쳤다. 김옥균은 밤을 꼬박 새운 탓에 눈이 충혈되어 있었으나 정령(政令)을 정비하고 조각하는 일에 착수했다. 이제는 민심을 수습해야 했다. 그러나 왕의 주위가 소란하여 경우궁은 안팎이 떠들썩했다. 이제 겨우 날이 밝았는데도 수백 명이나 되는 궁녀들과 내시들이 경우궁 안팎으로 몰려들어 소란스럽게 떠들어대고 있었다. 게다가 자영과 세자는 창덕궁으로 환궁할 것을 요구해왔다.

"아무래도 중전마마가 눈치를 챈 모양입니다."

서광범이 근심스럽게 말했다. 김옥균은 조각의 명단을 짜다 말고 주먹을 움켜쥐었다.

"중전이 언제나 말썽이오!"

박영효가 씹어뱉듯이 말했다. 김옥균은 잠시 생각에 잠겼다.

"이 기회에 중전을 폐위 조치하는 것이 좋겠소."

박영효가 자영의 폐위를 주장하고 나왔다.

"무슨 명분으로요?"

김옥균이 눈살을 찌푸리면서 물었다.

"아녀자가 정사에 지나치게 간섭을 하고 있지 않소? 척신이 발호를 하고 있는 것은 모두 중전 때문이오."

"중전을 신하가 어찌 폐위한단 말이오?"

"우리는 혁명을 한 사람들이오! 혁명을 한 사람들이 어찌 그런 것을 따진다는 말이오?"

"세자의 어머니요. 게다가 주상께서 용납하지 않을 거요."

"당장 환궁하자고 법석을 떠는 궁녀들과 내시들이 저렇게 소란을 피우고 있는데 어찌할 거요? 저들 중에 누가 청군이라도 불러들이면 우리 일이 모두 수포로 돌아가오. 중전을 폐위하여 내쫒읍시다."

박영효가 계속 완강하게 주장하고 나왔다.

"안 되오."

김옥균은 고개를 흔들고 서재필을 불렀다.

"중전마마의 환궁 성화를 꺾으려면 극약처방이 필요하오. 기회를 봐서 내시 유재현을 육살(肉殺)하시오."

내시 유재현은 정변이 시작되기 전부터 살해하기로 명단에 올라 있던 자였다. 서재필은 즉각 장사들을 거느리고 정전으로 달려갔으나 기회를 포착할 수가 없었다. 내시 유재현은 재황 앞을 떠나지 않고 있었다. 김옥균이 다시 꾀를 내어 재황과 자영을 떨어트려놓았다. 재황이 대신들과 정무를 협의하는 자리에 비빈(妃嬪)들이 함께 있으면 번거롭다고 아뢰자 대왕대비, 홍대비, 자영, 세자빈이 다른 방으로 물러갔다. 궁궐에서는 내외가 엄격하여 비빈들이 대신들을 접견할 때도 발을 치는 것이 관례였다.

서재필은 재황의 방 앞에 이규완을 시립하게 하고 비빈들이 있는 방 앞에는 윤경수를 시립하게 했다.

"내시 유재현을 끌어내라."

김옥균이 서재필에게 지시하고 서재필이 윤경수에게 지시하자 윤경수가 칼을 뽑아 들고 유재현을 막아섰다.

"이놈들, 무슨 짓을 하려는 것이냐?"

유재현은 큰소리로 윤경수를 꾸짖었다.

"저놈을 포박하시오!"

김옥균이 눈을 부릅뜨고 소리를 질렀다. 서재필과 윤경수가 재빨리 유재현을 포박하여 경우궁 뜰에 내동댕이쳤다.

"이놈들! 하늘이 무섭지 않느냐? 네놈들이 왜놈들을 끌어들여 대역(大逆)을 저지르고 있는 것을 내가 모를 줄 아느냐?"

유재현은 죽기를 무릅쓰고 발악을 했다. 유재현이 악을 쓰고 소리를 지르자 재황과 자영이 문을 열고 밖을 내다보았다. 뜰아래서도 무슨 일인가 싶어 궁녀와 내관들이 꾸역꾸역 모여들었다.

"너희들이 왜당을 만들어 흉계를 꾸미는 것을 내 일찍부터 알고 있었다. 너희들은 천벌을 면치 못할 것이다!"

유재현은 입에 거품을 물고 패악질을 했다. 그러자 김옥균이 발길로 유재현의 가슴팍을 내질렀다.

"네 이놈! 너 유재현은 환관의 우두머리 되는 자로 오로지 신명을 바쳐 충성해야 할 터인데, 밖으로는 무당 나부랭이들과 어울리고 안으로는 와언을 퍼뜨려 대전의 인심을 어지럽게 하였다! 더욱이 국가의 중요한 대사가 이루어지고 있는 때에 근시된 자의 소임을 저버리고 온갖 와언과 낭설을 퍼뜨리면서 환궁해야 된다고 하였으니 죽어 마땅할 것이다! 장사들은 이 쥐새끼 같은 놈을 참살하라!"

김옥균의 호령에 윤경수가 칼을 뽑았다.

"내시를 살려주라."

재황이 얼굴이 하얗게 변해 김옥균에게 명을 내렸다.

"무엇을 하는 것이냐? 속히 유재현을 죽여라."

김옥균이 재황의 명을 못 들은 체하고 장사들에게 지시했다. 윤경수가 유재현을 칼로 내리쳤다.

"으악!"

유재현이 처절한 비명 소리를 지르며 나뒹굴었다. 유재현의 몸에서 새빨간 피가 솟구치기 시작했다. 피비린내가 정전이 왈칵 풍겼다.

'김옥균이 왕명도 무시하는구나.'

자영은 몸을 부르르 떨었다.

"똑똑히 들어라! 환관이나 궁녀들 누구라도 쥐새끼 같은 짓을 하고 다니는 자가 있으면 이 꼴을 면치 못할 것이다!"

김옥균은 부릅뜬 눈으로 내시와 궁녀들을 쏘아보았다. 내시와 궁녀들은 얼굴이 하얗게 질린 채 몸을 부르르 떨었다. 내시 유재현은 아직도 숨이 끊어지지 않고 있었다. 피는 꾸역꾸역 솟아나오고 사지는 사시나무 떨 듯 경련을 일으키고 있었다.

"상서롭지 못하다! 장사들은 이 쥐새끼의 송장을 치워라!"

김옥균의 호령은 염라대왕의 목소리처럼 정전을 쩌렁쩌렁 울렸다. 장사들이 재빨리 유재현의 몸뚱이를 뜰로 끌어내자 정전이 온통 피로 흥건했다.

경우궁의 대청을 쳐다보자 재황과 자영이 창백한 얼굴로 그들을 살피고 있었다. 김옥균은 그 틈을 놓치지 않고 재황에게 조각 명단을 바쳐 올렸고, 재황은 몸을 떨면서 재가했다. 김옥균은 지체하지 않고 조각 명단을 조보에 실어 반포했다.

영의정 이재원

좌의정 홍영식

전후영사 겸 좌포장 박영효

좌우영사 겸 외무독판리 겸 우포장 서광범

좌찬성 겸 좌우참찬 이재면

병조판서 이재완

호조참판 김옥균

병조참판 겸 정령관(政令官) 서재필

군무총재(軍務總裁) 이척(李坧)

군무총재엔 세자가 임명되었다. 일본 황태자가 육군대장에 임명되어 있는 것을 본뜬 것이다.

신내각의 태반을 왕실의 종친이 차지하였으나 척족인 여흥 민문은 철저하게 배척되었다.

이때 좌의정을 맡은 홍영식이 29세, 박영효가 23세, 서광범이 25세, 서재필이 21세, 김옥균이 33세였다. 외세가 도도하게 침략을 해오고 있는 위급한 상황에서 국정을 맡아 운영하기에는 그들의 나이가 너무나 일천했다.

27

삼일천하로 끝난 혁명

날씨는 차가웠다. 한겨울 삭풍은 경우궁의 앙상하게 메마른 나뭇가지를 뒤흔들고 담벼락을 때렸다. 바람 소리가 지옥의 무저갱에서 들려오는 것처럼 음산했다.

김옥균과 박영효는 신내각 명단을 조보에 실어 반포하고 다시 국왕 앞에 부복했다. 신정령을 상주하기 위해서였다. 이때는 자영도 국왕 옆에 새침하게 앉아 있었다.

"전하, 사변으로 여러 대신들이 목숨을 잃었습니다."

박영효가 조심스럽게 입을 열었다.

"대신들이 목숨을 잃다니, 누구누구인가?"

재황이 떨리는 목소리로 물었다. 재황도 내시 유재현이 처참하게 살해되는 것을 본 뒤라 사태가 심각하다는 것을 깨닫고 있었다. 그래서 박영효 등을 함부로 대할 수가 없었다.

"전하, 민영익, 민영목, 민태호, 조영하, 이조연, 한규직, 윤태준 등 7적(七賊)입니다."

"김 협판, 7적이라고 하였는가?"

"그러하옵니다."

김옥균은 거침없이 대답했다. 자영이 몸을 부르르 떨면서 입술을 깨물었다. 그녀는 민영익이 살해되었다는 사실에 분개하고 있었다. 자영의 눈빛이 차갑게 번뜩였다. 그러나 대세가 기울었다는 것을 국왕과 왕비에게 확실하게 인식시켜줄 필요가 있었다.

"모두 어떻게 죽었는가?"

"우영사 민영익은 우정국 낙성식 축하연에서 자객에게 척살되었습니다."

"죽었는가?"

"그러하옵니다."

김옥균의 거침없는 대답에 자영은 눈을 질끈 감았다.

"하면 나머지 여섯 대감은 어찌 되었소?"

자영이 눈물이 가득한 눈으로 김옥균과 박영효를 쏘아보았다. 그들이 말하는 7적 중에 민씨가 셋이나 있었다.

"장사들이 간신들이라고 하여 자격했습니다."

박영효도 망설이지 않고 대답했다. 그들은 이제 두려운 것이 없었다. 혁명은 끝났고 국왕과 왕비는 그들에게 인질이 되어 있었다.

"장사들이라니 어느 쪽 장사들이오?"

"소신들이 거느린 장사들입니다. 소신은 누란에 빠진 종사를 구하기 위해 감히 대신들을 자격했습니다. 이는 우국충정에서 비롯된 사변이었으니 유념하여주시옵소서."

"김 협판, 김 협판은 민태호 대감이 세자빈의 부친이라는 것을 알면서도 자격했소?"

"송구하옵니다."

"이러다가는 민문의 씨가 마르겠소그려."

자영이 눈물을 찍어내며 피를 토하듯이 내뱉었다. 임오군란 때도 민겸호를 비롯한 민문이 풍비박산이 되었었다. 재황의 친정 이후 민승호 부자가 폭탄에 의해 죽고 민규호까지 병으로 죽어 가까운 호 자 돌림으로는 유일하게 민태호만이 남아 있었다. 그러나 이번 사변으로 민태호가 죽자 자영과 가까웠던 민문의 호 자 돌림은 모두 비명횡사하게 된 셈이었다. 자영의 입장에서는 통분할 일이 아닐 수 없었다.

"이번 거사의 목적이 무엇이오?"

자영은 김옥균과 박영효를 쏘아보며 물었다.

"청당을 일소하고 조선의 내정을 개혁하기 위한 것입니다."

"그래서 정변을 일으킨 것이오?"

"그러하옵니다."

"조각 명단을 보았소. 경들은 아녀자가 간여한다고 비난하고 있는 것 같은데, 내가 경들을 위해 진심으로 충고하겠소. 이번 조각은 왜당 일색이오."

김옥균의 얼굴에 핏기가 싹 가셨다.

"중전마마, 신등이 이번 거사를 준비한 것은 오로지 청당을 배척하기 위해서였습니다."

박영효가 몸을 떨며 대답했다. 혁명의 1차 목적이 청당 제거와 4민(四閔) 제거라는 말이 목구멍까지 올라왔으나 4민이라는 말은 자영의 앞에서 차마 내뱉을 수가 없었다. 4민은 민영익, 민태호, 민영목, 민응식이었다.

"호호호! 청당을 배척하고 왜당을 끌어들여 사대하고자 하오?"

자영이 어처구니없다는 듯이 웃었다.

"중전마마."

"경들은 나이가 일천하여 인사의 어려움을 모르오. 청나라가 그대들이 배척한다고 해서 배척되겠소?"

자영은 김옥균과 박영효를 비웃고 있었다. 김옥균은 눈을 부릅떴으나 대답하지 않았다.

"김 참판, 조각을 하여 조보에 실으면서 전하께 보고조차 하지 않는구려."

"지금 보고드리고 있지 않습니까?"

"이것이 대계요? 참으로 대단한 대계요."

"앞으로 정령은 내각에서 나올 것입니다. 중전마마께서는 정사에 관여해서는 안 됩니다."

"정변을 일으킨 그대들의 기세가 살벌한데 관여할 수 있겠소? 경우궁은 너무 좁으니 창덕궁으로 돌아갑시다."

자영이 분노를 참고 조용히 말했다.

"정권이 안정되는 대로 환궁하겠습니다."

김옥균은 재황과 자영 앞에서 물러나왔다. 그는 의정부에서 새 내각의 이름으로 14개조의 정령을 반포했다. 그들이 발표한 정령 1조는 청나라에 있는 이하응을 환국하게 하고 사대를 폐지하여 명실상부하게 조선이 입국한다는 것이었고, 2조는 양반제도를 폐지하고, 3조는 토지개혁, 4조는 내시부 폐지, 5조는 탐관오리 처벌, 6조는 환곡 폐지, 7조는 규장각 폐지, 8조는 순사제도 도입, 9조는 보부상 단체인 혜상공국 폐지 등 혁신적인 것들이었다.

'이제 조선은 내 손으로 새 나라가 될 것이다.'

김옥균은 정령을 반포한 뒤에 캄캄하게 어두운 하늘을 바라보았다. 어두운 하늘에서 차가운 겨울비가 흩뿌리고 있었다.

***

후드득, 겨울비가 뿌리기 시작했다. 원세개는 빗발이 뿌리는 잿빛 하늘을 우두커니 쳐다보았다. 조선에도 겨울이 오는구나. 그는 2년째 조선의 도읍 한양에서 청군을 거느리고 주둔하고 있었다. 그러나 안남에서 청군과 불란서군이 부딪치면서 청군 1500명이 안남으로 달려갔다.

'나도 청나라로 돌아가야 하는 것이 아닐까?'

원세개는 얼핏 그렇게 생각했다. 청나라는 서양 여러 나라가 쉬지 않고 침략하여 미증유의 혼란에 빠져 있었다.

"장군, 큰일 났습니다."

그때 조선인 통역관인 손시한이 헐레벌떡 달려왔다.

"무슨 일인가?"

"왕궁에 변란이 일어난 것 같습니다."

손시한도 비를 흠뻑 맞고 있었다. 원세개는 가슴이 철렁했다.

"변란? 그게 무슨 말인가?"

"우정국 낙성식 축하연이 있었는데 우영사 민영익이 암살되었습니다. 어가가 창덕궁을 나와 경우궁으로 들어갔다고 합니다."

"그것이 언제 일어난 일인가?"

"어젯밤에 일어난 일입니다."

"그런데 우리는 왜 이제야 알게 되었는가?"

"조선인들이 우리에게 숨겼기 때문입니다."

원세개는 우정국에서 민영익이 암살되고 정변이 일어났다는 말에 깜짝 놀랐다. 다행히 피를 흘리며 쓰러진 민영익은 묄렌도르프가 부축하여 광혜원으로 후송했고 서양인 의사인 알렌의 수술로 간신히 살아났다는 보고가 들어왔다.

그는 군사를 이끌고 경우궁으로 달려갔다. 경우궁은 일본군이 삼엄하게 경비를 하고 있었다.

"조선 국왕을 알현하러 왔다."

원세개는 일본군을 향해 소리를 질렀다. 원세개가 청군을 이끌고 나타나자 일본군이 일제히 총을 겨누었다. 청군도 일본군을 향해 총을 겨누었다. 창덕궁 앞은 일본군과 청군의 대치로 팽팽한 긴장감이 감돌았다.

"조선 국왕은 알현을 거부하고 있소."

일본군 장교가 허리에 찬 칼을 움켜쥐고 말했다.

"조선 국왕은 안전한가?"

"안전하다."

일본군 장교는 완강했다. 원세개는 조선군 대신이 나와서 해명하지 않으면 돌아가지 않겠다고 말했다. 원세개가 일본군과 옥신각신하고 있을 때 김옥균과 박영효가 함께 나왔다.

"그대가 정변을 일으켰나? 감히 국왕을 인질로 잡고 있나?"

원세개가 김옥균을 노려보면서 소리를 질렀다.

"우리는 국왕 전하의 명을 받고 입국의 대사를 도모하고 있소."

김옥균이 긴장감을 느끼면서 대답했다.

"입국?"

"그렇소. 우리는 청나라에서 벗어나 입국하고 개혁을 하려는 것이오."

"국왕을 알현하겠다."

"오늘은 안 됩니다. 며칠 후에 알현을 하도록 해주겠습니다."

"왜 며칠이 필요한가? 지금 알현하겠다."

"안 됩니다. 강제로 알현을 하려고 하면 일본군이 그냥 있지 않을 것입니다."

원세개는 김옥균을 싸늘한 눈빛으로 쏘아보았다.

"흥! 네가 청나라와 맞서려고 하는구나."

원세개는 김옥균과 일본군이 알현을 거부하자 청군 진영으로 돌아왔다. 청군 장수들은 분개해서 펄펄 뛰었다.

"우리 군대가 출병하려면 국왕의 허락을 받아야 한다."

"국왕은 정변을 일으킨 자들의 인질이 되어 있는 것 같습니다."

"왕비의 허락을 받아야 한다. 왕비와 통할 수 있는 사람을 찾아라."

원세개가 영을 내리자 손시한이 심상훈을 데리고 왔다. 심상훈은 경기 관찰사로 활동하고 있었다.

"조선의 국왕과 왕비가 인질이 되어 있소. 이들을 구출하기 위해서는 국왕의 출병 요청이 있어야 하오."

원세개가 심상훈에게 차를 권하면서 말했다. 심상훈은 개화파가 일본과 손을 잡고 있는 것에 불만이었다. 겉으로는 그들에게 동조하는 체했으나 속으로는 왜당이라고 경멸하고 있었다.

"국왕에게 단독으로 접근하기는 어렵습니다."

심상훈은 경우궁을 드나들 수 있었으나 개화파 장수들이 국왕 주위를 삼엄하게 감시하고 있었다. 원세개와 심상훈은 고뇌에 빠졌다.

"왕비 전하는 뵐 수 있을 것 같습니다만……."

원세개의 눈이 번쩍 띄었다. 그는 왕비가 조선의 왕보다 정치력이 더 뛰어나다고 생각했다.

"왕비에게 접근해보시오."

"알겠습니다."

"왕비가 일본을 반대하면 우리에게 승산이 있소. 어떻게 하든지 왕비의 친서를 받아오시오."

"예."

"국왕과 왕비가 창덕궁으로 환궁해야 한다고 전하시오."

심상훈은 그 길로 경우궁으로 들어가서 자영을 알현했다.

"마마, 얼마나 심려가 크십니까? 신들이 불충하여 이러한 고초를 겪으니 면목이 없습니다."

"김옥균이가 역적이오."

"김옥균이 어찌 역적이라고 하십니까?"

"김옥균은 일본을 등에 업고 조선을 다스리려는 것이오. 김옥균이 왕 노릇을 하려 하고 있소."

자영은 김옥균에 대한 분노로 몸을 떨었다.

"마마, 청군이 출병할 수 있도록 전하께 밀지를 받아주십시오."

"우리 조선 군사들로는 역도들을 소탕할 수가 없소?"

"송구하오나 4영의 대장이 참살을 당한지라 지휘할 장수가 없습니다."

"참으로 한심한 일이오. 장수가 참살을 당했다고 지휘할 대장이 없다면 나라꼴이 무엇이 되겠소?"

"중전마마, 속히 친서를 써주십시오. 신은 중전마마 앞에 오랫동안 머물러 있을 수 없습니다. 저들이 신을 의심하면 일이 수포로 돌아갈 것입니다."

"주상 전하께서는 감시가 심하여 밀지를 내리실 형편이 못 되니 내가 친서를 써주겠소."

자영은 즉시 출병을 요청하는 친서를 써주었다.

심상훈은 엎드려 절을 하고 머리 위로 자영의 친서를 받았다.

"중전마마, 중전마마께오서는 신이 물러가면 즉시 창덕궁으로 환궁하십시오."

"창덕궁으로?"

"원세개 장군의 당부였습니다. 창덕궁으로 환궁해야 청군이 일본군을 공격하기가 좋다고 합니다."

"알겠소. 그렇지 않아도 옥균 등에게 환궁을 요구하고 있었소."

심상훈이 머리를 깊숙이 조아렸다.

***

바람이 쌀쌀해지고 있었다. 잿빛 하늘에 앙상하게 헐벗은 나뭇가지들이 스산해 보였다. 멀리 김옥균과 서광범이 귓속말을 나누는 것이 보였다.

'옥균은 왜놈들의 하수인에 지나지 않아.'

자영은 김옥균에게 분노했다. 김옥균은 재황을 허수아비로 만들려 하고 있었다. 재황을 손바닥에 쥐고 흔들기 위해 내시 유재현을 그의 앞에서 쳐 죽였다. 임금 앞에서 피를 뿌린 것이다.

'옥균을 믿은 것이 잘못이었어.'

자영은 김옥균이 조선을 개화시킬 수 있으리라고 믿었던 것이 잘못이라고 생각했다.

자영은 김옥균에게 대궐로 환궁할 것을 요구했다. 경우궁의 방들이 오랫동안 비어 있어서 아무리 불을 때도 따뜻해지지 않는다는 것이 표면적인 이유였다.

"아무래도 이어해야지 안 되겠소."

김옥균, 박영효, 홍영식, 서광범은 외청에 모여 숙의를 거듭했다. 신정왕후와 세자까지 환궁 요구를 하고 있었다.

"청군이 내습하면 그 넓은 대궐을 어떻게 방어하겠소? 불가하오."

"방바닥이 차서 비빈들이 옷을 뒤집어쓰고 있는 처지요."

"그럼 계동궁으로 옮깁시다."

"계동궁?"

계동궁은 그들이 영의정으로 영입한 이재원의 사저였다. 경우궁과는 지척간인 데다 이재원이 살고 있었으므로 방이 따뜻했다. 김옥균은 병사들을 보내서 계동궁을 정찰하게 하였다. 그러고는 계동궁으로 이어를 해도 상관이 없다는 보고가 들어오자 곧바로 계동궁으로 이어한 다음 병사들을 배치했다.

자영과 세자가 다시 환궁을 들고 나왔다. 김옥균과 박영효는 난처했다. 재황도 계동궁이 불편하여 은근히 환궁을 바라는 눈치였다. 재황도 심기가 불편했다. 김옥균 등이 자신까지 속이고 일곱 대신을 참살했기 때문에 역모를 꾸미고 있을지도 모른다는 의심이 들기 시작한 것이다.

"경들은 계동궁이 경우궁보다 널찍하다고 하나 이곳이 경우궁보다 무엇이 넓은가?"

"……."

김옥균과 박영효는 할 말이 없었다.

"전하, 아직은 때가 아니옵니다."

김옥균은 완강하게 환궁을 거부했다. 재황을 인질로 잡고 있었으나 아직 환궁할 시기가 아니었다.

"아직도 청당을 소탕하지 못했는가?"

재황의 용안이 불쾌해 보였다. 좀처럼 감정의 희로애락을 나타

내지 않는 재황이었으나 김옥균에게 배신을 당했다는 생각을 하는 것 같았다.

"황공하옵니다."

김옥균이 머리를 바짝 조아렸다.

"경이 하고 있는 일이 대체 무엇인가?"

"전하, 신등은 개명한 정치를 하려고 하옵니다. 전하께서는 소신들을 믿고 따라주시옵소서."

"경들이 기군(欺君)을 하고 있다는 사실을 알고 있는가?"

재황이 냉랭하게 내뱉었다. 김옥균은 등줄기가 서늘해져왔다.

"전하, 계동궁은 소수의 군사로도 지키기가 용이하오나 창덕궁은 그렇지가 못하옵니다. 청군이 불시에 내습을 하면 감당할 길이 없으니 천추의 한을 남길까 우려되나이다. 신등은 애초에 강화도까지 파천(播遷)할 것을 계획하였으나 다케소에 공사의 만류를 받았고, 수차에 상의하여 경우궁만이 가장 적합한 곳이라고 결정하였습니다. 그러나 양전마마와 세자 저하께서 경우궁이 협소한 까닭을 지적하여 계동궁에 이르렀습니다. 계동궁에 이어하신 지 불과 몇 시간밖에 되지 않았는데 다시 환궁하자고 하는 것은 이목상 좋지 않을 뿐만 아니라 군신간의 약조에도 어긋나는 일입니다."

"약조?"

"전하께서는 신들에게 대계를 일임하시지 않으셨습니까?"

"경은 물러가라!"

재황의 얼굴에 노기가 떠올랐다.

심상훈이 자영의 친서를 품속에 휴대하고 물러가자 자영은 곧바로 재황의 침전으로 건너갔다. 재황은 김옥균이 올린 신정령을 들여다보고 있었다.

"중전, 경기 감사 심상훈이 입대하였는데 인견하였소?"

재황이 자세를 바로 하고 자영을 쳐다보았다. 자영은 재황 앞에 바짝 다가가서 앉았다.

"방금 물러갔습니다."

"밖의 동정이라도 알려주었소?"

"그러하옵니다."

자영은 목소리를 잔뜩 낮추어 대답한 다음 주위를 살폈다.

"밖에 누가 있느냐?"

재황이 자영의 의향을 알아채고 대청을 향해 소리를 질렀다.

"예!"

대청에 시립해 있던 장사들이 일제히 대답했다. 김옥균의 부하들이었다.

"장사들은 대청에서 물러나 있으라. 과인이 중전과 사사로운 얘기를 할 것이 있다."

"황공하옵니다."

장사들이 일제히 대답을 하고 대청에서 물러가는 기척이 들렸다. 평소에는 임금의 옷자락이나 그림자조차 볼 수 없었던 장사들이었다. 김옥균의 정변 때문에 국왕의 호위를 담당하게 되었으나 스스로 삼가고 공경했다. 자영은 장사들이 물러가는 기척이 들리자 재빨리 장지문을 열었다. 비밀 얘기를 할 때는 문을 열어두는 것이 오히려 감시를 받지 않는 방법이다. 자영은 엿듣는 사람이 없는 것을 확인한 뒤에 심상훈에게 들은 얘기를 그대로 말했다. 자영의 얘기를 들은 재황은 몇 번이나 얼굴빛이 변했다. 그러나 딱 부러진 결정을 내리지 못하고 우물쭈물했다.

'전하는 역시 결단력이 부족해.'

자영은 가슴이 답답했다. 그러나 내색하지 않고 계책을 세세하게 일러주었다. 그제야 재황이 고개를 끄덕거려 수락했다.

재황은 김옥균과 박영효가 외청에 나가 있는 틈을 타서 다케소에 공사를 불렀다. 그 자리에는 자영이 동석하여 재황의 결심이 흔들리는 것을 막았다.

"공사, 대왕대비마마께서 장소가 협소하여 거처하기가 불편하다고 하시니 속히 환궁할 차비를 해야 할 것입니다. 이제 대신들도 바꿔치웠고 신정령도 반포했으니 혁명은 성공하지 않았습니까?"

"황공하옵니다."

재황의 말에 다케소에 공사는 머리를 조아려 대답했다.

"공사께서는 속히 환궁할 차비를 하시오!"

재황의 목소리는 단호했다.

"알겠습니다. 즉시 무라카미 중대장을 대궐에 보내 지형을 살펴보고 오게 하겠습니다."

다케소에 공사는 재황의 지시를 거부할 명분이 없었다. 그는 즉시 무라카미 중대장을 시켜 창덕궁을 정찰하게 했다. 무라카미 중대장은 한 시간 남짓 창덕궁을 살피고 와서 환궁해도 아무 지장이 없을 것 같다고 보고를 했고, 다케소에는 그대로 재황에게 상주했다. 재황은 그 말을 듣자 기다렸다는 듯이 환궁하라는 어명을 내렸다.

"공사, 환궁이라니 그게 무슨 망발이오?"

김옥균은 대경실색하여 다케소에에게 항의했으나 다케소에는 수비를 하는 것은 대궐이나 계동궁이나 별 차이가 없고, 이미 어명이 내렸으므로 어쩔 수 없는 일이라고 말했다.

"다케소에가 또 우리를 배반하는 것 같소."

김옥균과 박영효는 참담한 기분이 되어 대책을 숙의했다.

"이렇게 된 이상 혁명의 성공은 하늘에 맡길 수밖에 없소. 하늘이 우리를 굽어보고 계시다면 외면이야 하겠소?"

홍영식과 서광범도 침통한 표정이 되었다. 창덕궁으로의 환궁은 적어도 열흘 정도의 말미가 있어야 했다. 그러나 대세는 기울어 있었다. 김옥균은 재황에게 기군이라는 말까지 들은 일이 있어 창덕궁으로의 환궁에 반발할 수가 없었다.

그렇게 환궁이 결정되었다.

오후 5시, 마침내 국왕이 환궁했다. 10월 17일 밤 창덕궁 대조전에서 경우궁으로 이어하고 경우궁에서 계동궁으로 이어한 지 불과 하루도 되지 않아서였다.

'중전마마에게 졌어. 중전마마를 진즉에 설득했어야 하는데…….'

김옥균은 어둠이 내리는 대궐의 누각과 침전들을 우울하게 살피며 불길한 예감을 느꼈다. 그러나 방어 대책을 세우지 않으면 안 되었다. 김옥균은 돈화문과 금호문에는 좌영과 우영의 군사들을 배치하여 지키게 하고, 선인문에는 전영과 후영의 군사들을 배치하여 지키게 했다. 다케소에 공사도 일본군 병사들을 요소요소에 매복시켰다.

'오늘 밤이 중대 고비야.'

김옥균은 선인문 앞에서 대치하고 있는 청군 진영을 살피며 비장해졌다. 혁명 2일째, 혁명정부의 각료 명단을 발표하고 신정령을 공포한 10월 18일 밤은 창덕궁으로의 환궁과 청군 내습에 대한 불안으로 어수선했다.

***

날이 서서히 밝아오기 시작했다. 혁명 3일째 되는 날이었다.

김옥균은 눈을 뜨자 대궐의 후원을 거닐었다. 날씨는 쾌청했다. 대궐에 빽빽하게 들어선 온갖 누각과 침전도 잿빛 기와를 이고 적막 속에서 번하게 밝아오는 아침을 맞이하고 있었다.

'어젯밤을 무사히 보낸 것은 참으로 다행스러운 일이다. 이는 혁명의 전도를 밝게 하는 일이 아닌가?'

김옥균은 지난밤을 뜬눈으로 새웠으나 피로가 느껴지지 않았다. 불안하고 초조한 밤이었다. 이러한 형세가 며칠만 지속되면 정변이 혁명으로 정착될 것이다.

'문제는 중전마마인데…….'

김옥균은 관물헌 담 밑으로 하늘하늘 떨어지는 나뭇잎을 바라보며 골똘히 생각에 잠겼다. 한낱 여인에 불과한 왕비가 의외로 혁명의 걸림돌로 작용하고 있었다.

'어릴 때부터 여중군자라는 소문이 있더니…….'

김옥균은 고개를 절레절레 흔들었다.

한양 거리에 흉악한 소문이 나돌았다. 한양 장안은 일본과 손을 잡은 김옥균에 대해 냉소적이었다. 김옥균 등이 재황을 인천으로 납치하려 한다는 소문부터 김옥균이 울릉도를 일본에 팔아먹었다는 소문까지 파다했다. 소문은 걷잡을 수 없이 번져나갔다. 홍영식이 무겁게 한숨을 내쉬었다. 홍영식도 어찌해야 좋을지 갈피를 잡지 못하고 있는 눈치였다.

자영의 친서를 받은 청군은 일본군을 공격할 준비를 했다. 김옥균이 정변을 일으키지 않았더라도 청군은 일본군과 전쟁이 불가피하다는 사실을 알고 있었다. 청불전쟁이 시작되고 다케소에가 조선에 돌아오면서 일본은 청군에게 노골적으로 도발을 하고 있었다. 전면전이 되든지 국지전이 되든지 일전을 피할 수 없었다.

'우리가 불란서와 전쟁을 하는 틈을 노려 조선을 충동질하다니 참으로 비열한 놈들이 아닌가?'

원세개는 일본의 비열한 책략에 강한 분노를 느꼈다. 일본은 청나라에 노골적으로 도발을 하고 있었고, 조선의 개화주의자들은 재황을 움직여 청나라를 배척하고 있었다. 명분은 자주 입국을 내세우고 있었으나 일본의 대륙 진출 책략에 이용당하고 있는 것이 분명했다. 일본이 조선에 군함과 군대를 보내어 위협을 하는 것은 국왕이 무능하고 유약했기 때문이다. 국왕이 백성들의 구심점이 되지 못하고 겉돌고 있었다.

'옥균 등이 일본을 끌어들여 자립자강을 도모하는 것은 화약을 지고 불 속에 들어가는 일이야. 산중에서 늑대를 피하려다가 호랑이를 만난 격이지.'

김홍집, 김윤식 등은 온건개화파라고 하여 신내각에서 각각 한성 판윤과 예조판서에 임명되었으나 출사하지 않았다. 그들은 오히려 청나라 쪽에 가담하여 김옥균 등을 토벌할 계획을 세우고 있었다.

도성은 어수선했다. 재황이 왜당에게 척살되었다는 소문부터 청군과 일본군이 전쟁을 하려 한다는 소문, 민씨 일파가 도륙당했다는 소문 등이 꼬리를 물고 나돌았다.

조정 대신들도 우왕좌왕했다. 10월 18일 아침에 신내각 발표, 신정령 반포가 잇따라 터져 어리둥절하였다. 정변이 일어나고 대신들이 참살되었으나 정확한 사실을 아는 사람은 아무도 없었다.

청군 진영에서는 오후 1시가 되자 사관 한 명을 보내어 재황을 배알하려고 했다.

"불가하다. 오조유나 원세개, 장광전 중에 누가 와서 알현을 요구한다면 허락할 수 있다. 그러나 일개 무명 사관이 와서 알현을 청하니 어찌 용납할 수 있겠는가?"

김옥균은 단호히 거부했다. 그러자 청나라의 무명 사관은 재황에게 올리는 봉서를 내놓았다. 오조유가 보낸 것이었다.

"통령 오조유는 대왕 전하께 아룁니다. 어젯밤에 대왕 전하는 공연히 놀라셨습니다. 지금 경성 내외가 평온하고 조용하여 평소와 다를 바가 없습니다. 이는 대왕 전하의 크나큰 홍복입니다. 저희 3영도 무사히 건재하고 있음을 밝히는 바입니다. 삼가 평안하심을 비옵니다. 제독 오조유 근상(謹上)……."

내용을 면밀히 검토하면 '청군 3영 1500명의 병사가 건재하다'는 뜻으로 은근한 협박장이었다. 청나라 사관이 돌아가자 다시 전령이 청군 진영에서 왔다.

"원 사마가 대왕 전하를 배알하기 위해 병사 6백 명을 인솔하여 입궐 중입니다. 병사 3백 명씩 2대로 나누어 동문과 서문으로 들어올 것입니다."

전령의 통고였다. 김옥균은 얼굴에서 핏기가 가시어 차비관에게 호통을 쳤다.

"원 사마가 주상 전하를 알현하는 것은 막지 않겠다. 그러나 군사를 거느리고 입궐하는 것은 그 의도가 불순하므로 결코 용납할 수 없다. 만일 군이 군사들을 거느리고 입궐하겠다면 좋지 못한 일이 생길 것이다!"

김옥균은 전령에게 강경한 명령을 내려 원세개에게 전하도록 지시했다. 사태는 급박하게 돌아가고 있었다. 김옥균은 병사들에게 총기 분해소제(부품을 모두 분해해 세척, 건조한 뒤 새롭게 윤활 처리를 해 재조립하는 것)를 서두르라고 지시하고 각 영의 병사들에게 경계를 철저히 하라고 한 뒤에 관물헌 후당에서 개화파 회의를 열었다. 다케소에도 일본군에게 비상경계령을 내렸다.

오후 2시 30분, 청군 진영으로부터 다케소에에게 다시 서찰이 왔다.

'들으니 난민들이 범궐하여 소란을 일으킨 것을 귀대인(貴大人)이 인국(隣國)의 정리로 군사를 이끌고 와서 조선 국왕을 수호한다 하니 제등(第等)도 청국 황제의 명을 받아 진압의 직임을 다하고자 출병하여 일로(一勞)를 아끼지 않겠노라. 제독 원세개, 오조유, 장광전…….'

다케소에가 그 서찰을 읽기도 전에 요란한 총성이 동북쪽에서 일어나며 탄환이 관물헌까지 날아왔다. 다케소에는 당황하여 재황 곁으로 달려갔다. 김옥균, 박영효, 홍영식도 재황의 곁으로 황급히 달려왔다.

"이게 무슨 소리인가? 총포를 놓는 소리가 아닌가?"

재황이 사색이 되어 김옥균에게 물었다. 자영도 침전에서 나와 파리한 얼굴로 김옥균을 살폈다.

"전하, 청군이 내습했습니다."

김옥균이 당황하여 머리를 조아렸다. 김옥균의 가슴도 급박하게 뛰고 있었다.

"허, 하면 어찌해야 되는가?"

재황의 옥음이 떨렸다. 용안이 하얗게 변해 있었다.

"전하, 안심하십시오. 조선군과 일본군이 청군을 방어할 것입니다."

김옥균이 머리를 조아려 대답했다. 그러나 총소리는 더욱 요란해지고 있었다.

"전하, 신은 선인문에 나가서 싸우겠습니다."

서재필이 분연히 외치고 왜학생도들을 이끌고 선인문을 향해 달려갔다. 김옥균 등은 망연하여 서재필이 달려간 쪽을 쳐다보았다.

"경들도 어서 나가서 살피시오!"

그때 자영이 김옥균에게 차갑게 지시했다. 김옥균은 화들짝 놀라서 자영을 쳐다보았다.

"김 협판, 청군이 쳐들어오고 있으니 어찌 된 영문인지 살펴야 할 것이 아니요?"

자영이 김옥균을 몰아세웠다.

"황공하옵니다."

김옥균은 당황하여 머리를 조아렸다.

"청군이 내습을 했으면 방비할 계책을 세워야 할 터인데, 명색이 당상관인 대신들이 우두망찰해 있으니 한심하고 딱하기 짝이 없소!"

자영은 김옥균 등을 계속해서 다그쳤다. 김옥균은 얼굴이 붉게 상기되었다.

"중전마마, 신이 다녀오겠습니다."

김옥균이 머리를 조아리고 선인문 쪽으로 총총히 달려갔다. 박영효, 서광범, 홍영식도 도포 자락을 펄럭거리며 김옥균을 뒤쫓아갔다. 청군은 원세개와 장광전의 지휘를 받으며 선인문으로 짓쳐들어오고 있었다. 그러나 일본군과 조선군의 완강한 저항에 부딪혀 주춤해 있었다.

"청군이 얼마나 되오?"

김옥균이 서재필에게 물었다.

"8백 명 정도 됩니다."

"일본군이 잘 막아주어야 할 텐데……."

"우리 조선 군사도 목숨을 버릴 각오로 싸울 것입니다!"

서재필이 단호한 목소리로 내뱉었다. 서재필은 일본 군사학교에서 훈련받은 왜학생도들을 이끌고 있었고, 왜학생도들은 박영효가 조련한 전영 군사들을 지휘하고 있었다. 그러나 조선군은 총과 탄약이 미비했다. 그들은 아직도 총의 분해소제를 마치지 않은 상태였다.

"귀관들은 절대 물러서지 말고 청군과 싸워라! 우리의 독립과 개혁을 위하여 무도한 청군을 섬멸시켜라!"

서재필은 신복모 등 왜학생도들에게 전투를 독려하는 명령을 내렸다. 상황은 다급했다. 청군 8백 명은 우익과 좌익으로 나누어 선인문으로 짓쳐들어오는데, 우익은 관물헌 정면의 송림으로 들어오고 좌익은 낙선재의 남쪽을 돌아서 관물헌 본진을 협공하고 있었다.

"조선 군사들은 물러서지 말고 싸워라!"

서재필은 목이 터져라 부르짖었다. 총기를 분해소제하던 조선군들이 우왕좌왕했다. 그들은 변변하게 전투도 하지 않고 조각조각 해체해놓은 총기를 내팽개치고 후퇴하기에 바빴다. 전투는 일진일퇴의 공방전을 계속하면서 치열하게 전개되었다. 탄환이 빗발치고 병사들이 피를 뿌리며 죽어갔다. 김옥균은 전투가 치열해지자 국왕의 정전으로 되돌아왔다. 그러나 재황의 정전은 썰렁하게 비어 있었다.

'아뿔싸!'

김옥균은 눈앞이 아득해왔다. 국왕이 자신들을 내보내고 어가를 옮겼다는 생각을 하자 다리가 후들거리고 떨렸다.

"주상 전하께서는 어디에 계시느냐?"

김옥균은 관물헌을 지키는 병사들에게 물었다.

"전하께서는 피신하셨습니다."

"피신을 하다니! 어디로 피신을 하셨느냐?"

"방금 북산으로 떠나셨습니다."

북산이면 대궐 뒤쪽을 말한다.

"중전마마와 세자 저하는 어디에 계시느냐?"

김옥균은 다시 관물헌을 지키는 병사들을 다그치기 시작했다. 이제는 결코 물러설 수 없는 벼랑 끝으로 내몰리게 된 것이다.

"대왕대비마마를 모시고 30분 전에 피신하셨습니다."

"뭣이?"

김옥균은 눈에서 불이 일어나는 것 같은 기분을 느꼈다. 중전이 30분 전에 관물헌을 떠났다면 자신들을 밖으로 내보낸 직후인 것이다. 계획적으로 자신들을 밖으로 내보낸 것이라고 생각할 수밖에 없었다.

'요망한 것 같으니……!'

김옥균이 어금니를 꽉 깨물었다.

"주상 전하는 언제 출어하셨느냐?"

"방금 나가셨습니다."

"따라잡을 수 있겠느냐?"

"예!"

"좋다, 그럼 너희들은 나를 따라오너라!"

"예!"

병사들이 머리를 숙여 일제히 대답했다. 김옥균은 관물헌을 지키는 병사들을 이끌고 북산을 향해 달리기 시작했다.

전투는 더욱 치열해지고 있었다. 오조유의 본진은 선인문을 돌파했고 원세개의 본진도 돈화문을 돌파했다. 게다가 그들은 궐 밖에 있던 조선군과 백성들의 지원까지 받아 병사들이 2천 명으로 불어나 있었다. 김옥균은 북산 중턱에서 한 무리의 무감들을 발견했다. 재황은 무감의 등에 업혀서 북산을 향해 올라가고 있었다.

"어가를 멈춰라!"

김옥균은 무감들을 향해 소리를 질렀다. 무감들이 엉거주춤 걸음을 멈추었다.

"전하, 어디로 가십니까?"

김옥균은 재황 앞에 털썩 무릎을 꿇었다.

"북묘(北廟)로 가려고 하네. 경들은 어찌 종묘사직을 이렇게 우롱하는가?"

재황의 목소리는 가늘게 떨리기까지 했다. 김옥균에 대하여 실망한 기색이 역력했다. 목소리에 은은하게 노기가 서려 있었다.

"전하, 어찌 신들을 버리려 하십니까? 청군이 내습을 했다고 하나 저희들이 목숨을 아끼지 않고 대궐을 수비하고 있고, 일당백의 정예군사인 일본군이 청군을 막고 있습니다. 부디 통촉하십시오."

"관물헌까지 탄우가 날아오고 있지 않은가?"

"전하, 우선 연경당으로 행차를 바꾸십시오."

"……."

"전하!"

"그렇게 하라."

재황은 썩 내키지 않는 얼굴로 어보를 돌렸다. 김옥균과 병사들은 재빨리 재황을 호위하여 연경당으로 들어갔다. 김옥균은 변수를 시켜 다케소에를 불러오게 했다. 변수는 탄우가 빗발치는 밖으로 뛰어나가 다케소에를 불러왔다.

"공사, 전세가 어찌하여 이렇게 험악해졌소이까?"

"청군이 너무 많소."

"일본군은 일당백이라고 하지 않았소?"

"대궐이 넓어 방위하기가 쉽지 않소."

다케소에는 낭패한 기색으로 대답했다. 다케소에도 일본군이 불리하다는 사실을 깨달은 것 같았다. 그때는 서재필도 선인문에서 후퇴하여 연경당에 도착해 있었다.

"이렇게 된 이상 전하를 모시고 인천으로 가서 후일을 도모합시다."

김옥균은 다케소에에게 인천으로 후퇴를 요구했다.

"과인은 결코 인천으로 가지 않겠다. 대왕대비께서 가신 곳으로 가서 죽더라도 그곳에서 죽겠다!"

다케소에가 대답을 하기도 전에 재황이 단호하게 내뱉었다. 김옥균은 깜짝 놀라서 재황을 쳐다보았다. 어느새 박영효, 서광범, 홍영식까지 연경당으로 달려와 있었다.

"국왕 전하께서 이처럼 공의 의견을 반대하시니 어쩌면 좋겠소?"

다케소에가 김옥균에게 물었다. 김옥균이 대답을 망설이고 있을 때 탄환이 연경당으로 빗발치기 시작했다.

"전하, 어보를 옮기셔야 하겠습니다!"

홍영식이 다급히 외쳤다.

"어디로 옮기는가?"

"우선 옥류천 쪽으로 옥체를 피신하셔야 하옵니다."

"가자."

재황이 입술을 깨물며 말했다. 무감이 황급히 재황을 업고 옥류천 쪽으로 뛰었다. 김옥균 등은 병사들과 함께, 다케소에는 일본군을 지휘하여 재황을 보호하며 옥류천으로 뛰었다. 그러나 옥류천도 안전한 곳이 못 되었다. 무라카미 중대장과 서재필이 다시 방어진을 구축하고 있을 때 뒷산에서 무감이 달려왔다.

"전하!"

무감이 재황 앞에 털썩 무릎을 꿇었다.

"대왕대비전 무감이 아닌가?"

"그러하옵니다."

"대왕대비마마께서는 어디 계시느냐?"

"대왕대비마마께서는 중전마마와 함께 북묘에 계십니다."

"오…… 세자는 어찌 되었느냐?"

"세자 저하 내외분도 함께 계십니다. 전하께서도 속히 북묘로 피신하여 옥체의 안전을 도모하라 하셨습니다."

"가자, 과인이 대왕대비전을 모셔야 한다!"

재황은 무감을 재촉했다. 재황이 대왕대비전을 모시겠다고 하는 것은 중전과 함께 있겠다는 우회적인 표현이었다.

"전하!"

김옥균, 박영효, 홍영식 등이 일제히 재황 앞에 무릎을 꿇었다.

"아니 되옵니다! 전하, 북묘로 가시면 아니 되옵니다!"

"비켜라! 대왕대비마마께서 북묘에 계시다고 하지 않느냐?"

"전하! 북묘에는 청군들이 매복하고 있습니다! 신들의 간청을 물리치지 마소서!"

"청군이 과인을 해하겠느냐? 설혹 청군에게 죽더라도 과인은 대왕대비마마를 모실 것이니라."

재황은 전에 없이 강경하게 김옥균의 간청을 물리치고 북묘 쪽으로 어보를 옮겼다. 그러자 무감이 등을 내밀어 재황을 업었다.

"전하!"

김옥균이 처절하게 부르짖었다. 그러나 재황을 업은 무감은 서둘러 북묘를 향해 걸음을 재촉했다.

"멈춰라!"

그때 박영효가 칼을 뽑아 들고 재황을 업고 가는 무감의 앞을 가로막았다.

"금릉위!"

재황이 놀라서 박영효를 쳐다보았다. 박영효의 시퍼런 칼끝이 무감의 복부에 닿아 있었다.

"무감은 전하의 옥체를 내려놓고 물러서라!"

무감이 얼굴이 파랗게 질려 재황을 내려놓았다. 김옥균, 박영효, 홍영식 등은 재빨리 재황 앞에 꿇어 엎드렸다. 그들의 얼굴에 비장한 결의가 서려 있었다.

"전하, 지금 탄우가 난무하고 있사오니 일본군이 반드시 전세를 만회할 것입니다. 신들을 믿고 잠시만 지체하여주시옵소서."

"종묘사직이 위태롭게 되지를 않았느냐? 과인이 어디 일신의 안위를 위해서 북묘로 가려는 것이냐?"

재황은 물러서려고 하지 않았다.

"전하, 아니 되옵니다!"

김옥균과 박영효는 재황 앞에서 움직이지 않았다.

"경들은 내 앞을 막지 마라!"

"전하, 가실 수가 없습니다. 신들을 죽이고 가시옵소서."

"경들이 과인에게 어찌 이럴 수가 있느냐?"

재황은 몸을 부르르 떨었다.

"전하, 신들의 불충을 용서하여주시옵소서."

박영효가 핏발이 선 눈으로 재황을 쳐다보았다. 말투는 공손했으나 눈빛은 흉흉했다.

"열성조에 부끄럽다! 만고에 이런 변이 어디 있느냐?"

재황이 체념한 표정으로 눈을 감았다. 여기저기 흩어져서 청군을 방어하던 일본군이 청군에 밀리면서 옥류천으로 집결하기 시작했다. 재황은 김옥균 등에게 에워싸여 북장문(北墻門)으로 향했다. 그때 북산에서 요란한 총성이 울리면서 탄환이 북장문을 향해 빗발치듯이 날아왔다. 북산에 있던 별초군(別抄軍, 4영의 정원 외 병사들) 1백여 명이 일본군 군복이 있는 것을 발견하고 맹렬한 사격을 퍼붓고 있었다.

"듣거라! 주상 전하께서 임어하여 계신데 누가 감히 총을 쏜단 말이냐?"

김옥균은 별초군을 향해 소리를 질렀다. 홍영식, 박영효, 서재필도 일제히 소리를 질렀다.

"총을 멈추어라! 어가를 모시고 있다!"

별초군은 그들이 목이 터져라 소리를 지르자 그제야 총격을 멈추었다. 날은 점점 어두워지고 있었다. 초겨울의 쌀쌀한 날씨였다. 전투는 한동안 소강상태를 이루었다. 청군은 대궐을 완전히 점령하고 대낮처럼 횃불을 밝혔다. 일본군은 북산에 이중 삼중 방어선을 구축했다. 다케소에는 묵묵히 생각에 잠겨 있다가 김옥균에게 입을 열었다.

"일본군이 조선 국왕을 호위하고자 한 것이 오히려 성궁(聖宮, 옥체)에 누를 끼치고 있습니다. 사세가 이러니 일본은 군사를 철병하여 후일을 도모하겠습니다."

김옥균은 깜짝 놀라서 다케소에에게 항의했다.

"공사, 그게 무슨 말이오?"

"김 공, 지금의 형편으로 보아 철병은 불가피합니다. 이제는 청군뿐만 아니라 조선군까지 우리에게 총을 쏘고 있습니다. 이는 우리 일본군이 전하를 호위하고 있기 때문입니다. 일본군이 철수를 하지 않으면 전하의 안전이 위태롭습니다. 또 공들이 전하를 인천으로 모시고 갔다가 여의치 않으면 일본으로 모시려 하는 것은 중대한 외교문제가 됩니다!"

다케소에는 강경했다.

"공사는 성궁의 안전을 이유로 철수를 주장하고 있으니 원래 공사가 군대를 이끌고 여기까지 온 것은 첫째 전하의 신변을 호위하고, 둘째 우리 당을 원조하기 위함이 아니었소? 그런데 당초의 약속을 저버리고 군대를 철수시키겠다니, 공사는 또다시 우리를 배신할 작정이오?"

"이것은 배신이 아니오!"

"이 시기에 일본군이 철수를 하면 우리의 거사는 물거품처럼 흩어지고 말 것이오. 공사, 제발 일본군을 철수시키지 마시오."

김옥균은 비굴할 정도로 다케소에에게 간청을 했다. 그러나 다케소에의 결심은 완고하여 아사야마를 시켜 일본군이 철수한다는 사실을 재황에게 아뢰게 하였다. 그러자 무라카미 중대장이 반발을 하고 나섰다.

"공사 각하! 우리가 연합하여 싸운다면 일본 병사 일인이 청군 열을 물리칠 수가 있습니다. 이제 청군이 방심한 틈을 타서 싸우면 우리 군사가 반드시 이길 수 있습니다!"

무라카미 중대장은 다케소에에게 열변을 토했다. 김옥균과 박영효도 다투어 다케소에를 설득했다. 그러나 다케소에의 결심은 흔들리지 않았다.

재황은 북가(北駕)를 서두르라고 무감들에게 지시했다.

김옥균, 박영효, 서광범, 서재필은 참담했다. 그들이 일으킨 혁명은 일종의 친위정변이었고 그 중심에 국왕이 있었다. 물론 재황의 전폭적인 지원을 받은 것은 아니었다. 오히려 재황을 기만하면서 정변을 일으켰기에 재황과 틈이 벌어져 있었다. 그러나 재황이 떠나면 그들의 목숨도 부지할 길이 없었다.

"우리는 장차 어찌해야 좋겠소? 사리로 따지면 마땅히 주상 전하를 따라가야 할 것이나 공사가 일본군과 함께 철수하면 무슨 힘이 있어 뒷일을 도모하겠습니까?"

김옥균 등은 비감하기 짝이 없었다. 천운이 기울었다고 생각하자 눈앞이 캄캄했다. 목숨을 보존해야 후일을 도모할 수 있었으나, 이제는 목숨을 보존하는 일조차 여의치 않았다.

"공들은 그 문제에 대해서는 심려하지 마오. 청군이 먼저 무례한 짓을 저질러 조선과 일본의 국위를 더럽혔소. 일본은 마땅히 군사를 동원하여 청국을 응징하려니와 공들은 나를 따라와 목숨을 보존하고 뒷날을 도모하시오."

다케소에의 말에 김옥균 등은 숙연해졌다. 청군이 진을 치고 있는 북묘에 재황을 따라가지 않으면 불충이 되고, 재황을 따라가려면 죽음을 각오해야 한다. 게다가 누구 한 사람이라도 재황을 배종해야 김옥균 등이 거사한 명분이 존재하는 것이다. 혁명에 실패하고 명분까지 잃는다면 비참한 일이 아닐 수 없었다.

"대감."

김옥균이 홍영식을 불렀다. 고개를 푹 떨어뜨리고 있던 홍영식이 퍼뜩 고개를 들었다.

"나는 대가(大駕)를 따라가겠소이다."

홍영식이 먼저 분연히 외쳤다. 김옥균이 하려는 말을 홍영식이 먼저 꺼낸 것이다.

"대감은 전하를 따르더라도 큰 변은 당하지 않을 것이오. 대감께서는 변이 일어난 뒤에도 병사들을 보내 민영익을 보호하였고 원세개와도 교분이 두텁지 않소? 어쩌면 안전할 가망이 있을게요. 그러나 이 일은 생사가 걸린 문제니 대감께서 스스로 결정하시오."

김옥균은 홍영식의 손을 잡고 비감하게 말했다.

"내 결심은 이미 섰소."

홍영식이 다른 말 말라는 듯이 단호하게 말했다. 그러나 그의 눈에는 눈물이 글썽해 있었다.

"대감!"

박영효, 서광범, 서재필도 홍영식의 손을 다투어 잡았다.

"대감을 홀로 두고 떠나려니 면목이 없소."

"아니오. 나는 기꺼이 남겠소이다."

"대감은 반드시 살아남아 안에서 일을 도모하시오. 우리는 밖에서 일을 도모하여 권토중래하겠소."

김옥균 등은 눈물을 비 오듯이 흘렸다. 그들은 재황 앞에 가서 꿇어 엎드리고 사태가 여의치 않아 일본 공사 다케소에를 따라가겠다고 아뢰었다. 그러고는 일제히 배례를 올렸다.

"경들이 일본 공사를 따라가겠다고? 사세가 위급한데 경들은 나를 버리고 어디로 가는가?"

재황은 김옥균을 원망했다. 김옥균은 눈물을 흘리며 후퇴하지 않을 수 없는 사정을 아뢰었다.

"신등은 국가의 두터운 은혜를 입었사오나 사세가 위급하여 잠시 몸을 피할까 하옵니다. 오늘 전하를 배종하여 죽지 못하는 것은 다른 날 전하를 위하여 청천 백일하에 성안(聖顔)을 뵈려 함입니다."

김옥균은 눈물을 비 오듯이 흘리며 하직인사를 했다.

"경들은 뜻대로 하라!"

재황의 마음은 김옥균을 떠나 있었다. 그러나 비참한 망명길에 올라야 하는 김옥균은 그 사실을 간파하지 못하고 있었다.

이내 재황의 어가가 북묘를 향해 떠나기 시작했다. 사방은 캄캄했다. 김옥균 등은 다케소에와 함께 비원 일각까지 재황을 배웅했다. 홍영식과 박영교는 왜학생도 7명과 함께 재황을 호종했다. 왜학생도들 중에는 신복모도 끼어 있었다.

김옥균, 박영효, 서광범, 서재필은 비참한 심정으로 멀어지는 재황의 어가를 바라보았다. 그들의 눈에서 피눈물이 흘러내리고 있었다. 이내 북묘 방면에서 한 떼의 병사들이 나타나 재황의 어가를 영접하는 것이 보였다. 그러나 그다음에는 어둠 때문에 아무것도 보이지 않았다.

"전하, 만수무강하십시오."

김옥균 등은 재황의 어가가 사라진 북묘 쪽을 향해 오열했다.

***

북묘 입구에서 고종의 어가를 처음 맞이한 것은 별초군 병사들이었다. 고종의 어가는 별초군 병사들에게 에워싸여 북묘로 들어갔다. 그러나 북묘에는 대왕대비와 민비의 모습이 보이지 않았다.

"중전은 어디에 있느냐?"

고종은 민비를 먼저 찾았다.

"중전마마께서는 대왕대비마마, 세자 저하 내외분과 함께 각심사로 가셨사옵니다."

별초군 초군이 우렁차게 대답했다.

"각심사?"

"예."

"각심사가 어디 있느냐?"

"동대문 밖에 있사옵니다."

"각심사로 가자!"

고종이 별초군에게 어명을 내렸다. 홍영식과 박영교는 고종 옆에 바짝 붙어 섰다. 그때 밖에서 와하는 함성이 들리며 청군이 사나운 기세로 들이닥쳤다. 통령 오조유가 지위하는 군사들이었다. 그들이 고종을 에워싸는가 싶자 한 장수가 군사들을 헤치고 나와 고종에게 부복했다.

"국왕 전하, 불충한 역적의 무리 때문에 얼마나 고초가 크셨사옵니까? 대청제국 통령 오조유 삼가 문안을 여쭈옵니다."

"오 통령이구려."

고종은 얼굴을 찌푸리고 대꾸했다. 청군의 기세가 별초군을 압도하고 있어서 겁이 덜컥 났다.

"국왕 전하, 대궐에 아직도 일본군과 왜당이 준동을 하고 있으니 속히 저희 청진으로 납시옵소서."

"과인은 중전이 있는 각심사로 가겠다. 청군도 외국군이거늘 어찌 과인이 청군 진영으로 가겠는가?"

"대왕 전하, 조선과 대청제국은 형제의 나라이옵니다. 위급한 난을 당하셨사오니 저희 진영으로 피신하신다고 하여도 체모가 깎이는 일이 아닌 줄로 아옵니다."

오조유는 완강했다. 여차하면 군사들을 불러서라도 고종을 끌고 갈 것 같은 고압적인 태도였다. 고종의 힘없는 눈이 홍영식과 박영교에게 향했다. 어찌했으면 좋겠냐는 눈빛이었다.

"전하, 아뢰옵기 황공하오나 청군 진영으로 가셔서는 아니 되옵니다. 이는 청군의 볼모가 되는 일이옵니다."

홍영식이 고종의 옷깃을 잡아당기며 만류했다. 오조유는 벌써 4인교까지 대령시키고 있었다.

"하면 어찌해야 되겠는가?"

"중전마마가 계시는 각심사로 납신다고 하시옵소서."

박영교가 머리를 조아리며 대답했다.

"네놈은 누구냐?"

그러자 오조유가 박영교를 쏘아보며 호통을 쳤다. 홍영식과는 연회석에서 마주한 안면이 있었으나 박영교는 처음이었다.

"도승지 박영교요."

"네놈이 원 사마와 우리가 보낸 봉서에 방자한 답서를 보낸 놈이구나! 여봐라, 이놈을 끌어내어 처형해라!"

"예!"

오조유의 명령이 떨어지자 청군들이 벌떼처럼 달려들어 박영교를 개 끌 듯이 끌고 나갔다.

"전하!"

"전하!"

박영교의 비통한 음성이 북묘 뜰에서 들려왔다. 고종은 눈을 질끈 감았다. 턱이 부들부들 떨렸다.

그때 요란한 총성이 들려왔다. 청군이 박영교를 총살시키는 소리였다. 고종은 홍영식에게 구원의 눈길을 보냈다. 그러나 홍영식은 전혀 손을 쓸 수가 없었다. 그것은 왜학생도들도 마찬가지였다.

"전하, 4인교에 오르시옵소서."

총소리가 그치자 오조유가 눈을 부라리며 고종에게 말했다. 고종은 떨리는 발걸음을 뜰로 떼어놓았다. 북묘 뜰에 박영교가 피투성이가 되어 뒹굴고 있는 것이 보였다.

"오!"

고종이 휘청하자 오조유가 재빨리 부축하여 4인교에 태웠다.

"하도감 영방으로 간다!"

오조유가 병사들에게 호통을 쳤다.

"예!"

청군 병사들이 일제히 대답하고 4인교를 에워쌌다. 홍영식은 눈물이 그렁그렁한 눈으로 고종에게 숙배를 올렸다.

"전하!"

신복모를 비롯한 왜학생도들도 일제히 숙배를 올렸다. 고종의 어가가 청군 진영으로 끌려가는 것은 피할 수 없는 일이었다. 창덕궁에서 고종을 호위하여 북묘까지 왔으나 고종이 떠나고 나면 그들의 앞일은 예측할 수 없었다.

"경들은 자중자애하라. 이제 변이 수습되면 피를 씻는 보복이 따를 것이다. 속히 보신책을 세우도록 하라."

고종은 홍영식에게 간곡한 당부를 했다. 홍영식이 북묘까지 따라온 것이 고마웠던 것이다.

"황공하옵니다, 전하. 부디 만수무강하시옵소서."

홍영식과 신복모 등은 눈물로 고종의 어가를 작별했다. 고종의 어가는 청군들에게 에워싸인 채 북묘를 떠나 하도감으로 달려가기 시작했다.

고종의 어가는 청군 진영으로 끌려갔다. 청군의 삼엄한 감시 겸 호위를 받으며 청군 진영에 도착한 고종은 거기서도 민비부터 찾았다. 그러나 민비는 각심사에 있었고 고종은 청군 병사들에게 둘러싸인 채 뜬눈으로 밤을 새웠다.

19일 밤 고종의 어가가 어둠 속으로 사라질 때까지 눈물로 전송을 한 김옥균 등은 다케소에의 일본군을 따라 비참한 패퇴의 길에 올랐다. 박영효, 서광범, 서재필 등의 의견은 분분했다. 게다가 이규완, 유혁로, 정난교, 신응희, 변수까지 가담하고 있어서 그들 일행은 9명이나 되었다.

그들의 생사는 이제 한 치 앞을 내다볼 수 없는 위태로운 처지에 몰려 있었다. 그들은 다케소에를 따라가더라도 전도를 예측할 수 없고 일본군이 전멸을 하면 앞으로의 여망이 전혀 없으리라는 사실을 잘 알고 있었다. 그들은 궁리 끝에 인천, 원산 부산으로 흩어져 떠난다면 한 사람이라도 살아남을 수 있으며 후일을 도모할 수 있으리라고 생각했다.

"우리는 공사관으로 떠날 테니까 공들은 빨리 따라오시오."

그때 다케소에가 통역 아사야마를 보내 우왕좌왕하는 김옥균 등을 재촉했다. 일본군은 벌써 퇴각 진형을 편성해놓고 있었다.

"일단 일본군을 따라갑시다."

김옥균 등은 그렇게 결정했다. 일본군이 비록 패퇴를 한다고 해도 병사들이 140명이나 되었다.

무라카미 중대장은 일본군 1개 소대를 전위에 세웠다. 중앙에는 다케소에를 비롯한 김옥균 등 조선인 9명과 시마무라가 섰다.

달은 아직 떠오르지 않고 있었다. 일본군은 캄캄한 어둠 속을 헤치고 신속하게 철수하기 시작했다. 그들은 일사불란하게 북문을 지나 취운정으로 나갔다.

장안은 불야성 같았다. 곳곳에 모닥불이 피워지고 횃불을 든 조선군과 백성들이 일본군이 지나가려고 하자 총을 쏘고 돌을 던졌다.

"왜놈들을 죽여라!"

"역적들이 저기 있다."

조선군과 백성들이 흥분해서 외치는 소리가 사방에서 들렸다. 어둠 속을 뚫고 교동으로 향하던 일본군의 전위부대는 부상자가 속출했다. 그러나 전투를 하고 있을 시간이 없어서 전위를 지휘하던 중위가 총에 맞아 부상을 당했는데도 공사관으로 내쳐 달려가기만 했다. 지옥 같은 밤이었다.

그러나 그들이 공사관에 이르렀을 때 갑자기 공사관에서 맹렬한 사격을 가해왔다. 전위에 서 있던 일본군 조장 1명과 병사 2명이 난데없는 총격에 그 자리에서 즉사하였다. 통역관 1명은 그 자리에서 중상을 당했고 다수의 병사들이 부상을 입었다. 순식간의 일이었다. 다케소에와 일본군은 재빨리 공사관 앞 개천에 엎드렸다.

일본 공사관에서 맹렬한 사격을 가하고 있는 것은 공사관의 잔류 수비대였다.

그들은 다케소에가 일본군을 이끌고 대궐로 들어가자 잔류 병사들, 그리고 공사관 직원들을 소집하여 수비대를 편성하고 공사관을 경비하고 있었다.

처음에는 평온했으나 19일 낮부터 흉흉한 소문이 들리기 시작했다. 대궐에서 충돌했던 일본군이 전멸했다는 풍문도 들려왔다. 오오니와 조장은 하사관 7명으로 공사관 수비대를 편성하고 즉각 방어 준비를 했다.

저녁 무렵이 되자 청군과 조선군이 공사관을 습격해 왔다. 오오니와는 필사의 힘을 다해서 이들을 격퇴했다. 그리고 경계의 눈을 날카롭게 하고 있을 때 일본군이 아무런 예고도 없이 들이닥친 것이다.

일본군끼리의 격돌은 무라카미 중대장이 나팔수에게 대호를 불게 하여 그쳤다. 김옥균 등은 일본군과 함께 공사관 안으로 들어갔다. 그러나 공사관은 이미 일본인들로 가득 차 있었다. 사태가 심상치 않게 돌아가자 한성에 거주하던 일본 상인들이 신변에 위협을 느껴 공사관으로 달려왔기 때문이다.

조선인들은 잔뜩 흥분해 있었다. 곳곳에서 일본 상인들이 살해당하고 일본인들의 집이 불태워졌다.

김옥균 등은 일본인들로부터 철저한 냉대를 받았다. 일본인들은 김옥균 때문에 조선인들이 자신들을 죽이려 한다고 굳게 믿고 있었다.

'일본인은 믿을 수가 없어.'

김옥균은 일본의 배신에 가슴이 아팠다. 그러나 이제는 일본인들의 손에 자신의 목숨을 보호받고 있는 처지여서 항의조차 할 수 없었다.

***

홍영식은 재황의 어가가 캄캄한 어둠 속으로 사라진 뒤에야 몸을 일으켰다. 그의 얼굴이 눈물로 걸레처럼 젖어 있었다. 왜학생도 신복모 등도 몸을 일으켰다. 그러나 별초군이 빽빽하게 둘러싼 것을 발견하자 얼굴이 하얗게 질렸다.

"왜놈 앞잡이들이다!"

"역적들을 죽여라!"

별초군 병사들은 살기등등하여 소리를 질렀다. 홍영식의 얼굴에서 핏기가 싹 가셨다.

"대역죄인을 참하라!"

별초군 초관이 장검을 뽑아 들며 소리를 질렀다.

'아!'

홍영식은 비통하여 눈을 감았다. 그의 망막으로 완고한 아버지와 사랑스러운 아내, 어린 아들의 얼굴이 빠르게 스쳐갔다. 홍영식은 눈을 떴다. 그때 섬뜩한 칼날이 바람 소리를 일으키며 허공을 갈랐다. 홍영식은 다시 눈을 꽉 감았다. 그때 뒷목이 불에 덴 듯이 화끈하면서 입 안으로 비릿한 것이 가득 차왔다. 그는 그것을 왈칵 내뿜었다. 피화살이 별초군 병사들의 얼굴과 옷에 뿌려졌다.

"이, 이놈이……!"

그러나 홍영식은 아무것도 기억할 수 없었다. 그의 몸뚱이가 쿵 소리를 내며 땅바닥으로 처박히고 시뻘건 피가 땅바닥으로 콸콸대며 쏟아졌다. 혁명가의 비참한 최후였다. 신복모를 비롯한 왜학생도 7명도 별초군에게 무수히 난도되어 처참한 죽음을 당했다.

재황의 어가는 청군 진영으로 끌려갔다. 청군의 삼엄한 감시 겸 호위를 받으며 청군 진영에 도착한 재황은 청군 병사들에게 둘러싸인 채 뜬눈으로 밤을 새웠다.

10월 19일 밤, 재황의 어가가 어둠 속으로 사라질 때까지 눈물로 전송을 한 김옥균 등은 다케소에의 일본군을 따라 비참한 패퇴의 길에 올랐다.

재황은 20일 아침이 되자 청군 진영에서 조정을 개편했다. 그 자리에는 각심사에서 돌아온 자영과 오조유, 원세개가 함께 있었다.

심순택은 다음 날인 21일에 영의정으로, 김홍집은 좌의정으로 승차하고 김병시가 우의정으로 임명되었다. 청당의 복구라고 볼 수 있었으나 온건개화파인 김홍집, 김윤식, 어윤중 등이 조정에 포진한 것은 재황이나 자영의 개화 의지가 갑신정변 같은 큰 변란에도 불구하고 퇴색하지 않았다는 사실을 엿볼 수 있는 대목이다.

민영익은 묄렌도르프에게 구출되어 미국인 선교사 알렌으로부터 치료를 받고 있었으나 우영사에 그대로 복직되었다. 승정원도 대대적으로 개편했다. 새로운 조정에 출사한 사대부들은 회의를 거듭하고 연명으로 상소를 올려 김옥균 등을 맹렬히 규탄했다.

홍영식 일가는 쟁쟁한 명문이었다. 그러나 홍영식이 정변에 가담함으로써 이들 일가도 풍비박산이 나고 말았다. 홍순목은 아들이 역적이 되어 별초군에게 죽임을 당했다는 소식을 들었다.

"노신이 역적 아들을 키워서 임금에게 죄를 지었으니 만 번 죽어 어찌 이 죄를 다하리오."

홍순목이 무겁게 탄식했다. 그는 홍영식의 열 살밖에 안 된 아들을 보았다.

"역적의 씨를 어찌 남겨두겠는가."

홍순목은 어린 손자에게 독약을 먹여 죽이고 자신도 대궐을 향해 절을 한 다음 약을 먹고 자진했다. 홍영식의 처 한(韓)씨도 약을 먹고 자살했다.

박영교의 아버지 박원양도 열 살 된 손자에게 독약을 먹인 뒤 자진했다.

김옥균은 동생이 있었다. 김각균으로, 벼슬길에 올라 있었으나 경상도 칠곡(漆谷)으로 도망을 쳤다가 암행어사 조병로에게 체포되어 대구 감영에서 죽었다. 생부인 김병태는 천안 옥사에서 10년 동안이나 감금되어 있다가 눈이 멀었다. 그러나 그도 김옥균이 홍종우에게 암살되어 시체로 돌아오던 1894년 4월에 교수형에 처해졌다.

김옥균의 부인 유씨와 딸은 갑신정변이 실패로 돌아가자 도망을 쳐서 10년 동안 비렁뱅이 노릇을 하다가 1894년 박영효가 내무대신이 되어 일본에서 돌아오자 간신히 복권이 되었다.

서광범의 아버지 서상익은 7년이나 감옥살이를 하면서 무슨 죄로 연좌되었는지조차 모르고 날마다 돼지 먹이 겨를 먹다가 죽었고, 아내 김씨는 옥중에서 절개를 지키다 1894년 서광범이 법부대신으로 입각하자 비로소 풀려났다.

서재필의 아버지 서광언과 어머니 이씨, 부인 김씨는 음독 자결하였으며 두 살 된 아들은 돌보는 사람이 없어서 굶어 죽었다.

김옥균의 갑신정변으로 인한 가족들의 비극이었다.

28
폭풍의 계절

기온이 갑자기 뚝 떨어졌다. 바람은 살을 엘 듯이 차가웠다. 대궐의 빽빽한 침전과 누각을 오가는 내시와 궁녀들이 어깨를 잔뜩 움츠리고 종종걸음을 쳤다. 창덕궁 대조전, 구중심처인 왕비의 침전에도 바람 소리는 칼날처럼 날카로운 쇳소리를 내며 아우성을 치고 있었다.

자영은 아까부터 대조전 서온돌에 앉아서 무릎을 세우고 골똘히 생각에 잠겨 있었다. 머릿속이 어수선했다. 짧은 겨울 해가 지고 바람 소리가 음산해서가 아니었다. 김옥균과 박영효가 주도한 정변, 그 엄청난 정변을 머릿속에서 정리하기 위해서였다.

자영은 입술을 악물었다. 왕조가 위태롭다는 불길한 예감이 그녀의 뇌리를 엄습하고 있었다.

'감히 임금을 협박해?'

김옥균의 얼굴이 망막 속으로 스쳐왔다. 그는 지금 박영효 등과 인천의 일본 영사관에 몸을 의탁하고 있었다. 후일을 도모한다고 해도 비굴한 처신이었다. 재황은 충격을 받았는지 잠을 이루지 못했다.

"전하, 옥체가 많이 상하신 듯하옵니다. 침수에 드십시오."

자영은 재황의 머리를 무릎에 얹고 살뜰하게 아뢰었다.

"잠이 오지를 않소."

재황이 자영의 포실한 장딴지에 손을 얹어놓으며 대꾸했다.

"전하, 아무래도 인천의 일본 영사관에 숨어 있는 옥균과 그 일당을 잡아다가 신문해야 할 것 같습니다."

재황은 흠칫했다.

"옥균을 대역죄로 다스리지 않으면 왕법이 서지 않을 것입니다."

"……."

"옥균은 전하의 은총을 하늘처럼 입지 않았습니까? 옥균에게 배신을 당한 것을 생각하면 치가 떨리고 분이 풀리지 않습니다."

"옥균은 일본군이 보호하고 있지 않소?"

"옥균은 기군망상지죄(欺君罔上之罪)를 저지른 자입니다. 마땅히 극형으로 다스려야 합니다. 옥균의 무리를 처벌하지 않으면 그와 같은 무리가 쏟아져 나올 것입니다."

"대신들도 그렇게 말하고 있소. 그러나 일본군이 보호하고 있으니 잡아올 일이 난감하지 않소?"

"옥균을 살려두면 크게 후환이 될 것입니다."

재황은 냉큼 대답을 하지 않았다. 내시 유재현을 죽이던 김옥균의 얼굴이 머릿속에 떠올랐다. 재황이 김옥균을 가까이한 것은 불과 이삼 년밖에 되지 않았다. 그러나 뛰어난 화술과 굽히지 않는 정열을 간직한 김옥균에게 재황은 매료되었다. 그들이 일본에서 가지고 온 개명한 세계, 여러 나라의 소식도 재황을 사로잡았다.

"전하, 옥균은 일본의 하수인에 지나지 않습니다."

"……."

"홍순목 또한 자진하여 충성하는 절개를 보이지 않았습니까?"

재황은 대꾸를 하지 않았다. 그는 막상 김옥균을 죽여야 한다는 여론이 분분하자 김옥균을 살리고 싶은 생각이 일어났다. 이상한 일이었다. 김옥균과 박영효 등이 자신을 속이고 사지로 몰아넣기까지 했으나 그들을 미워하고 싶지 않았다. 그들이 주장하던 독립과 부국강병책이 귓전에 쟁쟁하게 맴돌고 있었기 때문인지 몰랐다.

"전하."

자영은 집요했다.

"옥균의 가장 큰 죄는 어가를 인천으로 끌고 가려고 한 것입니다. 만에 하나 그렇게 되었다면 전하께서는 종묘사직을 지키지 못했을 것입니다."

재황은 고개를 끄덕거렸다. 옳은 말이었다. 재황이 김옥균 등의 위협에 굴복하여 인천으로 끌려갔다면 상황으로 봐서 일본에 볼모로 잡혀갈 수도 있는 일이었다. 만약에 그렇게 되었다면 이 나라 종묘사직은 어떻게 되었을까, 재황은 그 생각을 하자 비감했다.

"처분이 있어야 하겠소."

재황이 한숨처럼 무겁게 내뱉었다. 재황은 이미 청나라의 요구로 외무독판 조병호와 인천 감리(監吏) 홍순학, 외무협판 묄렌도르프를 시켜 김옥균 일행을 잡아오라고 지시하여 그들이 다케소에 공사와 인천에서 협상을 벌이고 있었다. 그러나 일본군이 삼엄하게 보호를 하고 있어서 김옥균을 체포하지 못하고 있었다.

"다케소에 공사에게 칙서를 보내야 하옵니다."

"칙서?"

"전하께서 친히 칙서를 내리시면 다케소에가 거부하지 못할 것입니다."

"아니 되오."

"전하."

"내가 칙서를 보내어 다케소에가 듣지 않으면 조선의 군주 체면이 어떻게 되겠소?"

"하면 신첩이 보내겠습니다."

재황은 대꾸하지 않았다. 자영이 친서를 보내면 다케소에가 따를 것인가 하는 의심이 들었으나 아른아른 졸음이 쏟아져왔다. 밖에서는 바람 소리 사이사이에 수직을 하는 병사들이 순라를 도는 소리가 들려왔다.

바람은 이튿날 아침이 되어서도 매섭게 불었다. 자영은 아침 일찍 선전관 이필주를 중궁전으로 불렀다. 선전관청은 재황 3년에 폐지되었으나 시급한 왕명을 전하기 위해 몇몇 무사들을 선전관에 임명하여 사사로이 부리고 있었다.

"알겠느냐? 내 말을 한마디도 빠짐없이 외무독판 조병호와 외무협판 묄렌도르프에게 전해야 할 것이니라!"

"예!"

선전관 이필주는 고랑마루에 부복하여 대답했다. 자영의 얼굴에 서린 냉기에 몸이 떨렸다.

"임오군란이 일어난 지 2년밖에 안 되었는데 김옥균 일당이 국왕을 협박하는 흉악한 역적질을 했느니라. 우리 조선왕조 5백 년에 이토록 흉악무도한 역적은 일찍이 없었다. 이는 대신들이 교언영색(巧言令色, 아첨하는 말과 얼굴)은 할 줄 알면서도 왕명이 추상열일(秋霜烈日, 형벌이 엄격함) 한 것은 모르는 소이가 아니고 무엇이겠느냐?"

"황공하옵니다."

"내가 오늘 왕법을 바로 세울 것이다! 선전관은 이 말을 반드시 전해라!"

"명심하겠습니다, 중전마마."

이필주는 얼굴이 백지장처럼 창백해져서 머리를 더욱 깊숙이 조아렸다.

"옥균을 비롯하여 박영효, 서광범, 서재필을 반드시 잡아오너라!"

"삼가 명을 받자옵니다."

"내금위는 듣거라!"

자영의 목소리가 대조전을 쩌렁쩌렁 울렸다.

"예!"

병사들이 일제히 대답했다. 어느 틈에 내금위 무사들이 대조전 월대 아래에 빽빽하게 들어차 있었다.

"너희는 선전관을 호종하여 역적들을 잡아오너라! 내가 그놈들의 간을 꺼내 씹어 먹을 것이다!"

선전관 이필주는 다리가 후들후들 떨렸다.

"예!"

붉은 철릭을 휘날리는 내금위 무사들이 일제히 허리를 숙여 대답했다.

"어서들 가라!"

자영이 손을 내저으며 호통을 쳤다.

"예!"

내금위 무사들이 일제히 대답을 한 뒤 서둘러 고랑마루를 내려오는 이필주를 에워싸고 대조전 뜰로 몰려 나갔다. 돈화문 앞에는 내금위에서 사용하는 말이 준비되어 있을 것이다.

'피는 피로 씻어야 해.'

자영은 야무지게 입술을 깨물었다. 김옥균, 박영효 등에게 배신을 당했다는 생각을 하면 치가 떨렸다. 무엇보다 대신들과 백성들이 임금을 임금같이 여기지 않는 것에 분통이 터졌다.

'왕법이 서지 않으면 나라가 망하는 거야.'

자영은 왕조의 앞날에 불길한 예감을 느꼈다. 대신들이 허둥대고 백성들이 갈피를 잡지 못하고 있는 것은 왕명이 제대로 서지 않았기 때문이다.

그러나 자영의 기대와 달리 외무독판 조병호와 협판 묄렌도르프는 인천에서 김옥균을 체포할 수 없었다. 그들은 일본군의 보호를 받으면서 한밤중에 일본으로 탈출했던 것이다.

삼일천하, 갑신정변은 철저하게 실패한 혁명이었다. 김옥균은 정변의 실패 원인이 일본의 배신에 있다고 강한 불만을 나타냈으나 정변은 처음부터 늑대를 몰아내기 위해 호랑이를 끌어들이는 위험을 안고 있었고 대중적 기반도 없었다. 정변의 주모자들인 김옥균, 서광범, 서재필, 박영효 등은 기약할 수 없는 망명길에 올랐고, 그 가족들은 체포되어 처형당하거나 스스로 목숨을 끊는가 하면 신분을 속이고 달아남으로써 삼일천하, 만 48시간의 정변은 끝이 났다.

11월 6일 청나라 북양제독 정여창이 군함 2척을 거느리고 남양부 마산포에 도착하여 11월 8일 입경하여 청군 진영으로 들어갔다. 11월 13일엔 다케소에도 일본군 1개 소대를 이끌고 입경하여 갑신정변의 사후처리에 대한 회담을 요구해왔다. 조선에서는 외무독판 조병호와 협판 묄렌도르프를 협상에 임하도록 했다.

같은 날 청나라에서는 오대휘(吳大徽)와 속창(續昌)이 병력 5백 명을 이끌고 마산포에 도착함으로써 정변 전에 주둔해 있던 병사들까지 합하여 청군은 4천 명에 이르게 되었다.

일본은 11월 14일 이노우에 가오루가 일본군 2개 대대를 이끌고 인천에 도착했고, 11월 18일 호위병 1개 대대를 이끌고 입경하여 국왕 알현을 요구했다. 재황은 11월 21일에 창덕궁 낙선재에서 이노우에를 접견했다.

"오랫동안 흠모하던 국왕 전하의 존안을 뵙게 되어 무한한 영광입니다. 전하의 왕국에 무한한 발전이 있기를 축원합니다."

이노우에는 노련한 외교관답게 고개를 숙여 의례적인 인사를 한 다음 재황을 쳐다보았다. 재황이 앉은 어좌 뒤에 발이 하나 드리워져 있었고, 조선의 대신들은 어좌 앞에서 양쪽으로 시립해 있었다.

"원로에 고생이 많았소. 혹여 배멀미라도 하지 않았소?"

재황의 목소리는 어눌하고 느릿느릿했다.

"국왕 전하께서 염려해주신 덕분에 즐거운 여행을 하였습니다. 회담이 잘 성사되어 외신이 돌아갈 때도 즐거운 여행이 될 수 있기를 기대하고 있습니다."

"과인도 대사가 돌아갈 때 즐거운 여행이 되기를 바라오."

재황이 웃는 낯으로 대답했다. 이토 히로부미와 함께 일본 조야를 장악하고 있다는 이노우에가 의외로 깨끗한 중년신사의 풍모를 풍기고 있어서 재황은 흡족했다.

"국왕 전하, 일본국의 국서는 받으셨습니까?"

이노우에가 마침내 본론을 꺼냈다.

"국서는 잘 받았소. 일본국 대황제가 친선과 우의를 보전하기 위하여 특별히 대사를 파견했는데 우리도 계속 화목하게 지내기를 바라고 있소. 의정부 외사부와 함께 잘 토의할 것이오."

"국왕 전하, 외람된 말씀이지만 제가 우리 황제를 대리하여 왔기 때문에 국왕 전하와 단독으로 회담하기를 원합니다."

"단독으로 회담을?"

재황은 얼굴을 찌푸렸다. 다케소에도 일본에서 돌아온 뒤에 단독 회담을 원했었다.

"그렇습니다."

노련한 외교관으로 정중한 태도를 취하던 이노우에의 표정이 단호해졌다.

"전하, 단독 회담은 아니 되옵니다."

대신들이 일제히 반대했다. 그러나 이노우에는 얼굴빛 하나 변하지 않았다.

"국왕 전하, 이번 회담이 잘되고 못 되는 것은 오로지 전하에게 달려 있습니다. 조선에서의 사변으로 일본은 막대한 피해를 입었습니다."

재황은 슬며시 발 뒤로 시선을 돌렸다. 발 뒤에서 자영이 낮게 기침을 한 뒤에 고개를 끄덕거리고 있었다.

"영상과 좌상, 그리고 외무협판 묄렌도르프와 통역만 남고 대신들은 잠시 물러가 있으시오."

재황이 어명을 내리자 대신들이 웅성거리며 낙선재에 마련된 어전을 물러갔다.

"국왕 전하."

대신들이 물러가기를 기다렸다가 이노우에가 다시 입을 열었다.

"이제 전하께서 저와 단독으로 담판을 하시든지, 조선의 대신 하나를 시켜 전하의 면전에서 담판을 하게 하든지 결정해주십시오."

이노우에는 오만하게 재황을 위압했다. 재황은 얼굴빛이 창백해지고 발 뒤에 앉아 있던 자영은 입술을 깨물고 몸을 떨었다.

"대사는 일본국 황제의 특파 전권대사가 아니오? 귀국 황제께서 과인을 핍박해도 좋다고 하였소?"

"국왕 전하, 이번의 전란으로 일본은 공사관이 불에 타고 부녀자들이 수십 명이나 조선인들에게 겁탈을 당한 뒤 살해되었습니다. 이는 고금에 없는 야만적인 행위입니다."

"담판이라 하였는데 어떤 담판을 말하는 것이오?"

"조선은 일본에 대한 피해를 배상해야 합니다. 조선에는 배상할 책임이 있습니다."

재황은 이노우에를 지그시 쏘아보았다. 김옥균 등이 일본과 손잡고 변란을 일으킨 것은 그대들의 책임이 아닌가 하고 따지고 싶었으나 이를 악물고 참았다. 그는 갑자기 말문이 콱 막혔다.

"전하, 전권대신을 임명하여 의정부 외사부에서 담판한다 하십시오."

발 뒤에서 다시 낮은 기침 소리가 들리고 자영의 목소리가 조심스럽게 들려왔다. 재황의 얼굴이 화창하게 펴졌다.

"조선에서도 전권대신을 임명하여 대사와 협상하도록 하겠소."

재황은 자영의 말을 듣고 그대로 이노우에에게 말했다. 좌의정 김홍집이 얼굴을 찌푸렸으나 반대하는 의견을 내놓지는 않았다. 영의정 심순택은 잠자코 있었다.

"국왕 전하, 외신은 본국에서 나랏일로 영일이 없으나 조선과 일본의 중대한 문제가 발생했기 때문에 특별히 파견되었습니다. 병자년에 수교조약을 맺을 때 제가 바로 그 조약을 체결한 대신입니다. 그때도 조선에서는 까닭 없이 시일을 끌었는데, 이번에 전하의 면전에서 회담을 청하는 것은 속히 결말을 지으려는 것입니다."

"임금 앞에서 외국 사신이 회담을 한 일이 전례에 있는가?"

재황이 좌의정 김홍집에게 물었다. 김홍집이 고개를 푹 수그리고 있다가 짧게 끊어서 대답했다.

"전례가 없는 일입니다."

"대사, 대사가 청하는 것은 아국의 전례가 없는 일이오."

"국왕 전하, 외신은 일본을 대표하여 왔기 때문에 황제를 대리할 수 있습니다."

"그렇다면 대신 한 사람을 파견하여 전권을 주어 일을 처리하게 하겠소."

"좋습니다. 그러면 내일부터 회담을 하는 것이 어떻겠습니까?"

"대사의 제안에 따르겠소."

"국왕 전하, 외신이 비밀 회담을 원한 것은 이번에 오고 간 문건들이 대부분 사실을 왜곡하고 있기 때문에 저는 일본의 요구가 관철되지 않으면 즉시 돌아갈 것입니다."

"이번에 일어난 사건은 매우 불행한 일이어서 양국 간에 오해의 소지가 많을 것이오. 귀국에서 특별히 대사를 파견하여 회담하게 하였으니 공정하게 매듭이 지어지리라고 보오."

"온화한 전하의 얼굴을 다시 보게 되는 것이 저의 소망입니다."

이노우에가 허리를 굽실하면서 내뱉었다. 통역을 통해 그 말을 들은 재황과 자영은 얼굴과 온몸을 부르르 떨었다. 온화한 얼굴을 다시 보게 된다는 것은 협상이 이루어지지 않으면 무력을 동원할 것이고, 무력을 동원하게 되면 재황의 생명도 보장할 수 없다는 노골적인 협박인 것이다.

'일은 왜놈들이 저질러놓고 이제 와서 감히 조선의 국왕을 협박해?'

자영은 이노우에가 알현을 마치고 물러가자 가슴에서 불덩이가 치밀어 머리끝이 곤추서고 얼굴이 붉으락푸르락했다. 그러나 자영은 피가 나도록 입술을 깨물며 참았다.

"일본 전권대사가 담판을 요구한 것으로 보아 일이 이전과는 다르다. 일본은 육전대를 2개 대대나 끌고 조선 땅에 들어와 있고, 청나라는 4천 명의 정병이 조선 땅에 와 있다. 양쪽 나라의 군대를 당장 철수하게 해야 할 것이나 우리의 실정이 그렇지 못한 것은 대신들이 더 잘 알고 있을 것이다. 좌의정 김홍집을 전권대신에 임명하니 속히 협상을 매듭짓고 일본 군대를 철수하게 하라."

재황은 좌의정 김홍집에게 일본과의 협상 책임을 맡겼다. 일본이 조선에 요구한 것은 다섯 개 항목이었다.

김홍집은 일본으로부터 요구 조항을 전달받아 고종에게 보고했다. 그 자리에는 자영도 동석해 있었다.

"회담장의 분위기는 어떻소?"

자영은 잔잔한 눈길로 김홍집에게 물었다.

"회담장은 임오군란 때와 마찬가지로 일본군이 삼엄하게 에워싸고 있습니다."

"그자들은 걸핏하면 군대를 동원하니 한심하기 짝이 없지를 않소?"

"섬나라 근성인가 하옵니다."

"일은 왜당이 저질러놓고 경에게 뒷마무리를 맡기니 민망하기 짝이 없소."

고종이 김홍집을 위로했다.

"황공하옵니다. 옥균 등이 재주는 비상하나 생각이 짧고 어리석어서 나라에 큰 해독을 끼쳤사옵니다."

"그렇소. 내가 그들을 그렇게 총애했는데 기군망상하고 임금을 환롱(幻弄)했으니 후회막급이오."

고종은 진심으로 후회하는 표정을 지었다. 김홍집은 무릎을 꿇고 엎드린 채 아무 대꾸도 하지 않았다. 고종이 다시 입을 열었다.

"일본이 요구하는 것은 무엇이오?"

"첫째가 조선에서 일본에 사신을 보내 사과하는 일이옵니다."

"조선에서 일본에 사과를? 적반하장이지 않소?"

"그러하옵니다."

"옥균이 만고역적이 아닌가? 그럼 둘째는 무엇이오?"

"이번에 살해된 일본인들의 유가족과 부상자들, 그리고 일본 상인들의 재산을 약탈한 것을 보상하기 위하여 조선에서 11만 원을 지불하라고 하였사옵니다."

"점입가경이 아닌가?"

고종은 깊게 탄식을 했다. 그러나 자영은 잠자코 듣고만 있었다.

"셋째는 일본군 대위 이소바야시(磯林)를 살해한 범인을 조사 체포하여 엄중하게 처벌하라는 것입니다."

"넷째는 무엇이오?"

"넷째는 일본 공사관을 새로 짓는 데 필요한 신축부지 제공과 건축비로 2만 원을 지불하라고 하였습니다."

"일본은 인두겁을 쓴 탐욕스러운 승냥이로구만……."

"황공하옵니다."

"다섯째는 무엇이오?"

"일본군의 주군지를 공사관 부근에 정해주고 임오속약 제5조에 근거하여 시행하라고 요구하였습니다."

"임오속약 5조?"

"임오속약 5조에는 일본군의 병영 설치와 수리는 조선에서 맡아 하게 되어 있습니다."

"좌상, 우리로서는 하나도 받아들일 수 없는 조건이 아니오?"

"그러하옵니다."

김홍집이 조용히 대답했다. 김홍집도 일본의 요구 조건을 받고는 아연하지 않을 수 없었다.

"일본이 이러한 조건을 내세우는 데는 그만한 연유가 있을 것이 아니오?"

자영이 김홍집에게 하문했다.

"그러하옵니다. 일본의 주장은 일본군이 전하의 친서를 받고 동원되어 전하를 호위하여 이소바야시 대위를 비롯하여 40여 명의 사망자가 발생했으므로 당연히 그 책임을 져야 한다는 것이옵니다."

"일본은 이번 사변을 선동하고 공모하지 않았소?"

"하오나 저희 쪽에는 증거가 없사옵니다."

"옥균의 죄가 하늘을 찌르고도 남소. 내 반드시 옥균을 죽여서 왕법의 무서움을 보여주고 말겠소."

자영이 몸을 떨며 이를 갈았다.

"좌상."

"예, 중전마마."

"좌상, 경은 학문이 높고 인품이 고매하여 대소 신료들로부터 존경을 받고 있소. 또한 물욕을 탐하지 않고 검소하기까지 하니 전하의 진정한 복심지신(腹心之臣)이 되어주시오."

자영은 김홍집에게 당부했다.

"황공하옵니다."

"일본 전권대사가 군대를 끌고 와서 전하의 면전에서 협박을 하니 교아절치(咬牙切齒)할 일이오! 나는 궁중 아녀자에 지나지 않으나 10월의 사변만 생각하면 괴악망측(怪惡罔測)하여 잠을 이룰 수가 없소."

교아절치는 이를 갈 정도로 분하다는 뜻이고, 괴악망측은 상리에서 벗어나 괴악하기 짝이 없다는 뜻이다. 자영이 김옥균에 대한 반감이 얼마나 심한지 엿볼 수 있는 대목이다. 그러나 김홍집은 아무 대꾸도 하지 않았다. 김홍집도 김옥균 등이 정변을 일으켰을 때 뒤통수를 얻어맞은 듯이 망연자실했고 그다음엔 피가 역류하는 듯이 분노를 느꼈었다.

"부모를 죽게 한 원수나 임금을 죽게 한 원수는 불구대천의 원수요. 군자의 복수는 10년이 걸려도 늦지 않는다고 했으니 반드시 옥균을 죽여서 죄를 물어야 하오."

"황공하옵니다."

"하나 발등에 불이 떨어진 형세니 좌상은 속히 일본과 담판을 해서 일본군이 조선 땅에서 물러가게 하오."

"명심하겠습니다."

김홍집은 머리를 깊숙이 숙이고 어전을 물러 나왔다. 날씨가 차가웠다. 김홍집은 이튿날 이노우에 일본 전권대신을 만나 한성조약(漢城條約)을 체결했다. 일본의 요구 조건을 그대로 수용한 조약이었으나 군대를 앞세운 일본 앞에서 김홍집은 어쩔 수 없이 도장을 찍어야 했다. 임오군란 때도 김홍집은 군란의 마무리를 위해 하나부사 일본 공사와 굴욕적인 제물포조약과 임오속약을 체결함으로써 무력한 조선의 현실에 울분을 느껴야 했다. 좌의정이라면 영의정 다음의 직책이었다. 영의정 심순택이 있기는 했으나 고루한 유학자일 뿐 변화하는 시대에 대응할 수 있는 인물은 아니었다.

***

조선은 한성조약 제1조에 따라 12월 21일에 특파대신에 서상우, 부사신에 묄렌도르프를 임명하여 일본에 보냈다. 갑신정변에 대한 진주사로 일본에 파견한 것이었으나 묄렌도르프는 일본에 도착하여 김옥균 등을 조선에 인도해주기를 요청하는 한편 서상우도 모르게 주일 러시아 공사를 만나 러시아가 청나라와 일본의 침략 행위로부터 조선을 보호해줄 것을 요구했다. 이에 러시아는 적극적으로 찬성하고 한성에서 한로밀약(韓露密約)을 체결할 것을 합의했다.

"러시아로부터 조선이 보호를 받아야 한단 말이오?"

자영은 묄렌도르프가 귀국하여 보고를 하자 미간을 잔뜩 찌푸렸다.

"그러하옵니다. 전에도 늘 상주하여 아뢰었으나 일본과 청나라가 가장 두려워하는 나라가 바로 러시아입니다."

"여우를 피하여 도망가려다가 호랑이굴로 빠질까 염려되오."

자영은 묄렌도르프의 제안이 그다지 탐탁지 않았다.

"중전마마, 조선 속담에 호랑이 등에 업혀 있어도 정신만 바짝 차리면 살아날 길이 있다고 하였습니다."

"러시아가 조선을 보호해줄 까닭이 없지 않소?"

"러시아는 부동항이라고 하여 얼지 않는 항구를 원하고 있습니다."

"부동항?"

"러시아는 조선의 항구 하나를 조차할 것을 원합니다."

"항구든 무엇이든 영토를 조차하는 것은 바람직하지 못하오."

"중전마마, 조선은 지금 누란의 위기에 처해 있습니다. 일청 양국의 군대가 조선군보다 더 많이 한성에 몰려와 있으니 주객이 전도된 것입니다. 신이 러시아의 보호를 받아야 한다는 것은 러시아를 끌어들여서 일청 양국을 견제한 다음 조선을 부국강병하게 하여 조선의 독립을 꾀하고자 하는 것입니다."

"……."

자영은 선뜻 대답을 하지 않았다. 외세를 조선에 끌어들이는 일이 썩 내키지 않았다. 그러나 무엇인가 하지 않으면 안 되었다. 궁궐은 평화를 찾았으나 이리와 승냥이에게 둘러싸인 평화였다. 언제 그들이 사나운 이빨과 발톱을 꺼낼지 알 수 없었다.

"중전마마, 신을 믿어주십시오. 힘이 약한 나라는 이이제이(以夷制夷)하여 나라를 보전하는 법입니다. 동서고금을 막론하고 이러한 계략이 흔하게 쓰이고 있습니다."

묄렌도르프는 자영을 설득하려고 애를 썼다. 자영은 망설였다.

"중전마마."

묄렌도르프가 다시 재촉했다.

"정히 그러면 추진하시오."

"중전마마께서 주상 전하의 내락을 받아야 합니다."

"알겠소."

자영은 선선히 대꾸했다. 확실히 일청 양국은 군대를 파견하여 조선을 위협하고 있었다. 마치 조선이라는 고깃덩어리를 놓고 서로 먼저 뜯어먹으려는 탐욕스러운 맹수들 같았다.

"중전, 우리가 러시아에 보호를 요청한다는 말이오?"

자영의 얘기를 들은 재황도 뜨악하지 않을 수 없었다. 재황은 일청 양국의 각축만 해도 진저리를 치고 있었다.

"러시아가 일본과 청나라를 견제하는 사이에 조선을 부국강병하게 하자는 계책입니다."

자영은 조용조용한 목소리로 재황을 설득했다. 재황은 처음에는 뜨악한 표정을 짓다가 자영의 설득이 계속되자 마침내 윤허를 내리고 말았다. 묄렌도르프의 제안을 받은 러시아는 비밀리에 주일 러시아 공사관 서기관 스페이에르를 조선에 파견했다.

일본의 대조선 정책은 러시아가 등장함으로써 청나라에 양보하면서 조선에서 일본의 지위만은 유지해야 한다는 것으로 바뀌었다.

"러시아가 과연 강하기는 강한 나라인 모양이구나."

일본이 러시아에 밀리는 것을 본 자영은 체한 것이 뚫린 듯 시원했다.

"러시아는 유럽에서 가장 강한 나라라고 합니다. 땅덩어리만 해도 미국, 청나라와 함께 세계에서 제일 크다고 하니 러시아를 이용하는 것도 나쁘지 않을 것입니다."

민영익이 부복하여 대답했다. 갑신정변이 일어나던 10월 17일, 우정총국 낙성식 축하연에서 일본 자객으로부터 불의의 습격을 받아 죽음의 위기를 맞이했던 민영익이 구사일생으로 살아나서 문후차 별입시하여 자영과 한가롭게 정담을 나누고 있었다.

봄이었다. 밖의 날씨는 화창했다. 갑신정변이 지나고 을유년(1885년)에 찾아온 봄도 여느 해와 다름없이 대궐을 꽃향기로 진동하게 했다. 재황과 자영은 음력 1월 17일 경복궁으로 환어(還御)했다. 갑신정변의 악몽을 떨쳐버리려는 의도도 있었고, 외국 공사들의 알현이 빈번해지면서 왕부의 위엄을 보이려는 의도도 숨어 있었다.

"청나라에서는 지금 국태공을 환국시키려는 움직임이 있다고 합니다."

민영익이 머뭇거리다가 자영의 눈치를 살피며 아뢰었다.

"국태공을?"

자영이 깜짝 놀라서 민영익을 쳐다보았다.

"천진조약(톈진조약)에 의해 청국과 일본군은 조선에서 철수해야 할 입장에 있습니다."

"그렇지. 그거야 누구나 아는 사실이 아니냐?"

"이홍장은 청군이 철수한 뒤에 일본을 견제할 수 있는 인물로 국태공을 꼽고 있는 듯합니다."

"국태공은 일본을 생리적으로 싫어해. 그러나 일본을 싫어하는 것이 어디 국태공뿐이더냐? 전하도 나도 일본을 좋아하는 것은 아니야."

"신이 어찌 모르겠습니까?"

"작금의 실정으로 따지면 청나라도 조선에는 백해무익한 존재일 뿐이야."

"그러하옵니다."

자영이 다시 낮게 한숨을 내쉬었다. 요즈음 들어 한숨이 많아진 자영이었다.

"국태공이 돌아오기 전에 대책을 세워야 할 것으로 아옵니다."

민영익이 자영의 파리한 얼굴을 살피며 아뢰었다.

"어떻게?"

"국태공이 돌아오면 운변 인물들이 또 기승을 부릴 것이 아니옵니까? 국태공 쪽에서도 우리 민문에 사원(私怨)이 많을 것입니다."

"사원이야 많겠지. 청나라에 볼모로 잡혀간 지가 3년이 가까워지고 있으니……."

"국태공은 우리가 술책을 부려 청나라에 나포되어 간 것으로 알고 있을 테니 환국하면 반드시 우리 민문의 씨를 말리려 할 것입니다."

"그렇다고 어떻게 하느냐? 청나라에 주청사를 보내 국태공을 돌려보내지 말라고 사정이라도 하라는 말이냐?"

자영의 눈빛이 새침해졌다.

"무엇인가 대책이 있어야 하겠기에 아뢰는 말씀입니다."

"부질없는 짓이다. 이홍장이 결정을 하였으면 그것으로 끝이다."

"……"

"그것보다 조정을 혁신할 계책을 마련해야 할 것이다. 청나라와 일본은 무엄하게도 전하께서 정부를 친재하시는 것을 방해하여 의정부에 그 일을 맡기라고 하고 있다. 국왕의 존재를 유명무실하게 하려는 계책이나 이 나라가 누구의 것인지 모르는 무식한 일이라고밖에 할 수 없다. 너는 김홍집, 어윤중, 김윤식 같은 인재들이 국왕을 배신하지 않도록 각별히 살펴야 할 것이다."

"예."

"지금 조선에는 온통 외국 군대뿐이다. 조선의 군사는 지난해의 정변으로 오합지졸이 되었고 장수들도 믿을 수 없는 처지다. 전하의 옥체를 호위하여야 할 군사들조차 왜당에 가입하여 지난 난리에 청군이 동원되지 않았느냐?"

"그러하옵니다."

"왕궁을 호위할 충성스러운 군사들이 필요해."

"하면 새로 조련해야 하옵니다."

"믿을 만한 장수가 있느냐?"

"평안 감사 민응식 대감에게 맡기십시오."

"그러지. 민응식 대감이면 근위 군사를 조련할 수 있을 게야."

민응식은 자영이 충주 장호원에 피신해 있을 때 자영을 보호해 주어서 벼락출세를 하게 된 인물이었다. 민응식에 대한 자영의 신임이 각별해 먼 척족인데도 세도가 만만치 않았다.

"그만 돌아가도록 해라."

자영은 민영익을 교태전에서 물러가게 했다. 벌써 해가 뉘엿뉘엿 기울고 있었다. 대궐은 조용했다. 자영은 턱을 무릎에 받치고 골똘히 생각에 잠겼다. 이하응이 환국한다는 소문은 1년 전부터 흘러나와 자영을 긴장시키곤 했다. 그러나 그때마다 헛소문이라는 것이 밝혀져 자영은 가슴을 쓸어내리곤 했다.

그러나 이번에는 사정이 다르리라고 생각했다. 이하응의 환국은 조선을 둘러싼 정세와 밀접한 관련이 있는 것이다. 이하응이 돌아온 뒤의 일에 대해 대책을 세워야 한다고 생각했다.

자영의 예측은 정확했다. 5월이 되자 청나라에 가 있던 이재면이 돌아왔다. 이재면은 이하응을 환국시킬 테니 석방 진주사를 파견하라는 이홍장의 외교문서를 재황에게 바쳤다.

'볼모로 잡아갈 때는 언제고, 이제 와서 환국을 애걸하라는 진주사를 보내라고 해?'

자영은 부아가 끓어올랐다. 청나라는 이하응을 환국시키면서도 체면을 차리려 하고 있었다. 비열하기 짝이 없는 짓이었다. 자영은 청나라에 대한 신뢰가 또다시 흔들리는 것을 느꼈다.

"중전, 어찌해야 되겠소?"

재황이 침울한 눈빛으로 자영의 의향을 물었다.

"당연히 진주사를 보내셔야 할 것입니다."

"아버님이 돌아오면 풍파가 많을 텐데 그 점이 걱정스럽소."

"풍파라 하심은 저희 민문에 닥칠지도 모를 위험을 말씀하시는 뜻으로 압니다만, 과히 걱정하지 않으셔도 될 것입니다."

"무슨 계책이 있소?"

"지난 10년 동안 저희 민문은 까닭 없이 수모를 당하기 일쑤였고 억울하게 죽은 자도 허다합니다. 이제 남은 것은 영익이와 지난번 전하께서 공조참판에 제수하신 영환이뿐입니다. 나머지는 신첩의 친정붙이라고 해도 먼 일가입니다. 설마하니 아버님께서 아무리 사원이 깊다고 해도 저희 민문의 씨를 말리기야 하겠습니까?"

자영의 목소리가 처연해서 재황은 가슴이 저렸다. 6월 11일 재황은 석방 진주사로 민종묵과 조병식을 파견했다. 자영은 이하응의 환국이 구체화되자 민영익을 청나라에 파견했다.

***

깃발이 무수히 펄럭거렸다. 악대는 진군나팔이라도 불 듯이 우렁차게 주악을 울렸다. 대청제국의 하북성 천진.

기치창검이 늘어선 천진항 부두에 청군들의 삼엄한 경호를 받으면서 호화로운 수레가 나타났다. 연도에는 주민들이 구름처럼 운집해 있고 북양함대를 상징하는 붉은 깃발들이 불이라도 뿜을 듯이 강렬하게 나부꼈다.

날씨는 쾌청했다. 음력 8월 23일. 이미 중추절을 여드레 지난 천진의 날씨도 차고 맑기만 했다.

"어서 오십시오. 태공."

수레가 멎자 원세개와 왕영승, 정여창이 정중하게 인사를 했다. 이하응이 호화로운 수레에서 내렸다.

"수고가 많소이다."

이하응은 가볍게 대꾸했다. 청나라 군사들이 빽빽하게 도열해 있었으나 이하응은 조금도 위축되지 않고 있었다.

'역시 조선의 태공이야.'

원세개는 마음속으로 감탄했다. 이홍장이 서구 열강의 침략에 대비하기 위하여 양성한 해군들이니만큼 청나라 제일의 정병들이었다. 사열이라도 하듯이 북양함대 소속의 수군들을 살피는 이하응의 태도는 당당하고 오연했다.

"다행히 날씨가 좋습니다. 순풍을 만나면 스무닷새 날에는 조선의 인천에 도착할 수 있을 것입니다."

정여창의 말이었다.

"정 대인에게 수고를 끼치게 되었소."

이하응은 담담하게 대꾸했다.

"3년 만의 환국이니 기쁘실 것입니다."

원세개가 아첨의 빛을 띠고 말했다. 원세개는 약관 26세의 나이인데도 의기가 날카로운 인물이었다. 이하응은 원세개를 볼 때마다 조선에도 저런 인물이 있었으면 하는 생각이 들었다.

"어서 함대에 오르십시오."

이하응은 원세개의 안내를 받으며 진해호에 올랐다. 이하응은 감개가 무량했다. 기억하기조차 싫은 임오년 7월 13일. 달도 뜨지 않은 캄캄한 밤에 청군에게 납치되어 청나라 보정부로 끌려간 지 어느덧 3년, 처음엔 살아서 돌아갈 수도 없으려니 여겼다. 그때 얼마나 비분강개했던가, 얼마나 이를 갈고 몸을 떨었던가…….

이하응은 눈시울이 젖어오는 것을 느꼈다. 이제 그의 나이 66세였다. 인생의 희로애락을 벗어나 세사를 덤덤하게 관망하자고 마음속으로 몇 번이나 다짐했으나 가슴 깊은 곳에서 회한의 눈물이 흘러내리고 있었다.

진해호와 비호호가 천진항을 떠난 것은 그날 늦은 오후의 일이었다.

천진항은 바다에서 1백여 리 떨어진 하북성의 평야 지대에 있었다. 바닷물이 운하를 따라 천진항까지 들어오기에 군함까지 자유로이 드나들 수 있었다.

북운하로 대청제국의 수도인 북경과 연결되고 남운하로 덕주, 동운하로 발해만의 대고항까지 연결되는 하북성 수로의 중심지였다.

이하응은 진해호 갑판에서 살같이 지나가는 운하 양쪽의 육지를 감회 어린 표정으로 살폈다. 중국이라고 해도 산천은 다를 바 없었다. 누렇게 고개를 숙인 들판과 단풍이 들어 추색이 완연한 산, 가을 곡식을 거두어들이는 농부들, 청천 하늘, 광대한 땅……. 그러나 중국도 이권을 챙기기에 혈안이 되어 있는 서양 여러 나라의 각축과 서태후로 인해 몸살을 앓고 있었다. 중국에서도 민란이 끊이지를 않고 조정은 부패해 있었다.

원세개가 다시 이하응 옆에 와서 말을 붙였다. 이하응은 흘낏 원세개를 쳐다보고 고개를 끄덕거렸다. 원세개는 황색 관복에 양모를 쓰고 있었다. 이마는 훤하고 눈빛이 형형해 연부역강한 기개를 엿볼 수 있었다.

'장차 중국을 움직일 인물이로군.'

이하응은 원세개에게 새삼스럽게 감탄했다.

"조선의 사정은 많이 변해 있습니다."

"어떻게요?"

"조선도 외세로 인해 골머리를 앓고 있습니다."

"세상이 서양 오랑캐의 세상이니 조선도 어쩔 수 없는 노릇이지요."

이하응은 원세개의 말을 가볍게 튕겼다.

"조선은 갑자기 인아배청의 정책을 추진하고 있습니다."

"인아배청?"

이하응은 이맛살을 찌푸리는 시늉을 했다. 조선이 인아배청 정책을 추진하고 있다면 청나라와 일본을 견제하기 위한 정책일 것이다. 조선의 운명이 풍전등화처럼 위태로운 처지에 몰려 있다는 생각이 들었다.

"김홍집을 어떻게 생각하십니까?"

"김홍집이야 총명한 정치가지."

"대가 약하지 않습니까?"

"사람이 모든 것을 다 갖출 수는 없소이다."

"김홍집이 일본을 견제할 수 있을지 의문이외다."

"일본이야 귀국에서 견제해야 하지 않소?"

"일본이 강해졌습니다. 우리 대청제국은 일본과 교전하는 것을 바라지 않습니다."

원세개가 우울한 얼굴로 말했다.

"그것이 귀국의 정책인가요?"

"그렇습니다. 일본은 개명한 나라입니다."

"귀국도 개명하면 되지 않소?"

"개명이 쉽지가 않습니다. 조정은커녕 인민들조차 개명을 반대하고 있습니다. 인민들은 새것을 받아들이는 것을 반대하고 있습니다."

이하응은 대답을 하지 않았다. 문득 자신이 섭정을 할 때 쇄국 정책을 버리고 외국에 문호를 개방했으면 조선이 어떻게 변했을까 하는 생각을 했다.

불란서와는 신부 아홉 명을 죽인 일이 있어서 문호를 개방하는 일이 쉽지 않을 수도 있었으나 미국과는 그다지 어려운 일이 아니었다.

'서학의 박해가 일을 꼬이게 만든 거야.'

이하응은 후회를 했다. 지금은 서학을 박멸하자고 주장하던 대신들, 정원용, 조두순, 김병학 등이 모두 죽고 없었다.

"조선에서는 왕비의 내정간섭이 극심하다고 하옵니다."

"왕비는 조선의 국모입니다."

"국왕과 대신들이 정치를 하는 것이 바람직합니다."

"왕비는 국왕을 보필하고 있을 뿐입니다."

이하응은 자영을 두둔했다. 원세개로서는 뜻밖이었으나 더 이상 언급하지 않았다.

이하응은 음력 8월 25일 인천에 도착했다.

진해호의 선상에서 원세개와 국제정세에 대한 토론도 하고 조선의 장래에 대한 얘기도 나누었으나 이하응은 고국 땅을 밟자 천만 감회가 가슴속에서 꿈틀거렸다. 그러나 인천에는 이하응을 마중 나온 사람이 아무도 없었다. 이하응은 가슴을 예리한 칼로 저

며내는 듯한 아픔을 참아야 했다. 이럴 수가 있는가. 명색이 국왕의 생부인 내가 돌아왔는데 이럴 수가 있는가. 이하응은 고국산천에 대한 감회보다 분노로 인해 몸을 떨었다. 70객의 노구인데도 이하응의 분노는 식을 줄을 몰랐다.

"저하, 먼저 청국 공사관으로 가시지요."

원세개는 이하응의 안전을 위해 인천에 있는 청국 공관으로 안내를 했다.

"조선에 내가 돌아온 것을 알려야 하오."

"전보로 조선 조정에 알리겠습니다."

이하응은 묵묵히 원세개를 따라 청나라 공관으로 갔다. 가슴이 답답했다. 자신이 돌아온 것을 조선에서 모를 수도 있으려니 하는 생각이 들었으나 사나운 심사가 풀리지 않았다.

'이는 분명히 악독한 소부의 짓이야!'

이하응은 자영을 머릿속에 떠올렸다. 자영이 민영익을 시켜 화해 제의를 했으면서도 냉대를 한다고 생각하자 심사가 뒤틀렸다.

원세개의 전보에 의해 대원군이 환국했다는 소식이 조정에 전해진 것은 그날 늦은 오후의 일이었다. 재황은 황급히 중신들을 편전으로 불러들였다.

"지금 들으니 이하응이 인천에 환국했다고 한다. 기쁜 마음을 어떻게 형용하여 말할 수 있겠는가. 서둘러 도승지를 보내 문안하고 오도록 할 것이다."

"이미 예상하고 있던 일이야."

민영익의 보고를 받은 자영은 담담했다.

인천에 있는 청국 공관에는 그날 밤 인천 부사와 경기 감사가 차례로 찾아와 문안인사를 했다. 이하응은 그들을 거들떠보지도 않았다.

26일 재황은 이하응을 영접하는 대신에 경기 감사를 임명하고 각 영의 군사를 각각 20명씩 선발하여 영관들이 인솔하여 호위하게 하였다. 재황이 이하응을 영접하는 장소는 남대문으로 정하여 악차를 세우게 하였다.

오후에 시원임대신과 의금부 당상관, 좌우포도대장들이 알현을 요청했다. 영의정 심순택, 판부사 김홍집, 김병시, 의금부 판사 심이택, 지사 이교익, 좌변포도대장 정락용, 우변포도대장 이종건 등이었다.

"이하응이 며칠 안으로 입경한다고 하니 기쁜 마음을 금할 수가 없소."

재황은 먼저 이하응에 대한 자신의 효성을 은근히 강조했다.

"전하께서 안타깝게 사모하는 마음이 갈수록 간절하고 신등도 늘 마음속에 두고 잊지 않았는데 지금 입경한다는 기별을 받았으니 신하 된 자로서 기쁨을 금할 수 없습니다. 먼저 사람을 보내어 자세히 알아보셨습니까?"

영의정 심순택도 이하응의 환국이 달갑지 않았으나 반기는 시늉을 했다.

"영접하는 절차는 잘 진행이 되고 있다고 하오."

"참 다행한 일입니다. 모두가 전하의 지극하신 효성 덕분인가 하옵니다."

"지금 받은 전보에 따르면 원세개가 오는데 총병 왕영승이 함께 온다고 하오. 왕영승은 오 제독의 부하라고 하는데 김 판부사는 이전에 만나본 일이 있소?"

"신이 오 제독의 군영에서 그 부하를 여럿 보았으나 왕씨 성을 가진 부하는 본 일이 없습니다."

김홍집이 대답했다.

"아침에 접견을 했는데 경들이 또 알현을 청하는 것은 무슨 까닭이오?"

재황이 고개를 끄덕거리고 영의정 심순택에게 물었다. 심순택이 낮게 기침을 한 뒤에 얼굴빛을 바로 했다.

"신등이 포도청에서 제의한 사항을 보니 두 죄인이 범한 죄는 동서고금에 그 유례가 없는 흉악한 역적죄입니다. 그들이 법을 모면하고 도망 다니고 있는 것에 대해 온 나라 사람들이 통분해하고 있었는데 다행히 포도청에서 이들을 체포하여 조사하고 있으니 추국청을 설치하고 엄하게 신문해서 중벌로 다스려야 할 것이옵니다."

"두 죄인이란 누구를 말하는 것이요?"

"임오군란의 흉적 김춘영과 이영식입니다."

"그들을 포도청에서 체포하였소?"

재황은 깜짝 놀란 표정을 지었다. 그것은 뜻밖의 일이었다.

"스스로 포도청을 찾아와서 체포하게 되었습니다."

"연전의 일을 생각하면 지금도 가슴이 떨리오. 그런데 처벌을 모면한 흉악한 범인이 어떻게 스스로 찾아와서 체포하게 되었는지 알 수 없소."

"죄를 진 것은 끝내 피할 수 없는 것입니다."

심순택의 대답이었다. 그러나 김춘영, 이영식이 포도청에 자수를 한 것은 이하응이 환국했다는 소식을 듣고 이하응이 자신들을 구해주리라는 희망 때문이었다. 2년 남짓 포졸들의 기찰을 피해 숨어 사는 데 지치기도 했지만 이하응이 돌아온 이상 자신들을 버리지 않으리라는 믿음 때문이었다.

판부사 김홍집과 김병시도 추국청을 설치할 것을 제의했다.

"포도청에 갇혀 있는 죄인 김춘영과 이영식을 의금부를 시켜 잡아다가 중죄인을 하옥하는 남간에 가둘 것이다."

재황은 단호하게 영을 내렸다.

"대궐에서 죄인을 신문하되 신문관은 판부사 김홍집으로 하고 추국청은 삼군부에 설치하라!"

재황의 명이 떨어지자 그날로 삼군부 안에 추국청이 설치되고 김춘영과 이영식을 끌어다가 가혹한 신문을 하기 시작했다.

"김춘영과 이영식이 포도청에 자수를 했다고?"

뒤늦게 소식을 들은 자영은 깜짝 놀랐다.

"그러하옵니다."

"공교롭기도 하지. 그 역적들이 왜 하필이면 이때 자수를 한단 말이냐?"

자영은 이해할 수가 없었다. 그러나 대전내시가 추국청까지 설치했다고 하였으므로 달리 손을 쓰지 않았다.

그러한 와중에도 이하응을 영접하기 위한 준비가 진행되고 이하응이 환국한다는 말이 도성에 파다하게 퍼져 도성을 뒤숭숭하게 하였다. 이하응이 섭정을 할 때는 등을 돌리고 있던 민심이 그가 청나라에 유폐되었다가 환국함으로써 다시 돌아오고 있었다.

이튿날도 날씨는 맑았다. 이하응은 청국 북양수군의 삼엄한 호위를 받으며 양화진을 지나 입경했다. 연도에는 사람들이 구름처럼 모여들어 이하응의 입경 행렬을 구경했다.

재황은 아침 일찍 남대문에 설치한 악차로 나아갔다.

이하응은 가마에서 내려 남대문을 걸어 들어와 악차로 들어갔다. 황금색 곤룡포를 입은 재황이 황급히 어좌에서 일어나 이하응에게 절을 했다.

"아버님."

재황의 목소리가 떨렸다. 눈길은 애써 이하응의 얼굴을 피하고 있었다.

"주상. 내가 돌아왔소."

이하응은 가슴이 뭉클했다. 자신도 모르게 노안에서 두 줄기 뜨거운 눈물이 흘러내렸다.

"아버님. 소자의 불충을 꾸짖어주시옵소서. 낯설고 물선 이국에서 얼마나 고초가 크셨사옵니까?"

"주상이 무슨 죄가 있겠소?"

이하응의 대꾸는 퉁명스러웠다. 국왕이자 아들인 재황에 대한 원념이 가득 찬 목소리였다.

"어서 좌정하시옵소서."

"주상께서 먼저 어좌에 앉으십시오."

재황과 이하응은 서로 사양하다가 나란히 좌정하고 뒤이어 조정 중신들의 영접례가 시작되었다. 영의정 심순택을 비롯하여 판부사 김병시, 김홍집 등이 차례로 절을 올리고 치하의 인사를 했다. 이하응은 묵묵히 그들의 인사를 받았다.

영접례가 파하자 재황과 이하응은 비로소 헤어져 재황은 경복궁으로, 이하응은 구름재의 운현궁으로 돌아갔다.

"대감마님!"

"대감마님!"

운현궁은 울음바다가 되었다. 이하응이 청나라에 유폐되어 있을 때는 숨조차 제대로 쉬지 못했던 이하응의 하인들이며 계집종들이었다. 이하응의 자비가 운현궁의 골목에 이르자 무릎을 꿇고 울음을 터뜨렸다.

"저하!"

"저하. 감축드리옵니다!"

운변 인물들도 다투어 이하응에게 인사를 올렸다. 이하응은 착잡한 시선으로 그들을 훑어보고는 대문으로 향했다. 3층 솟을대문 앞에 부대부인 민씨가 학처럼 서 있었다. 곱게 늙은 얼굴이었다. 이하응은 갑자기 가슴이 뭉클해왔다.

"부인!"

"대감!"

부대부인의 얼굴에서 한 줄기 맑은 눈물이 흘러내렸다.

"고초가 많으셨소."

이하응은 위로의 말을 던지며 부인의 손을 덥석 잡았다.

"제가 무슨 고생을 했겠습니까? 멀리 이국땅에 유폐되신 대감께서 고생을 했지……."

"어서 듭시다."

이하응이 먼저 내당으로 들었다. 3년 만에 안방에 좌정을 하자 손자 이준용이 들어와 절을 올렸다.

"네가 준용이로구나!"

이하응은 손자 이준용을 보자 반색을 했다. 이준용은 이재면의 아들로 1870년에 태어났으니 15세였다. 홍안의 미소년이었다.

"할아버님, 원로에 얼마나 고초가 크셨사옵니까?"

"네가 이렇게 큰 것을 보니 할아비도 기쁘구나."

이하응은 진심에서 우러나오는 말로 반가움을 표시했다. 이준용에 대해 남다른 애정을 갖고 있는 이하응이었다. 이준용이 태어나 아장아장 걸을 때부터 무릎에 앉히고 귀여워한 이하응이었다. 청나라에서도 이준용의 소식만 들으면 생기가 돌던 이하응이었다. 이하응은 손이라도 잡고 싶은 심정을 억눌러 참았다.

확실히 이준용은 총명한 데가 있었다. 재황의 어릴 때와 비교해보면 더욱 두드러지는 총명이었다. 게다가 국왕인 재황이 갖추지 못한 패기와 담대함까지 갖추고 있었다.

'이 녀석이 왕통을 이을 세자라면 얼마나 좋을까?'

이하응은 이준용을 앉혀놓고 그런 생각을 했다. 세자는 병약했고, 무엇보다 우유부단한 국왕과 표독한 독부의 소생이라는 사실이 이하응의 마음에 차지 않았다.

이하응은 이튿날부터 종친들과 외교 사절들을 찾아다니며 환국 인사를 했다. 척화를 부르짖던 이하응으로서는 놀라운 변화였다. 그러나 이하응이 활발한 귀국 인사 겸 정치를 재개하고 있을 때 대궐에서는 피바람이 불어오고 있었다. 삼군부 안에 설치된 추국청은 전에 없는 가혹한 고문 끝에 김춘영과 이영식에게 사지를 찢어 죽이는 사형에 처한다는 판결을 내려 승인을 요구했다. 재황은 의금부의 판결을 그대로 승인했다.

김춘영과 이영식은 8월 28일 군기시 앞에서 능지처참형에 처해졌다.

김춘영은 임오군란 때 대궐까지 쳐들어간 주동자였다. 2년 남짓 용케 피해 다녔으나 이날 그의 몸은 여섯 토막으로 분시되었다. 이하응을 호종했던 역관 김병문도 체포되었다. 8월 28일과 29일 이틀 동안에만 임오군란과 관련되어 처형당한 죄인들이 30명이나 되었다.

"아이고 끔찍해라. 종로 바닥이 온통 시체뿐이래."

"여섯 토막으로 잘라 죽였다며?"

"임오 난리를 일으킨 역적들이래."

"설마?"

"사실은 임오 난리 때 역적질한 사람들은 둘밖에 없고 나머지는 모두 이하응의 수족들이래. 중전마마가 그들을 죽이라고 시켰대."

"중전마마가?"

"그래서 사람들이 악독한 소부라고 그런다잖아."

성안에는 피비린내와 함께 흉흉한 소문이 나돌았다. 그러나 자영은 민심을 들을 길이 없었다. 재황도 세간에서 나도는 소문을 듣지 못했다. 8월 26일 설치한 추국청은 나흘 만인 8월 28일 거두었다.

9월 10일 예조에서는 이하응을 높이 받든다는 핑계로 의식 절차를 대신들과 토의하고 별지에 써서 들여보냈다. 모두 10개 항목이었으나 그중에 사람들을 기절초풍하게 한 것은 4개 항목이었다.

1. 대문 밖에 하마비를 세운다.
1. 대문에 차단봉을 설치한다.
1. 대문은 습독관들이 윤번제로 수직을 선다.
1. 조정 대신들은 지시를 전달하는 일 외에 감히 개인으로 만날 수 없다.

철저한 연금책이자 감시였다. 대원군은 차라리 허탈했다. 눈에서는 피눈물이 솟아 나올 것 같았으나 운현궁에서 두문불출할 수밖에 없었다.

> 이하응의 풍모는 여전해서 달변인 데다 교제가 능란해져 있었다. 두 차례나 나와 면담을 했는데 국정에는 일절 관여하지 않겠다고 하였다. 그러나 외국과의 교제는 국가대사와 관련이 있으므로 잘 추진되어야 할 것이라고 강조했다. 의외로 이하응은 개명해져 있었다.

다케소에의 후임으로 부임한 일본 대리공사 곤도 신스케의 촌평이었다.

> 태공이 환국한 다음 날부터 이틀 동안 살해당한 자가 30여 인이라는 소문이 퍼져 있으며, 그들 모두가 임오군란의 연루자라고 한다. 그러나 그 진위는 알 수 없으며 그들은 지난 6월에 체포되었는데 태공이 귀국하자 처단함으로써 세상을 놀라게 하였다. 태공은 그 이후 폐문거객하게 되었다.

진수당이 이홍장에게 보고한 내용이다. 폐문거객은 문을 닫아걸고 손님을 받지 않는다는 뜻이다.

1885년 가을이었다. 조선에 개화의 바람이 불기 시작했다. 1885년은 조선의 통신 업무에 획기적인 변화가 온 해다. 8월 20일에 한성전보총국을 개국한 조선은 한양과 인천에 전신업무를 8월 25일에 개시했고, 평양이 9월 28일, 의주가 10월 18일에 전신 업무를 개시하였다. 경인 간을 서로전선(西路電線), 경의 간을 북로전선(北路電線)이라고 불렀는데 남로전선은 1888년에야 준공되었다. 서로전선과 북로전선은 청나라에 의해, 남로전선은 일본에 의해 반강제적으로 추진되었다.

이하응이 환국하였을 때 인천에서 환국했다는 소식을 전보로 알린 것도 서로전선에 의해서였다.

1885년은 러시아의 주(駐) 조선 대리공사 겸 총영사인 카를 베베르가 부임함으로써 조선을 둘러싼 국제 정세가 3국 균형을 이루게 되었다.

***

자영은 경회루 연못을 베베르 러시아 공사 부인과 함께 천천히 걸었다. 점심 때 베베르 부인을 초대하여 식사를 하고 대궐을 산책하는 길이었다. 날씨는 좋았다. 5월의 대궐은 신록이 무성했다. 경회루 연못에는 맑은 물이 찰랑거리고 물가에는 수양버들이 푸르게 나부꼈다.

"부인, 러시아에도 학교가 있나요?"

자영이 베베르 부인을 돌아보면서 물었다.

"그럼요. 러시아 여러 도시에 많은 학교가 있어요."

베베르 부인이 자영의 얼굴을 응시하면서 대답했다. 조선의 왕비 민자영, 그녀는 지적이면서도 사교적인 여인이었다. 무엇보다도 서양의 여러 나라에 대해서 깊은 관심을 갖고 있었다.

"조선에도 마침내 신식학교를 열었어요."

자영이 환하게 웃었다. 개화를 위해 선교사들이 설립하는 학교를 인가하여 배재학당, 이화학당 등이 설립되었고 나라에서도 관립학교인 육영공원을 설립한 것이다.

"육영공원을 말씀하시는군요."

"부인, 조선의 젊은이들은 유학을 배워야 출세한다고 생각하고 있어요. 학생들을 입학시키는 일이 여간 어렵지 않아요."

"왕비 전하, 그래도 훌륭한 일을 하고 있는 것입니다."

"육영공원에 높은 대신들의 자제들을 보내 공부하게 했어요."

자영의 얼굴이 어두워졌다. 조선의 관리들은 개화에 전혀 관심이 없었다. 육영공원을 세운 뒤에 학생들을 모집하고 미국에서 교사들까지 초청했으나 입학하려는 학생들이 없었다. 자영은 할 수 없이 젊은 관리들에게 육영공원에 입학하여 공부하게 했다. 학생들에게는 6원이라는 막대한 월급까지 지불했다. 학생들은 마지못해 육영공원에 나가 수업을 들었으나 가마를 타고 등교하는가 하면 담뱃대를 든 하인들을 거느리고 등교하는 자들도 있었다.

'조선의 사내들이 이렇게 나태하니 조선이 망하지 않겠는가?'

자영은 조선의 양반 자제들이 한심했다. 나라를 이끌어가야 하는 청년들이 세계의 진운에 너무나 뒤떨어져 있었다.

"왕비 전하, 조선은 오랫동안 서양인들을 오랑캐라고 생각했어요. 그 인식을 바꾸는 것이 중요해요."

"부인, 어떻게 인식을 바꾸지요?"

"왕비 전하, 조선인들에게 전깃불을 보여주세요."

"전기요?"

"비 올 때 번개가 치지 않습니까? 대궐에 그런 불을 들어올 수 있게 할 수 있어요. 밤이 대낮처럼 밝아집니다."

"미국에 다녀온 보빙사에게 그 이야기를 들었어요."

자영은 민영익에게 전기에 대한 이야기를 들은 일이 있었다. 베베르 부인의 권고에 따라 대궐에 전기를 설치하는 문제를 고민

했다.

"조선인들을 깨우치기 위해 전기를 설치해야겠다."

자영이 민영익을 불러서 말했다.

"전기 설치는 이미 에디슨 회사와 계약한 바가 있습니다. 미국 공사를 통해 기술자를 부르겠습니다."

민영익은 보빙사로 갔을 때 에디슨 전기회사를 방문한 일이 있었다. 그때 그는 조선에 전기를 설치하는 가계약을 했던 것이다.

"돈이 많이 들어가는가?"

"미국에서 오기 때문에 많은 돈이 들어갈 수밖에 없습니다. 광혜원에도 많은 돈이 들어가지 않았습니까?"

광혜원은 조선에 설립된 최초의 서양 병원이었다. 1886년 한 해 동안 1만 명 이상의 환자를 치료하고 서양식 의사들을 교육했다.

미국의 전기기술자 매캐이가 조선으로 건너와서 경복궁 향원지 옆에 석탄을 때서 전기를 일으키는 발전소를 건설했고, 1887년 2월에 마침내 전기가 개통되었다.

1884년 이후에도 정국은 소용돌이를 그치지 않았다. 일본은 대대적으로 쌀을 수입해 갔고, 그 바람에 쌀이 부족해졌다.

'백성들의 삶이 갈수록 어려워지고 있으니 어떻게 하지?'

6월이 되자 장마가 시작되고 홍수가 났다. 가뭄과 홍수는 한 해도 거르지 않고 계속되었다.

1885년 6월 24일에 전국에 호우가 내려 민가가 4930채나 물에 떠내려가고, 물에 빠져 죽은 사람도 75명이나 되었다. 엄청난 수재였다. 큰 장마가 지고 나자 이번엔 전염병이 휩쓸었다. 전국에서 수많은 백성들이 들풀처럼 픽픽 쓰러져 죽어갔다.

"생각하면 과인은 덕이 부족한 것 같소. 백성들이 무슨 죄가 있어 하늘이 이런 재앙을 내리겠소."

재황은 잠을 이루지 못하고 괴로워했다. 수재와 전염병에 대한 장계가 매일같이 조정으로 빗발치고 있었다.

"백성들의 정상(情狀)을 생각하면 참으로 딱하기 짝이 없습니다. 예조에 지시하여 전염병 귀신에게 지내는 제사를 지내도록 하십시오."

자영도 근심스러운 기색으로 말했다.

"근년에 기근과 흉년이 들어서 백성들이 초근목피로 연명하다가 쓰러져 신음하는 정상만도 측은한데, 지금 또 전염병이 중앙과 지방에 창궐하였으니 참혹한 일이오."

"가장 가엾고 딱한 것은 고향을 떠나서 유리걸식하는 사람들과 의지할 데 없는 사람들이 들에서 방황하기도 하고 혹은 길에서 쓰러지기도 하여 물 한 모금 얻어먹지 못하고 약 한 첩 얻어 쓰지 못하며, 이미 몸조리할 방도가 없어서 갑자기 죽는 우환을 면하기 어려운 것입니다."

"그러니 근심스러운 일이 아니오?"

"대책을 세워야 합니다."

"마땅한 대책이 있겠소?"

"한성부에서는 성 밖의 놀고 있는 빈 땅에 여막을 짓고 약과 음식을 많이 마련해서 한지에서 방황하거나 쓰러진 행려자들이 있으면 일일이 들것으로 날라다가 각별히 치료해서 소생시켜야 할 것입니다."

"음……."

"또한 미처 구원하지 못하여 쓰러져 죽은 사람이 있다면 즉시로 묻어주되 사체가 여기저기 드러나는 일이 없도록 하고, 뒷바라지를 하는 대책에 대해서는 해당 당상관이 묘당과 토의해서 적당히 조치를 취하도록 해야 합니다."

"……."

"지방에서도 각기 고을 수령들이 경내를 두루 살피며 치료해주고, 사체를 거두어 묻어주는 방도는 일체 한성부가 하는 방법을 따라서 하되 병든 사람은 목숨을 보존하게 하고 죽은 사람은 유감이 없게 해야 할 것입니다."

고종은 민비의 제안대로 즉시 윤음을 8도와 4유수도에 반포했다.

"지금 모진 전염병의 기운이 요원의 불길처럼 전국에 번지고 있다. 이 병이 계속 확대되면 장차 죽음의 구렁텅이에서 벗어날 수가 없으니 구제하는 일을 결코 늦잡을 수가 없다. 8도와 4유수도의 수령들은 한성부의 예를 따라 도탄에 빠진 백성들을 구휼하라."

고종의 윤음이 반포되자 전국에서 전염병 퇴치운동이 일제히 시작되었다. 그러나 곳곳에 여막을 설치하고 죽을 쑤고 약을 마련하여 전염병에 걸린 사람들을 구휼했으나 소용이 없었다.

6월에 창궐한 전염병은 7월까지 전국을 휩쓸다가 8월이 되어 찬바람이 불자 슬그머니 사라졌다. 하지만 전염병이 사라졌다고 해서 백성들의 삶이 윤택해진 것은 아니었다. 전염병이 물러갔어도 백성들은 굶주림 때문에 속절없이 죽어갔다.

1886년에도 전염병이 전국을 휩쓸었다. 전해와 마찬가지로 호열자(콜레라)는 전국에서 백성들을 죽음의 구렁텅이에서 헤매게 했다. 지방 곳곳에서 사체들을 모아 태우는 일로 농사조차 제대로 지을 수가 없었다.

일본의 대조선 수출은 거의 모두 교활한 수법으로 이루어졌다. 일본은 질은 떨어지지만 염가인 면사를 조선에 대량 수출하여 조선의 목화 재배 농가를 파탄에 빠트렸다. 직물에서도 조선 사람들이 조금 좋다고 소중히 여기면 점점 그 품질을 떨어트렸다. 냄비, 솥 등은 중량을 줄여서 깨지기 쉽게 만들고 가위, 작은 칼, 식칼류는 곧 무디어지고 칠기는 더욱 조잡해졌다. 궐련초에는 자주 다른 것을 섞어서 조선인들에게 혐오감을 주었다. 쌀의 경우에도 경작 전에 궁핍한 조선인들에게 약간의 자금을 전대해주고 가을에 수확한 쌀을 가져가는 방법을 썼다. 그들이 계약을 할 때는 미곡의 매매 시세보다 훨씬 낮게 책정하기 때문에 풍년일 때는 막대한 이익을 보고 흉년일 때도 손해가 거의 없었다. 이것은 사실상 정상적인 상거래가 아니라 약탈이었다.

일본은 조선을 산업자본의 시장 확보보다는 부의 축적 수단으로 이용하려고 했고, 대조선 무역을 평등 호혜의 정신에 입각해서가 아니라 약탈이나 다름없는 방식으로 했다. 일본은 조선을 정치적, 군사적 지배하에 둠으로써 약탈 행위를 수월하게 하려고 했던 것이다.

***

일본인들은 제주도에 이어 남해안까지 상륙하여 재물을 약탈하고, 불을 지르고, 부녀자들을 겁탈하는 등 온갖 만행을 저지르기 시작했다.

제주도에서의 만행은 일본 어선의 제주도 어채 금지로 비롯된 것이었다. 조선 조정으로서는 제주도 어민들을 보호하기 위한 당연한 조치였으나 조선을 이미 일본의 속국처럼 여기고 있는 일본 어민들은 강하게 반발했다. 그들은 일본 정부의 묵인 내지 방조 아래 노략질을 일삼았다.

남해안의 섬 일대는 조선 조정의 단속이 미치지 못해 피해 사실을 확인하지도 못하는 실정이었고, 해안 지방의 작은 부락들도 일본인들의 노략질 대상이 되었다. 경상남도 양산군의 해안 마을 청송리도 일본인들의 잦은 노략질에 주민들이 전전긍긍하고 있었다. 특히 해안 일대의 자연 부락들은 일본인들이 상륙하기가 쉬워 불안한 나날을 보내고 있었다.

1892년 음력 9월 7일은 전형적인 가을 날씨였다. 조선 반도의 가장 남쪽인 청송리는 단풍이 곱게 물들기 시작했고 바람이 선들거렸다. 가을이 북쪽에서 남쪽으로 내려오고 있었다. 그날 밤 청송리 일대는 예고된 피의 살육이 칠흑의 어둠처럼 소리 없이 찾아오고 있었다. 사위는 죽은 듯이 조용했다. 해안을 따라 끝없이 펼쳐진 들판에는 누렇게 고개를 숙인 벼들이 밤바람에 술렁거리고 있었고, 육지 안쪽으로는 낮은 야산과 구릉들이 해풍을 막아주려는 듯 병풍처럼 둘러서 있었다. 마을은 야산 밑으로 옹기종기 모여 있었다.

"오이! 거기 조용히 해라!"

"오이! 소리를 내지 마라!"

해안에서 갑자기 일본인들의 왁자한 소리가 들려왔다. 그들은 술에 취했는지 선두에 서 있는 사내가 소리를 지르는데도 왁자하게 떠들고 있었다.

"조센진들이 잠에서 깨면 안 돼!"

"거기, 조용히 하라니까!"

"조용히 하란 말이야!"

그들은 일본도와 총으로 무장을 한 채 조심스럽게 움직이기 시작했다. 마을로 들어가려면 논둑길을 지나야 했다. 그러나 그들은 벼들이 고개를 숙인 들판을 함부로 짓밟으며 마을 어귀로 몰려 갔다.

"조용히!"

선두에 선 사내가 갑자기 일본인들을 제지시켰다.

"엎드려!"

일본인들은 재빨리 논바닥으로 엎드렸다. 마을 어느 집에선가 개 한 마리가 요란하게 짖어대고 있었다. 그러자 그것이 신호이기나 하듯이 이 집 저 집에서 개들이 요란하게 짖어댔다.

"망할 놈의 개새끼들!"

선두에 선 사내가 침을 칵 뱉었다.

"잘 들어. 마사오와 요이치는 동쪽 길을 감시한다, 알았나?"

"알았습니다."

총을 든 두 사내가 일제히 대답을 했다. 마사오와 요이치였다.

"히라다와 스스키는 서쪽 길을 차단한다, 알겠지?"

"알겠습니다."

히라다와 스스키도 총을 갖고 있었다.

"나머지는 남자들을 모조리 죽인다. 여자들은 그 뒤에 갖는다."

"노인들과 아이들은 어떻게 합니까?"

"방해가 되면 죽여라!"

선두에 선 사내가 눈썹을 꿈틀하며 잔인하게 내뱉었다. 그의 이름은 다케시마, 어선 시나가와호의 선장이었다. 그는 지난봄 제주도 성산포에 상륙하여 부락민들을 살해하고 부녀자들을 겁탈한 뒤로는 본업인 고기잡이보다 조선인들을 노략질하는 데 더 열중해왔다.

조선인 부락을 습격하는 것은 사냥을 하는 것처럼 간단한 일이었다. 조선은 치안제도가 제대로 확립되어 있지 않았다. 도시다운 도시도 없었고 포졸들도 창과 칼로 무장을 하고 있을 뿐이었다. 총 몇 방을 쏘면 포졸들이 먼저 흩어져 달아났다.

부락도 자연 부락뿐이어서 대부분의 마을에서 관청이 있는 곳까지 가려면 1백 리(약 40km) 이상을 걸어야 했다. 길목만 막고 있으면 조선인들을 독 안에 든 쥐처럼 마음대로 사냥할 수 있었다.

"마사오와 요이치는 먼저 가라."

"예."

마사오와 요이치는 총을 들고 동쪽 길로 달려갔다.

"히라다와 스스키도 가라!"

"예."

히라다와 스스키는 서쪽 길로 달려갔다. 그들은 모두 시나가와호의 선원들이었다. 그러나 그들도 조선인들의 재물을 약탈하고 부녀자들을 겁탈하는 데 맛을 들이고 있었다. 그들은 조선인 부락을 습격하는 것을 '사냥'이라는 은어로 불렀다.

"가자!"

히라다와 스스키, 마사오와 요이치가 청송리 해안 마을의 동서쪽 길목을 차단하자 다케시마가 선원들에게 지시를 내렸다. 선원들이 어둠에 잠긴 마을을 향해 신속하게 달려갔다. 마을에서 다시 개들이 요란하게 짖어댔다.

"개들을 죽여!"

다케시마는 마을 어귀에 이르자 선원들에게 지시했다. 선원들이 일제히 일본도를 뽑아들고 흩어져 마을로 달려갔다. 그들이 마을로 가까이 갈수록 개들은 더욱 요란하게 짖어댔다.

다케시마가 선원 둘과 함께 몰려간 집은 마을 어귀에 있는 초가집이었다. 사립문을 걷어차고 뛰어 들어가자 가죽 끈에 묶여 있던 중개가 으르렁거리며 달려들려고 하였다.

"죽여!"

다케시마가 짧게 소리치자 기관장 요시하루가 일본도로 중개를 내리쳤다. 그러자 중개가 켕 소리를 내며 나동그라졌다. 피비린내가 확 풍겨왔다.

"누구요?"

그때 중문이 열리며 어둠 속에서 한 사내가 뛰어나왔다.

"쳐라!"

다케시마가 소리를 질렀다.

"오잇!"

다케시마의 지시에 갑판장 아이카와가 일본도로 사내의 목을 쳤다. 사내가 헉하는 소리와 함께 땅바닥으로 나뒹굴었다. 요시하루는 벌써 방으로 뛰어 들어가 칼을 마구 휘두르고 있었다. 안방에서 여자의 날카로운 비명 소리가 들려왔다.

"묶어라!"

다케시마는 안방에 들어가 요시하루에게 지시했다. 요시하루가 방구석에서 이불을 뒤집어쓰고 오들오들 떨고 있는 여자를 새끼줄로 묶었다. 다케시마와 아이카와는 방을 뒤지기 시작했다. 그러나 가난한 집이라 그런지 여자의 집에는 변변한 패물도 돈도 없었다.

"다른 집으로 가자."

다케시마는 요시하루와 아이카와에게 지시했다.

"이 여자는 어떻게 하지요?"

"죽여라!"

"그냥 죽이는 것은 아깝지 않습니까?"

"젊은 계집이 아니야. 오십이 넘어 보이지 않나?"

"그런가요?"

요시하루가 고개를 갸우뚱했다. 여자는 속치마 차림으로 사시나무 떨듯 떨고 있었다. 공포에 질려 있는 얼굴이었다.

"믿지 못하겠나? 그러면 벗겨보면 알겠지."

다케시마가 웃으며 여자에게 일본도를 들이댔다. 여자가 입을 벌린 채 눈물을 흘리고 있었으나 다케시마는 칼로 새끼줄을 베어내고 옷을 벗으라는 시늉을 했다. 여자가 공포에 질린 얼굴로 힐끔힐끔 눈치를 살피며 옷을 벗었다.

"어때?"

다케시마가 요시하루를 보고 물었다. 여자는 저고리를 모두 벗은 뒤 두 손으로 가슴을 가리고 있었다. 밑에는 속바지 차림이었다.

"잘 모르겠습니다. 아직도 가슴이 늘어지지는 않았어요."

"그럼 마음대로 하게."

다케시마가 유쾌하게 웃었다. 요시하루는 이제 스물한 살이었다. 유곽에 출입한 일이 있을지는 몰라도 여자 경험은 많지 않으리라고 생각했다.

"그럼 나가 있으십시오."

"나가 있으라고?"

"여자를 갖는 일입니다. 구경거리는 아니지 않습니까?"

요시하루가 어색하게 웃었다. 다케시마와 아이카와는 웃으며 방을 나왔다. 달은 그제야 동쪽 하늘에 떠올라 희미한 빛을 뿌리고 있었다.

다케시마는 아니카와와 함께 마을로 들어갔다. 마을 여기저기서 횃불이 일렁거리고 비명 소리가 들렸다. 선원들이 살육을 자행하고 재물을 약탈하고 있었다.

"계집이 도망간다!"

그때 선원들의 함성 소리가 들리면서 검은 물체가 다케시마 앞으로 구르듯이 달려왔다. 다케시마는 검은 물체를 향하여 일본도를 휘두르려다가 멈칫했다. 계집이었다.

"서라!"

다케시마는 계집에게 일본도를 겨누었다.

"에구머니!"

계집이 깜짝 놀라서 걸음을 멈추더니 방향을 틀어서 논바닥으로 후다닥 달아나기 시작했다. 다케시마는 계집을 쫓기 위해 재빨리 논바닥으로 달려 내려갔다. 그러자 경황없이 내달리던 계집이 발을 헛디뎌 논바닥으로 나뒹굴었다. 다케시마는 엉금엉금 기어서 달아나려는 계집을 뒤에서 덥석 끌어안고 논바닥으로 뒹굴었다.

"요것아, 너는 오늘 내 것이야!"

다케시마는 계집을 논바닥에 눕혔다.

"사…… 사…… 사람 살려요."

계집이 악을 쓰고 소리를 질러댔다. 다케시마는 계집의 치마를 허리 위로 들쳐 올리고 속곳을 벗기려고 헐떡거렸다. 계집은 바동대면서 속곳을 움켜쥐고 몸부림을 쳤다. 다케시마는 계집의 아랫배를 깔고 앉아서 저고리를 찢었다. 그러자 계집의 소담스러운 가슴이 희디흰 달빛 아래 뽀얗게 드러났다.

"흐흐."

다케시마는 흡족한 웃음을 터트렸다. 계집은 이제 열예닐곱 살쯤 되어 보였다.

"사, 사람 살려요!"

계집이 몸부림을 치면서 소리를 질렀다.

"시끄러워 이년아!"

다케시마는 계집의 뺨을 세차게 후려쳤다. 계집이 뺨을 감싸 쥐고 울기 시작했다. 다케시마는 계집의 속곳을 재빨리 벗겼다.

어디선가 또 개들이 요란하게 짖어대고 있었다. 그는 여자의 배를 깔고 앉아서 가슴을 움켜쥐었다. 여자의 둥근 가슴이, 아직 설익은 과일처럼 풋풋한 살덩어리가 다케시마의 손바닥 하나 가득히 잡혔다.

다케시마 일행은 그날 밤 청송리 일대의 자연 부락 다섯 곳을 습격하고 여자들 여섯을 잡아서 배로 끌고 갔다. 그들이 재물을 약탈하고 여자들을 납치하여 청송리 일대에서 완전히 철수한 것은 먼동이 훤하게 밝아올 때였다.

"인두겁을 쓴 놈들이 아닌가?"

동래부 관아의 포교 김우갑은 몸을 떨었다. 그가 양산군 청송리 일대의 자연 부락이 일본인들로부터 습격을 받았다는 보고를 받은 것은 중식 때가 가까웠을 때였다. 그는 중식도 거르고 곧바로 형방에게 보고한 뒤 수항의 포졸들을 이끌고 청송리로 달려왔다.

청송리 일대의 부락은 처참했다. 곳곳에 일본인들에게 살해당한 사체가 널브러져 있었고, 부녀자들은 사체를 부둥켜안고 울부짖고 있었다. 다섯 부락에서 17명이 일본인들에게 죽임을 당했고 부락의 부녀자들은 거의 모두 겁탈을 당해 정상이 참혹했다.

"왜놈들은 짐승 사냥을 하듯이 부락을 습격했다고 합니다."

포졸 김준연이 망연한 표정으로 대꾸했다.

"짐승 사냥?"

"왜놈들은 50명쯤 된다고 합니다. 마을을 에워싸고 습격을 해서 도망을 칠 수도 없었답니다."

"습격을 받은 부락은 어디 어디인가?"

"모두 청송리인데 창골, 범바위골, 백산골, 황새골, 쑥골이라고 합니다."

"모두 이런 참화를 입었나?"

"예."

포교 김우갑은 가슴이 컥 하고 막히는 기분이었다.

"어떻게 하지요?"

"부사님께 보고를 해야지."

"여기는 이대로 놔둡니까?"

"놔둘 수밖에. 우리가 무슨 힘이 있나?"

"좌수영에 알려서 바다 경계를 엄하게 해야 할 것 같습니다."

경상 좌수영은 동래에 있었고 우수영은 통영에 있었다.

"글쎄……."

"부녀자들도 납치해 간 것 같습니다."

"여섯이나 납치해 갔다지 않은가?"

"그놈들이 무엇을 하려고 부녀자들을 납치해 갔는지 모르겠습니다."

"노래개로 삼으려는 짓이겠지. 왜놈들은 전부터 조선 여자들을 좋아했으니까."

"아무래도 좌수영에 알리는 것이 좋겠습니다."

"그게 좋겠어. 이만 돌아가세."

김우갑 포교는 동래부로 돌아와 양산군 청송리의 비참한 상황을 동래 부사에게 보고했다. 그러나 동래 부사는 뚜렷한 대책을 세우지 못한 채 6방 관속들을 모아놓고 회의만 거듭했다. 6방 관속들도 뚜렷한 대책을 세우지 못하고 일본 영사관에 항의하자는 쪽으로 결론을 맺었다.

"청송리 부락민들의 복수를 하지 않는 것입니까?"

포졸 김준연이 불만이 가득하여 볼멘소리로 말했다.

"동래부도 힘이 없어."

"그럼 백성들은 누구를 믿고 삽니까?"

"부사의 입장도 헤아려야 하네. 일본인들을 잘못 건드리면 배상을 해달라느니 어쩌느니 하면서 또 군함을 파견할 것이 아닌가? 그렇게 되면 나라에서는 부사의 녹봉을 감하거나 원지로 귀양을 보내게 되네."

"참 더러운 세상이군요."

김준연이 침을 칵 뱉었다. 그들은 불만을 토로하며 좌수영의 수영에 가서 수사에게 청송리 상황을 보고했다. 수사 이현상은 김우갑의 보고를 받고 오만상을 찡그렸다. 그는 최근에 섬 지방과 해안 일대에서 일본인들의 노략질이 극심해 골머리를 앓고 있었다.

"피해는 얼마나 되는가?"

"참혹합니다."

"인명 피해가 있었나?"

"부락민 17명이 살해되었습니다."

"부녀자들이 봉욕을 당하기도 했는가?"

"아뢰옵기 송구하오나, 부녀자들은 모조리 봉욕을 당했사옵니다."

"음……."

수사 이현상이 주먹을 꽉 움켜쥐었다. 그의 눈에서 불길 같은 눈빛이 뿜어졌다.

"정상이 어떠한가?"

"목불인견의 참상이었습니다. 집들은 불에 타고, 아이들은 울부짖고…… 부락민들은 시체를 매장할 엄두도 내지 못하고 울고만 있습니다. 왜인들에게 도륙당한 사체가 집집마다 쌓여 있고 피가 낭자합니다. 하늘 아래 그런 참상은 다시 볼 수 없을 것입니다."

포교 김우갑의 목소리는 울음이 섞여 있었다.

"짐승 같은 놈들이다! 축생들도 그러한 짓은 저지르지 않을 것이다."

"사또! 왜인들은 청송리의 젊은 부녀자들도 납치해 갔습니다."

"뭣이?"

"납치당한 부녀자들이 여섯이나 된다고 하옵니다."

"왜인들이 임진년에 저지른 추악한 만행을 또다시 저지르고 있구나!"

"사또! 청송리 부락민들의 원한을 갚아주십시오! 부락민들이 애통하여 원수 갚아주기만을 학수고대하고 있습니다."

김우갑은 눈물을 흘리며 아뢰었다. 자신이 당한 일이 아니었으나 김우갑은 비통하여 견딜 수가 없었다.

"알았다."

좌수영 수사 이현상은 수사청에서 몸을 벌떡 일으켰다. 그의 손에는 어느덧 경상 좌수영의 모든 수군을 지휘할 수 있는 황색실이 달린 군령검이 들려 있었다.

"군노 사령은 듣거라!"

이현상이 수사청 월대에 시립해 있는 군노 사령들에게 호령을 했다.

"예!"

군노 사령들이 일제히 허리를 숙여 대답했다.

"군령을 내린다! 군노 사령들은 즉시 각 진무영으로 달려가 첨수사(수영의 버금 벼슬), 중군, 우후, 만호를 수영으로 달려오도록 하라!"

"예!"

"동래부에 있는 어선들에게도 영을 내려 일본 어선을 보는 즉시 수영에 알리도록 하라."

수사 이현상의 지시는 추상과 같았다. 군노 사령들은 다시 한 번 복명한다는 대답을 크게 외치고 외삼문 옆의 수직청으로 우르르 달려갔다. 그곳에 각 진무영에 군령을 보내는 군령병들의 방이 있었다.

"감관은 듣거라."

"예!"

감관이 황급히 달려와 허리를 숙였다. 감관은 무기고를 지키는 직책이었다.

"군기고 감관은 수군장교와 사령들에게 무기를 지급하고 화공을 불러 왜인들의 용모파기를 만들어 방을 붙이도록 하라."

수사 이현상의 지시는 태풍이 몰아치듯이 사나웠다. 수사 이현상의 지시에 수군들이 일사분란하게 움직이는 것을 보고 김우갑은 비로소 마음이 놓였다.

김우갑 포교는 해가 지자 다시 좌수영 수영으로 달려갔다. 수영은 이미 삼엄하게 계엄이 선포되어 있었다. 그러나 어둠 때문에 수군은 출동을 하지 못했고 이튿날 아침이 되어서야 출동을 했다.

"우리 수군들이 왜놈을 잡아올 수 있을까요?"

"모르지."

포졸 김준연의 물음에 김우갑은 얼굴을 찌푸리고 고개를 흔들었다. 수군들이 일본인들을 잡아올 수 있을지 어떨지는 알 수 없었다. 그러나 동네 앞바다는 조선 수군의 군선으로 가득 차 있었다.

"부녀자들을 여섯이나 납치했는데 죽이지 않았을까요?"

"내가 어찌 알겠나?"

김우갑은 한숨만 내쉬었다. 가슴이 답답했다. 좌수영의 수군들은 그날 하루 종일 남해안 일대를 샅샅이 뒤졌으나 일본 어선을 발견하지 못했다. 그것은 이튿날도 마찬가지였다.

좌수영의 수군들이 일본 어선 시나가와호를 발견한 것은 남해안 일대를 수색하기 시작한 지 사흘째 되던 날이었다. 시나가와호는 거제도 못 미쳐 가덕도 앞바다까지 진출해 있었다. 조선 수군들은 시나가와호를 나포해 돌아왔다.

조선 수군들이 시나가와호를 나포한 것은 시나가와호에 조선인 여자가 하나 있었기 때문이다. 그 여자는 청송리에서 살던 여자로 남창문의 처 김하련이었다. 김하련은 일본인들에게 수없이 짓밟혀 참혹한 몰골을 하고 있었다. 그러나 시나가와호의 선원들은 청송리의 만행을 완강히 부인했다. 김하련이 시나가와호의 선원들이 청송리에서 주민들을 살해하고 재물을 약탈했다고 증언했으나 막무가내로 잡아뗐다.

'이놈들이 완전히 오리발을 내미는군.'

경상 좌수영 수사 이현상은 입술을 깨물고 치를 떨었다. 조선인 같았으면 곤장을 치고 주리를 틀어서라도 자백을 받을 수 있었으나 일본인이라 함부로 다룰 수가 없었다. 벌써 부산에 있는 일본 영사관에서는 군사를 풀어 수사청을 에워싸고 있었다.

'차라리 거문도 앞바다에서 왜놈들을 도륙했어야 했어.'

그러나 신문은 해야 했다. 일본 영사까지 수영에 와서 시나가와호의 선원들을 영사관에 넘겨달라고 요구했으나 이현상은 단호히 거부했다.

이현상은 일본말에 능통한 사람을 데려오라고 지시했다. 그러자 동래부 관아의 포교 김우갑이 역관을 데리고 왔다. 일본인들에 대한 소문이 동래 부중에 파다하게 퍼졌기 때문에 수사청의 담장 너머에는 조선인들이 빽빽하게 모여들어 구경을 하고 있었다.

"너희들의 수괴가 누구냐?"

이현상은 수사청 당사청에 앉고, 역관은 종사관과 함께 월대에 서고, 시나가와호의 선원들은 월대 아래 마당에 서 있고, 조선의 수군들은 월대 아래 마당에서 창과 총을 들고 도열하여 신문이 시작되었다.

"다케시마라고 하오."

"배의 선장인가?"

"그렇소."

다케시마는 검은색 하카마 차림에 일본도를 허리에 차고 있었다. 얼추 서른이 넘어 보였다. 눈은 가늘게 옆으로 찢어져 뱀처럼 차가운 인상이었다.

"9월 7일에 어디에 있었나?"

"풍랑을 만나서 제주도 근해에 있었소."

"9월 7일엔 큰 바람이 불지 않았다."

"먼바다에서는 큰 바람이 불었소."

"당신들은 청송리에 상륙하여 부락민들을 살해하고 부녀자들을 겁탈하지 않았는가?"

"그런 일 없소."

"조선인 부녀자들을 여섯이나 납치하지 않았는가?"

"그런 일 없소."

다케시마의 대답은 유들유들하기까지 했다.

"당신네 배에 조선인 여자가 있었는데도 거짓말을 하는가?"

"그 여자는 물에 빠져 떠내려오는 것을 우리가 구출했을 뿐이오."

"거짓말하지 마라!"

통사의 언성이 높아졌다. 담 너머에서 신문하는 것을 구경하던 조선인들이 웅성거렸다.

"우리는 거짓말을 하지 않소."

"너희들은 조선인 부녀자 여섯을 납치하여 배에 끌고 다니며 돌아가며 욕을 보이다가 넷은 다른 배에 팔지 않았나?"

"……"

다케시마의 얼굴이 비로소 창백해졌다.

"부녀자 하나는 너희들에게 짐승 같은 짓을 당하자 물속에 뛰어들어 자진했다고 한다!"

"그런 일 없소."

다케시마는 발뺌을 하였다. 김하련이 다케시마 일행의 만행을 모조리 진술했는데도 다케시마는 계속해서 잡아뗐다.

일본인들에 대한 신문은 사흘 동안이나 계속되었다. 그러나 다케시마를 비롯한 일본인들 누구 하나 자신들이 저지른 만행을 자백하지 않았다.

결국 일본인들에 대한 처리는 부산에 있는 영사관으로 신병을 인계하는 것으로 매듭이 지어졌다. 일본 영사관의 항의가 격렬한데다 조선에는 일본인들에 대한 재판권이 없었다. 한성의 외무독판도 일본과 마찰을 일으키지 말라는 긴급 훈령을 보내왔다. 그러나 좌수영 수사 이현상은 양산군 일대의 피해 상황과 김하련의 구두진술을 청취해서 수사보고서를 만들어 일본 영사관에 보내 철저한 수사를 요구했다. 그러나 일본은 시나가와호의 선원들을 닷새 동안 영사관에 연금하고 형식적인 조사를 하고 나서 증거가 없다는 이유로 석방했다.

– 5권에 계속 –